Anne Enright

Ein halbes Lächeln

Die besten Storys

Aus dem Englischen von
Hans-Christian Oeser
und Jürgen Schneider

 PENGUIN VERLAG

Sollte diese Publikation Links auf Webseiten Dritter enthalten,
so übernehmen wir für deren Inhalte keine Haftung, da wir uns
diese nicht zu·eigen machen, sondern lediglich auf deren Stand
zum Zeitpunkt der Erstveröffentlichung verweisen.

Verlagsgruppe Random House FSC® N001967

PENGUIN und das Penguin Logo sind Markenzeichen
von Penguin Books Limited und werden
hier unter Lizenz benutzt.

1. Auflage 2020
Copyright © Greengirl Limited 2020
Copyright © für alle Erzählungen, die in
Alles, was du wünschst
veröffentlicht wurden, Anne Enright 2008
Alle weiteren Textnachweise s. Anmerkungen
Copyright © Penguin Verlag in der Verlagsgruppe Random House GmbH,
Neumarkter Straße 28, 81673 München
Umschlaggestaltung: Hafen Werbeagentur, Hamburg
Umschlagabbildung: © plainpicture/Pupa Neumann
Satz: Buch-Werkstatt GmbH, Bad Aibling
Druck und Bindung: GGP Media GmbH
Printed in Deutschland
ISBN 978-3-328-10383-7
www.penguin-verlag.de

Dieses Buch ist auch als E-Book erhältlich.

Inhalt

Vorwort
Von Anne Enright

Meine Kurzgeschichten kommen und gehen, unabhängig von meinen eigenen Anliegen. Es hat ganze Jahre gegeben, in denen ich keine hätte schreiben können, nicht einmal, um mein Leben zu retten, und dann, eines Tages, stellt es sich wieder ein: ein flüchtiger Blick, ein Gefühl des Gleichgewichts. Und tatsächlich kommt sie immer wieder, diese kurzzeitige selige Beruhigung in meinem Kopf: »Ah«, denke ich dann, »ich sollte eine Geschichte schreiben.«

Ein Roman ist ein Willensakt. Es gibt etwas, was du sagen musst, aber du weißt nicht recht, was es ist, und verbringst drei oder vier Jahre damit, es herauszufinden, während du es niederringst auf die Seite. Der Roman setzt sich mit der Welt auseinander, und wenn er fertig ist, muss er sich in der Gesellschaft behaupten. Er wird rezensiert, beurteilt, vermarktet und verkauft – schon deshalb sollte er gelungen sein.

Wenn du hingegen eine Kurzgeschichte veröffentlichst, wird sie von kaum jemandem wahrgenommen. Die Geschichte ist nicht wichtig. Niemand sagt, es sei die falsche Geschichte oder sie sei falsch ausgeführt. Wir fragen nicht danach, ob sie die Menschheit einen Schritt weiterbringt. Aber Menschen lieben Geschichten. Genau wie ich.

Eine Kurzgeschichte schiebt sich in deinen Kopf, so wie ein Umschlag unter die Tür deines Zimmers geschoben wird. Ihr Autor jagt der Idee nicht nach, verändert sie auch kaum. Er muss nicht mit ihr ringen. Mit einer Geschichte kann ein Autor nur eines tun; er kann sagen: »Ah«, und dann: »Hallo.«

Das ist *ein* Grund, weshalb meine Geschichten so selten sind – ich bin nicht immer bereit, sie zu empfangen. Der andere Grund lautet, dass sie zu sehr Herzensangelegenheit sind. Natürlich kann ich mit nichts anderem arbeiten als mit dem Inneren meines Kopfes – das gilt für jeden Schriftsteller –, doch in der Fiktion gibt es einen Punkt, da du dich von allem persönlichen Inhalt befreist, da der Roman von der Startbahn seiner eigenen Existenz abhebt und sich in eine andere Richtung entfernt. Im Falle der Kurzgeschichte ist diese »Befreiung« nur ein kleiner Sprung, ein Hüpfer. Sie bleibt dicht an dir dran – zumindest tun das die besten. Es gibt ganze Jahre, in denen ich mein Leben *leben* will, statt es zu beobachten, oder Jahre, in denen ich in meinen Gedanken zu sehr feststecke, um sie verwenden zu können. Und dann verschiebt sich etwas, und die Geschichten stellen sich wieder ein – wie bei einem Wetterumschwung. Ich schlage ein Notizbuch auf oder suche in einer Datei, und da finde ich es: einen oder zwei Sätze, einen Absatz, das ist die Geschichte, wie sie sich mir aufdrängt. Das alles hatte ich längst vergessen. Das Bruchstück ist dort schon seit geraumer Zeit vorhanden und wartet nur darauf, gefunden zu werden.

Die hier versammelten Erzählungen sind immer drauf und dran, ins Unwirkliche umzukippen. Es sind Möglichkeiten, kleine Fluchten. Die frühen Erzählungen, die ich zu Beginn meiner schriftstellerischen Karriere geschrieben habe, zeigen oft Frauen, die auf irgendeine Weise in der

Falle sitzen und ihre Befreiung in der Sprache finden. Diese Erzählungen sind eine Feier der Stimme, da die menschliche Stimme aus dem Körper kommt, dort aber nicht bleibt. Sie ist ein großes Geheimnis, die Stimme, denn sie ist frei.

Wenn die Welt lärmte, wenn ich arm oder verwirrt war, nahm der Roman meine ganze Zeit in Anspruch, hoffte ich doch, weniger verwirrt und etwas weniger arm zu sein, wenn er fertig wäre. Aber ich war immer eine Liebhaberin der Kurzgeschichte, in allen schriftstellerischen Phasen, selbst wenn die Gattung meine Liebe nicht erwiderte. Eine Geschichte bereitet mir das gleiche Vergnügen wie ein zufälliges Zusammentreffen – stets faszinierend, fühlt sie sich ein bisschen an wie ein Segen. Eine Geschichte beantwortet keine der Fragen, die sie zu provozieren scheint. Sie ist einfach nur da.

Drei Geschichten über die Liebe

I.

»Weißt du, was ich denke?«, fragte sie. »Dieser Kerl hat keiner Fliege je etwas zuleide getan. In seinem ganzen Leben nicht.«

Sie wirkte so grimmig, dass er sich wünschte, er hätte das Thema nicht angeschnitten.

»Na schön«, sagte er. Er veränderte die Position auf seinem Sitz – ein Barhocker am Ende des Tresens – und bewunderte ihren Unterarm, der auf der Tresenplatte vor ihm ruhte. Er sah ihn so deutlich, war so gebannt von dessen Schlichtheit, dass er gar nicht bemerkte, wie er sich ihr näherte, bis sie diesen besonderen Teil ihrer Anatomie seinem Blick entzog. Sie waren betrunken. Sie würden möglicherweise miteinander schlafen. Starke Zweifel überkamen ihn. Er fragte sich, ob Frauen sie ebenfalls spürten – diese Last. Dann sagte er: »Ich muss jetzt.« Sie rutschte vom Barhocker, und ihre Knie knickten ein wenig ein, als ihre Füße den Boden berührten. Doch sie fing sich, griff sich ihre Handtasche wie ihre verletzte Würde und ging.

Sie kehrte zurück, um ihr Telefon zu holen, das sie auf dem Tresen liegen gelassen hatte, wandte sich ihm zu und sagte: »Ich wollte nur noch einmal sagen, dass dieser Kerl keiner Fliege je etwas zuleide getan hat.« Er packte sie beim Unterarm – ihre Haut war kühl – und deutete mit dem Kopf zur Tür.

»Was?«

»Komm schon«, sagte er.

Der Club befand sich im Keller, und sie küssten sich im Außenbereich, wobei der Drink ihnen in dem kalten Windstoß zusetzte. Doch sie war zu betrunken. Wirklich. Er war nicht mit dem Herzen dabei. Nicht dass er es so gewollt hätte. Doch er klammerte sich an ein Geländer, drehte sich ruckartig um, setzte sich auf eine Treppenstufe – in seinem guten Anzug, genau genommen sein Anzug für Vorstellungsgespräche – und sagte: »Er ist einfach nur dumm. Ich meine, er mag harmlos sein, aber er ist zudem einfach dumm.«

»Du bist der Dumme«, antwortete sie. »Du bist der, der dumm ist.«

Er war geradeheraus. Er wollte, dass die Leute es sich gut gehen lassen. Er wollte eine Frau, die klein und blond ist. Er hatte es nie wirklich ganz durchdacht, doch wenn er sich seine Frau und Kinder vorstellte, war sie stets klein, hellhaarig, lieb und auf ihre Art tough. Und die Kinder waren aus irgendeinem Grund stets kleine lockenköpfige Mädchen. Sie hatten ein großes Trampolin und ein reizendes Kreischen. Und vor alldem – vor der kleinen Frau und den kleinen Mädchen in ihrem Haus mit dem hübschen Garten – wollte er nichts als eine tolle Zeit haben.

Es war lediglich ein merkwürdiger Beginn. Das war alles. Der Arm einer Frau auf einer Tresenplatte. Sie hatte ein lustiges Gesicht. Sie sah nicht aus wie eine Gattin, und sie sprach nicht, als hätte sie eine tolle Zeit. Und dann diese Größe. Sie war sehr lang. Selbst ihr Arm war lang.

»Vielleicht«, sagte er. »Vielleicht bin ich dumm.«

»Das bist du nicht«, antwortete sie.

»Ich habe gerade meinen Job verloren«, sagte er.

Sie drängte sich an ihm vorbei, und ihr Trenchcoat streifte seine Schulter. Er starrte ihre Beine an, während diese ihn gerade verließen.

»Ich habe einen Job«, sagte sie. »Ich habe einen großartigen Job.«

Sie stand auf der obersten Treppenstufe und entnahm ihrer Tasche einen Hut. Ein verrückt aussehendes wolliges Ding.

»Mach schon«, sagte sie.

Sein Rücken war kalt vom Sitzen auf der Treppe. Und er war immer noch kalt, als sie in ihrem Apartment in der Barrow Street ins Bett fanden. Sie machte eine Bemerkung über seine Kälte. Er wäre sofort danach gegangen, doch seine besseren Manieren hielten ihn davon ab, und am Morgen war sie wirklich nett.

Er schrieb sich nicht ihre Nummer auf. Er konnte es einfach nicht. Als der Augenblick kam, sagte er: »Schau dir dieses Wetter an«, als hätte er es nicht erwarten können, sich ihm draußen auszusetzen. Doch er verbrachte eine lange Zeit damit, ihre Facebook-Seite zu checken: Una Molloy – ein Stück von ihrem verrückten Hut, ein Auge, eine Augenbraue, ein Bild von Sonnenblumen auf einem Feld, fünfhundertdreiundzwanzig Freunde. Ein paar Tage später bat sie ihn, die Nummer fünfhundertvierundzwanzig zu werden, und sie gingen ins Kino und dann zurück in ihr Gemach – dort sei Wein im Kühlschrank, sagte sie. Sie taten dies ein paarmal, weil es billig war, und sie sprachen über das Radfahren entlang der Dublin Bay an irgendeinem Sonntagmorgen, doch es war alles ziemlich unbeholfen. Er kam sich vor wie ein Mann, der vorgab, eine Freundin zu haben, öffnete und schloss die Tür seines Schrankes vor einer Reihe leerer Anzüge.

Eines Abends schleppte sie ihn ins Theater. Sie sagte, sie habe Freikarten, doch er glaubte ihr nicht recht, und sie saßen in der Dunkelheit und beobachteten zwei Typen, die auf der Bühne hin und her liefen, endlos, wie im Purgatorium: Es war, als sähen sie zu, wie Farbe trocknet.

»Ich glaubte, das könnte der Punkt sein«, sagte sie. Ihr Haar war braun, und sie trug flache Schuhe, da sie so groß war, und er war überzeugt, dass sie etwas Entzückendes hatte, etwas, das über ihn hinausreichte. Ihr langer Arm auf der Lehne zwischen ihnen, bar in der Dunkelheit.

Auf der Bühne wurde fortwährend getrunken. Eine Frau erschien, und sie alle sprachen über ein großes Gemälde, das an der hinteren Wand hing. Die Frau war wohl mit einem der Männer verheiratet, vögelte aber mit dem anderen, und der Ehemann schlug vor, Champagner zu trinken. Also sagten alle »Hoho«, und es dauerte eine Weile, bis sie feststellten, dass er den Korken nicht aus der Flasche herausbekam. Der Schauspieler drehte ihn und klemmte sich die Flasche zwischen die Knie, und sie bemerkten, dass er versuchte, nicht zu lachen – das ganze Theater bemerkte es. Er stand vor dem schrecklichen Gemälde, zog an dem Korken, und seine Stimme wurde schwächer und leichter, während ihm der Text ausging.

Die Frau, die eine Kräuterzigarette rauchte, sah zu ihm hinüber. Nach einem Moment erstaunlicher Stille schnappte er sich ein paar Gläser und tat so, als gieße er ein, der Korken immer noch in der Flasche. Die drei stießen schwach an. Sie taten so, als ob sie trinken würden, während sie Tränen vergossen.

»Ich möchte nur sagen«, hob der Ehemann an, bis er nur noch wimmerte. Nach einer längeren Pause versuchte er es erneut.

»Ich möchte nur sagen.« Darin ein hoher Misston, als winsele ein Hund. Die Schauspieler litten Qualen. Der andere Mann wandte sich ab. Die Frau beugte sich etwas vor und hielt sich an der Stuhllehne fest.

»Du lieber Himmel, das war lustig«, sagte er, als sie das Foyer erreichten.

»Ich weiß nicht, warum sie es *Corpsing* nennen«, sagte sie. »Aber das ist es. Es ist, als finge ein Leichnam zu reden an oder etwas in der Art.«

»Es war wirklich lustig«, sagte er.

»Allerdings, und niemand stirbt.«

»Nein«, antwortete er, sah sie an und erinnerte sich, wie das Lachen ihnen auf der Bühne den Text ausgelöscht hatte und auch ihm in der fünften Reihe, der plötzlich wusste, was Liebe ist, wusste, dass sie prächtig sein würde, und seine Hand ausstreckte, um ihren Arm zu berühren.

2.

Elaine träumte, das Baby könne sprechen. Sie träumte, das Baby spreche in Wirklichkeit mit ihr, ganz toll und lang; endlose Sätze voller großer Wörter und mit einer ausdrucksstarken und süßen Stimme. Das Baby war in der Tat sehr interessant. In dem Traum trugen alle Wollpullover, Glockenröcke und kniehohe Stiefel und saßen in einem Café, das aussah wie ein Gemälde eines Cafés der Siebzigerjahre im Dubliner Zentrum. Draußen durch den abgeschrägten Türrahmen konnte man die Straßenmusiker der

Grafton Street hören. Drinnen bahnte sich etwas Schreckliches an, doch das Baby scherte es nicht.

Elaine erwachte mit Sodbrennen und dem Gefühl, ans Bett gefesselt zu sein, nicht nur wegen der Hitze, sondern wegen der Anziehungskraft des gesamten Planeten, der dieser Tage zwischen ihr und der Grafton Street zu liegen schien. Sie befand sich in einem Zimmer in Melbourne und das Baby in ihr, in diesem Zimmer in Melbourne. Jeden Morgen erwachte sie, und erst nach zwei Sekunden ging ihr auf, wo sie war, doch sie vergaß nie, dass sie schwanger war, nicht mal, während sie schlief. Und an diesem Morgen konnte sie sich wegen des massiven Gewichts der Welt unter ihr und dem Gewicht des Babys auf ihr nicht rühren. Sie tastete über das Laken nach Joe und stellte fest, dass er bereits aufgestanden war.

»Joe!«, rief sie. »Joe!«

Er kam zurück aus der Küche.

»Alles in Ordnung?« Wegen des Traumes musste sie weinen.

»Was ist los?«

Sie vermisste ihre Mutter. Vermisste sie wirklich. Und der Planet war groß.

»Nur«, sagte sie. »Man ist nicht weit weg, bis man ein Baby hat, dann ist man wirklich, wirklich weit weg.«

»Ich weiß«, sagte er. »Es sind aber doch viele Leute hier. Ich bin hier.«

Manchmal stand der Mond in Melbourne am Morgenhimmel, und Elaine konnte sich nicht erinnern, ob dies auch in Dublin so war oder ob der Mond dort nur nachts oder am Nachmittag sichtbar wurde. Es war, als hätte sie vergessen, in welche Richtung sich die Erde dreht. Sie legte ihre Hand auf den Bauch, als das Baby wie gerufen wach wurde und sich bewegte.

»Oh«, sagte sie.

»Was macht es da drin?«

»Es ist hungrig«, erklärte Elaine.

3.

Sie besuchte ihren Vater im Altenheim. Er saß aufrecht im Bett, mit einer Tasse Tee auf dem Servierwagen. Als Erstes fiel ihr auf, dass die Luft sehr warm und völlig verbraucht war. Sie enthielt keine drei Sauerstoffmoleküle mehr, es war, als inhalierte man Socke. Die zweite Sache, die ihr auffiel, war das Strahlen in seinem erloschenen alten Auge, denn so bemächtigte sich die Demenz seiner und verwandelte ihn seltsamerweise in das Gegenteil seiner selbst.

»Hallo, mein Darling«, sagte er.

Vielleicht wusste er nicht, wer sie war.

»Lara.«

Er wusste, wer sie war. Zumindest wusste er ihren Namen. Sie zog den großen Stuhl Richtung Bett und setzte sich.

»Wie geht es dir, meine Liebe?«, fragte er.

Meine Liebe. Das war neu. Und wieder ein neues Wort. Ihr Vater nannte sie nie »Darling«, das hatte er nie getan – nicht als sie klein, nicht wenn sie traurig war, nicht als ihre Mutter starb, nicht ein einziges Mal. Darling gehört einfach nicht zu seinem Wortschatz.

»Mir geht es gut, Daddy, sehr gut, danke. Und dir?«

»Ah«, sagte er. Er lächelte ein wenig und ließ die Frage auf sich beruhen.

»Möchtest du deinen Tee, Daddy, soll ich ihn dir reichen?«

Sie stand auf und zog den Servierwagen ans Bett. Der Tee sah abgestanden aus, vielleicht sogar kalt. Ihr Vater verzog das Gesicht, als er schließlich die Tasse zum Mund führte, doch dann schlürfte er den Tee recht gierig hinunter. Er tastete nach der Untertasse, als er die Tasse absetzte, und ihr fiel ein, dass Entfernungen längst ein Problem für ihn waren. Er lebte ein bisschen durch das Tasten, da er auf einem Auge blind war.

Sie berührte ihn. Sie nahm seine Hand und erinnerte sich an die Hände, die sie als Kind kannte, von der Sonne gebräunt, mit seltsamen hervortretenden Adern.

»Das Wetter ist recht gut«, sagte sie, und er drehte sich zum Fenster. Der Himmel war sommerlich blau, mit weißen Wolken und schwarzen Wolkenfetzen, die trüb verwischten, wenn sie sich in Regen verwandelten.

»Ja«, erwiderte er.

Er ging nicht regelmäßig hügelabwärts wegen der Stufen und Treppen. Eine Zeit lang war er wohlauf, dann wurde er sehr unruhig. Wenn die Agitiertheit vorüber war, hatte sich sein Zustand verschlechtert, und er blieb eine Weile ruhig. Es gab ein paar Wochen, in denen er sehr gestört war, brüllte und schrie, und das war hart. Niemand mochte die Heimleiterin, sie war zu pragmatisch und schien dies ein wenig zu genießen. Sie gaben ihm ein Mittel namens Atavan, und das war sehr schmerzlich für sie alle, da die Droge wirkte, als fesselte man ihn physisch ans Bett. Doch dann reduzierten sie die Dosis, und da war er wieder. Oder da war der Mann, der sie »Darling« nannte.

Es klopfte an der Tür, und ein kleiner Schimmer des

alten Francis Mulvaney kam durch, als der Krankenpfleger seinen Kopf hereinsteckte und fragte: »Möchten Sie einen heißen Tropfen, Francis?«

Es war Benjamin, einer der Besten von ihnen: Benjamin aus Uganda mit einem schönen altmodischen Englisch und einem vor Herzensgüte und Gesundheit strotzenden Gesicht – manchmal dachte Lara, sie könnte ihn bitten, auch sie zu umsorgen, ihn einfach mit nach Hause nehmen. Doch ihr Vater zeigte eine gewisse Ablehnung, und Lara konnte nur denken: »Das hast du im Alter davon, du bigotter alter Mann. Das ist das kleine Späßchen des Lebens für dich.«

Natürlich bereute sie diesen Gedanken sofort, dem jedoch nicht zu entkommen war: Ihr Vater war immer meinungsstark gewesen, wenn er auch oft falschlag.

Als Benjamin zum Servierwagen im Korridor zurückging, vergewisserte sich ihr Vater, dass sie auch wirklich allein waren, äußerte etwas und fuhr sich mit dem Finger quer über die Kehle.

»Wie bitte?«

Er fuhr sich wieder über die Kehle. Dann zischte er das Wort, ein bisschen lauter.

»Priester!«

»Oh. Benjamin ist kein Priester, Daddy.«

Er warf ihr einen höchst sardonischen Blick zu und drehte sich dann um, als Benjamin mit dem Tee hereinkam.

»Danke schön«, sagte er. »Danke, danke.«

»Sehr gern geschehen«, antwortete Benjamin.

Es könnte schlimmer sein, dachte sie. Ihr Vater imitierte voll und ganz Cyril Cusack und setzte sich wie ein alter Bischof im Bett auf.

»Bis bald, Herr Pfarrer. Alles Gute!«

Nachdem sich die Tür geschlossen hatte, saß er eine Weile da. Dann bemerkte er den Tee in seiner Hand und trank ihn mit dem gleichen verzogenen Gesicht und der gleichen Gier wie bei der ersten Tasse. Er stellte die Tasse ab.

»Sag mal, wie läuft's denn so?«, fragte er.

»Ich schlage mich so durch«, antwortete sie. »Gerade so.«

»Gut«, sagte er.

Lara war plötzlich verbittert, weil die Dinge in Wirklichkeit nicht toll waren. Ihr Vater würde nie etwas davon erfahren. Selbst wenn sie ihm ihre Schwierigkeiten schilderte, hätte er sie binnen zehn Minuten vergessen. Es kam ihr in den Sinn, dass darin eine große Freiheit lag, sie konnte sagen, was sie wollte. Sie könnte ihm auch die Wahrheit sagen: »Wir streiten uns ständig, Daddy.« Oder: »Ich habe schon zwei Jahre lang nicht mehr mit ihm geschlafen, Daddy.« Sie könnte sagen: »O, Daddy, wärest du nur gestorben, als der Markt florierte«, denn Francis Mulvaney glaubte fest an den Markt, er hatte sich mit einem Affenzahn hineingestürzt und gesagt: »Warte, bis ich tot bin, dann wirst du es verstehen.«

Und nun florierte der Markt nicht, und der Mann im Bett war nicht gestorben. Und er würde nie wissen, wie falsch er lag, indem er einfach am Leben blieb.

»Du siehst gut aus«, sagte er.

»Danke«, antwortete sie.

»Ein bisschen alt«, fuhr er fort. »Ich hätte nicht gedacht, dass du so alt bist.«

»Nun ja«, sagte sie.

»So ist es eben.«

»Stimmt«, sagte sie.

Das Heim kostete laut Vertrag siebenhundertfünfzig Euro die Woche, und das waren die Leistungen, die erbracht wurden – ein Mann, der vergaß, sie »dumm« zu nennen, und der sie stattdessen »Darling« nannte. Spottbillig. Ein Mann, der sie Lara rief, weil er ihr den Namen Lara gegeben hatte. Denn in der sonderbaren, verschlossenen Vergangenheit hatten ihre Eltern einmal bei *Dr. Schiwago* durchgehalten und das Kino Händchen haltend verlassen.

Sie hob seine alte Hand und küsste sie.

»Ich bin siebenundvierzig, Daddy.«

»Du meine Güte!«

»Kannst du das glauben?«

Seine Haut war sehr weiß.

»Schmierst du dich mit Creme ein, Daddy? Versorgt dich Benjamin mit deinen Lotions?«

Er antwortete nicht. Er hatte die andere Hand erhoben, um ihr Haar zu berühren oder – nein – um über ihre Schulter hinweg auf etwas zu deuten.

»Sieh mal«, sagte er.

»Was?«, fragte Lara, leicht verängstigt. Sie blickte hinter sich, um nichts zu sehen; eine pfirsichfarbene Wand, einen Papierstreifen entlang des oberen Wandsockels in Apricot und Jadegrün. Mir wäre es lieber, ich würde hinausgeführt und erschossen werden, dachte Lara, als mir dies anzusehen, während ich sterbe. Doch ihr Vater machte ein zufriedenes, ein glückseliges Gesicht.

»Achte auf deine Flügel«, sagte er.

Stoneybatter-Liebeslied

Die Frau vom Fernsehen hatte sich eine Stunde verspätet. Es war halb elf, und Helen schrubbte zum zweiten Mal das Badezimmer.

»Ich wette, die wird nicht mal zum Pinkeln hochkommen«, sagte sie, als sie seine Anwesenheit in der Diele spürte.

»Du weißt, dass sie verrückt ist?«, sagte Brendan und schaute vom Fuß der Treppe nach oben.

»Ist sie das? Ihre Dokumentarfilme sind nicht verrückt.«

»Sie hat Ned O'Regan erzählt, dass sie Krebs hat.«

Helen schob den Kopf um den Türpfosten.

»Oder dass irgendwer Krebs hat. Sie hat gesagt, dass sie mit jemandem zusammen ist, der Krebs hat, und glaubt, selber auch Krebs zu haben, aber es war wohl nur, ich weiß nicht, irgend so eine Frauengeschichte.«

»Redest du von den Wechseljahren?«, fragte seine Frau.

»So was in der Art.« Er war sich nicht sicher.

»Ned O'Regan?«

»Ja.«

»So? Nun, ich fühle mich selber heiß und bedrängt.« Und sie warf ihm einen Blick zu, bevor sie mit dem Reinigungsspray in der Hand wieder im Badezimmer verschwand.

Brendan ging zurück ins Wohnzimmer, wo alles eindrucksvoll und ordentlich war: das Kamingitter aus

Messing, die rote Velours-Garnitur mit weißen Kissen, die Ebenholzfigur eines Fischers, die sie auf Bali gekauft und nach Hause geschleppt hatten. Es gab einen niedrigen Tisch, der auf den Tee wartete, und den Duft von Scones, die in der Küche auf einem Gitterrost abkühlten. Manchmal wünschte Brendan sich, Helen würde die Dinge etwas ruhiger angehen, aber er musste zugeben, dass es willkommene Zusatzleistungen gab. Scones zum Beispiel.

Er fragte sich, ob sie tatsächlich unter Hitzewallungen litt oder nur Spaß gemacht hatte – war sie imstande, über dergleichen zu scherzen? Es war drei Jahre her, dass sie es aufgegeben hatten, ein Kind zu bekommen, obwohl sich die Hoffnung nur schwer abschütteln ließ.

Das Haus war voller Morgensonne. Sie hatten die beiden großen Zimmer zusammenlegen lassen, sodass man vom hinteren Fenster bis zum vorderen blicken konnte, und die Küche war auf einer Seite des kleinen Hinterhofs ausgebaut worden. Früher waren die Häuser klein und dunkel gewesen; im Nachbarhaus waren elf Kinder aufgewachsen, und jetzt, da es mit der Gegend voranging – zunächst allmählich, dann mit einem Schlag –, waren Brendans Junkies erst in Wohnungen umgezogen und dann weit hinaus, hinter die M50: das neue Problemgebiet.

Inzwischen sah er sie nicht mehr so oft, nicht tagtäglich.

Hey, Brendan. Hiya, Brendan, kommste am Dienstag? Hey, Brendan, was soll ich machen, Brendan? Die Tochter hat Aids, und ihr Partner ist mit Aids nach England gegangen, und jetzt hab ich ihre drei Kinder an der Backe, Brendan, und eins davon ist taub, und dann, Brendan, lösen sich im Badezimmer auch noch die Fliesen von der Wand.

Die Fluktuation war erstaunlich. Inzwischen hatte er es

mit den Enkeln von Leuten zu tun, mit denen er angefangen hatte. Während er noch sein Bier austrank, war bereits die nächste Generation am Zug.

»Lass die Finger von den Dingern.«

Nervige Frau. Sie war doch noch oben im Badezimmer – woher wusste sie das? Brendan schob sich eine zähe, verbrannte Rosine in den Mund und ging wieder hinaus in die Diele.

»Gehst du heute nicht zur Arbeit?«

»Doch. Ich mache Tee, und dann geh ich.«

»Den Tee mache ich.«

»Hör doch jetzt mit dem Tee auf.«

Sie war eilig die Treppe heruntergekommen, und in dem Augenblick, als sie in der Diele zusammenstießen, klopfte es an die Tür. Brendan schaute seine Frau bedeutsam an, und sie warf ihm ihrerseits einen durchdringenden Blick zu, dann drehte sie sich um und ging davon, in die Küche und zu den Scones.

Dabei war es gar nicht die Frau von der Fernsehanstalt, es war nur ein Kurier mit einem Paket für Helen, das sich anfühlte, als wären darin die Unterlagen für ihre Konferenz im Juli. Brendan unterschrieb und überreichte ihr das Paket, sie ging nach oben, um zu arbeiten, und als er, steif in Anzug und Krawatte, in seinem eigenen Wohnzimmer saß und wartete, kamen die einzigen Geräusche von der Straße.

Es war schon fast Mittag, als endlich die Dokumentarfilmfrau erschien. Bis dahin hatte er bereits zwei Besprechungen abgesagt. Im Büro herrschte Chaos, und der Gedanke an die Scones brachte ihn fast um den Verstand. Brendan hörte, wie direkt vor dem Vorderfenster ein Wagen hielt, und noch bevor sie an die Tür klopfte, wusste er, wer es war.

Nach einer angemessenen Pause öffnete er mit einem halben Lächeln, ganz professionell.

Die Frau vom Fernsehen wirkte, als sei sie vom Wind hereingeweht worden: schlank, wachsam und freundlich. Als sie an ihm vorbeiging und, ohne zu zögern, ins vordere Zimmer trat, knisterte sie geradezu vor Energie.

»An meinem Wagen war eine Parkkralle«, sagte sie mehr triumphierend als entschuldigend, blickte sich um und inspizierte den Raum (das Kamingitter aus Messing, die rote Sitzgarnitur, die kleinen Safari-Schnitzereien auf dem Kaminsims), bevor sie erst eine Handtasche mit Bändern und dann sich selbst aufs Sofa fallen ließ. Schließlich legte sie einen Aktenkoffer auf den kleinen Tisch, auf den seine Frau bald den Tee würde stellen wollen.

»Eigentlich ist es gar nicht mein Wagen«, sagte sie. »Mit dem hatte ich vergangene Woche einen Unfall. Ich meine, Totalschaden. Es ist George Moynihans Wagen.« Sie blickte ihn an, um zu sehen, ob er den Namen kannte. Was er tat. Mehr oder weniger.

»Aha«, sagte er.

Sie sagte nicht, weshalb sie George Moynihans Wagen fuhr. Sie lächelte nur.

War das verrückt? Vielleicht ein bisschen.

»So«, sagte sie und schenkte ihm ein elektrisierendes Lächeln.

Seine Frau kam aus der Küche.

»Entschuldigung, das ist meine Frau Helen«, sagte Brendan.

»Sehr erfreut«, sagte Helen. Sie trat auf die Frau vom Fernsehen zu, um ihr, wie Brendan bemerkte, mit einem winzigen Schauder von Freude und Furcht die Hand zu schütteln.

»Hallo«, sagte die Frau vom Fernsehen. Sie überprüfte die Notizen, die sie hervorgezogen und sich auf den Schoß gelegt hatte, dann blickte sie zu Helen auf, und ihr Gesicht hatte den wachsamen Blick verloren, mit dem sie herein-spaziert war.

»Werden Sie bleiben?«, fragte sie.

Was Brendan in Ordnung fand. Sie ging eben, was das Interview betraf, professionell zu Werke.

»O nein, keine Sorge. Ich dachte nur, dass Sie vielleicht einen Tee mögen. Oder einen Kaffee.«

»Vielen Dank, nein. Wirklich.«

»Etwas Saft?«

»Hätten Sie vielleicht ein stilles Wasser?«, fragte die Frau mit einem Mal liebenswürdig, und zu Brendans Überra-schung sagte Helen: »Nur Leitungswasser.«

»Danke. Ich verzichte.«

Sie hassten einander. Schon jetzt. Brendan fand es ge-radezu beflügelnd. Gleich zwei Frauen kämpften um ihn. Ein klein wenig. Und eine von ihnen wollte im Fernsehen eine Geschichte über ihn senden. Er wandte sich zu ihr und sagte: »Wie war der Verkehr?«

»Fragen Sie gar nicht erst«, antwortete sie.

Sie wollte ein sehr persönliches Porträt bringen – des-halb saßen sie hier im vorderen Wohnzimmer und nicht im Büro, aber ihre Fragen waren vollkommen sachlich und zielgerichtet.

Sie begann mit den Anfangstagen. Brendan sprach eine

Weile, offenbar ohne vom Fleck zu kommen. Das Mikrofon wirkte ein wenig einschüchternd, aber es gab keine Kamera, und die Frau war sehr gründlich. Während sie sich Notizen machte, fühlte er sich ebenso beurteilt wie verstanden. Man konnte sehen, wie ihr Gehirn arbeitete, während der Stift über das Papier flog; man konnte sehen, wie sie die Politik auf kommunaler und nationaler Ebene durchging. Sie erörterten die üblichen Dinge: das Gesundheitswesen, die Rolle der Polizei. Es waren die immerselben alten Geschichten, doch die Frau schien frisches Interesse mitzubringen, besonders als er sich zu Flüchtlingen, zum veränderten Profil von HIV und zu neuen Tbc-Erregerstämmen äußerte. Gelegentlich hob sie den Blick zum Kaminsims mit den jämmerlichen Holztieren oder zu der Wand mit dem gerahmten Foto von dem Tag, als er seinen Master gemacht hatte. Sie kniff die Augen zusammen.

Brendan galt als gut aussehend. Immer wieder merkte er, dass er es wochenlang vergessen hatte, jetzt aber war es da, hier in diesem Zimmer.

»Welches College haben Sie besucht?«, fragte sie.

Ihm fiel ein, was Ned O'Regan noch gesagt hatte. Er hatte gesagt, dass sich der Typ, mit dem sie zusammen war, einer Chemotherapie unterziehen musste oder dass er Parkinson oder so etwas hatte und dass die Behandlung ihn impotent machte. Das hatte sie Ned O'Regan erzählt, zwei Minuten nachdem sie ins Haus getreten war. Brendan hatte es vergessen. Sie hatten beide getrunken, außerdem war es zu verwunderlich, um sich daran zu erinnern. Jetzt aber kam es ihm wieder in den Sinn, und als wüsste sie, was er dachte, sprang die Frau vom Sofa auf und ging zum Vorderfenster. Sie blickte aufmerksam hinaus, hob dann die

Gardine und klopfte an die Scheibe. Ein-, zweimal zeigte sie heftig mit dem Finger, als wollte sie sagen: Runter mit dir! Dann setzte sie sich auf einen Sessel und fuhr – fast wortwörtlich – da fort, wo sie aufgehört hatte. Ihre Präzision machte alles nur noch schwieriger. Brendan konnte sich nicht konzentrieren.

»Haben Sie Ihren Hund mitgebracht?«, fragte er.

»Nein.«

Mit einer Miene, als würde ihr zugesetzt, kehrte sie zum Anfang der Frage zurück und begann noch einmal von vorn. Dann unterbrach sie sich, um ihm reinen Wein einzuschenken.

»Es ist meine Tochter«, sagte sie, worauf Brendan wie ein Narr antwortete: »Aha.« Währenddessen lauschte er die ganze Zeit auf die Geräusche, die seine Frau in der kleinen Diele machte, wie sie die Haustür öffnete und wieder schloss. Er bat – weshalb er das tat, wusste er zu dem Zeitpunkt nicht –, aber er betete lautlos, sie möge sich nach links wenden, zu den örtlichen Geschäften, und nicht nach rechts, in die Stadt. Es fruchtete nichts. Er horchte auf ihre Schritte, als sie am Vorderfenster vorbeiging (wenn er sich umdrehte, würde er sie durch die Gardine sehen), während die Frau von der Fernsehanstalt ihre Frage beendete, die sich auf Asylsuchende bezog, und er zu einer Antwort ansetzte.

Seine Frau blieb am Wagen stehen. Natürlich. Draußen schien lange Zeit nichts zu passieren. Er sprach weiter.

Ein Klopfgeräusch war zu hören – vielleicht ein Schlüssel gegen die Autoscheibe.

»Hallo? Hallo?«

Dann stürzte Helen durch die Haustür, kam zurück

ins Wohnzimmer und rief: »Brendan, Brendan. Ein kleines Mädchen sitzt in einem Auto, und sie ist eingeschlossen. In einem Auto draußen ist ein kleines Mädchen eingeschlossen.«

Sie hatte ihr Handy hervorgeholt und starrte darauf, ihre Handtasche war offen und hing an ihrem Unterarm. Sie blickte auf und fragte: »Wen ruft man bei so was denn an?«

»Es ist alles in Ordnung«, sagte Brendan.

»Es ist alles in Ordnung«, wiederholte die Frau vom Fernsehen. »Es ist nur meine Tochter.«

»Ach, es ist Ihre Tochter«, sagte Helen voller Erleichterung und legte das Handy weg.

Die Frau vom Fernsehen wandte sich wieder dem geschäftlichen Teil zu.

»Also«, sagte sie. Aber Helen war nicht gegangen.

»Wie alt ist sie?«

»Wie alt meine Tochter ist?« Die Frau schien die Frage sonderbar, vielleicht sogar etwas aufdringlich zu finden. »Sie ist fast vier.«

»Oh. Eine großartige kleine Leserin«, sagte Helen.

»Danke.«

»Sie wollte mich nicht grüßen.«

»Nun, ich ermutige sie nicht, mit Fremden zu reden.«

»Nein, natürlich nicht.«

Die Frau drehte sich zu Brendan um, hob eine Augenbraue und lächelte dünn.

Trotzdem wollte Helen nicht gehen. Sämtliche Türen standen offen, ihre Handtasche klaffte töricht weit auf, und ihre Sachen drohten auf den Boden zu fallen.

»Möchte sie etwas trinken? Vielleicht einen Saft? Sie

könnten sie auch einfach hereinholen. Ich könnte mich um sie kümmern, wenn Sie sie ins Haus bringen.«

Diesmal beschloss die Frau, sich nicht umzudrehen, um mit ihr zu reden. Sie setzte sich etwas auf und sagte: »Nein, sie kann nicht ins Haus kommen.«

»Es würde mir keine Umstände machen.«

»Bitte. Ich arbeite. Nicht, wenn ich arbeite. Bitte.«

Das letzte »Bitte« war direkt an Helen gerichtet, der jetzt keine andere Wahl mehr blieb, als zu gehen, was sie wie eine alte Dame tat, plötzlich trutschig und unsicher, wie Dinge abliefen – Dinge wie Mütter, Fernsehdokumentationen und Türgriffe. Brendan folgte ihr mit den Augen, als die Frau ein letztes Mal – »Ein letztes Mal«, sagte sie – ihre Frage wiederholte, die sich auf die Rate heterosexueller HIV-Infektionen unter den Afrikanern in Irland bezog.

Sehr vorsichtig antwortete er: »Sie ist viel niedriger, als die Leute erwarten würden. Oftmals sind es die Frauen. Zumindest sind sie es, die bereit sind, sich testen zu lassen. Nicht dass sie untreuer wären, obwohl sie in der Beziehung tatsächlich manchmal untreu sind, aber sie sind verletzlicher. So ist das eben. Wegen der Art und Weise, wie HIV übertragen wird.«

Und die Frau fragte: »Wie genau?«

»Nun, über das Sperma«, sagte Brendan.

Oben lief seine Frau über die Holzdielen. Sie schaute aus dem Fenster ihres Schlafzimmers. Sie wachte über das Kind.

»So«, sagte die Frau vom Fernsehen und beugte sich im Sessel vor, als wären die ersten vierzig Minuten nur eine Präambel gewesen. »Wir wollen über Sie reden.«

»Über mich?«

»Wo sind Sie zur Schule gegangen?«

Sie schien beeindruckt, dass er es aus der Dubliner Innenstadt aufs College geschafft hatte, dabei waren aus seiner Schulklasse noch zwei Jungs ans University College Dublin gegangen. Hatten es zu Geld gebracht. Es war sinnlos, sie mit hineinzuziehen. Er redete weiter, aber noch nie hatte ihn sein eigenes Leben so gelangweilt. Ganz plötzlich. Er wünschte, sein Leben hätte nie stattgefunden. Er wünschte, sein Leben würde erst in zehn, fünfzehn oder zwanzig Minuten beginnen, wenn er die Tür hinter dieser Frau geschlossen hätte und nach oben gegangen wäre, um seine Frau in die Arme zu nehmen und Sex mit ihr zu haben. Er fand, das wäre ein guter Zeitpunkt, um die Geschichte seines Lebens zu beginnen.

Unterdessen fragte die Frau danach, ob er im College mit den Republikanern sympathisiert habe, und ferne Alarmglocken begannen zu schrillen. Was bezweckte sie mit der Frage?

Ganz auf der Hut, sagte er, seine Sympathien für die Republikaner seien nicht nur wegen ihres Vorgehens in Nordirland geschwunden, sondern weil er der Meinung gewesen sei, dass im Süden weit mehr Menschen auf den Straßen starben.

»Verstehe«, sagte sie und kritzelte weiter. Wenn sie sich dafür enschied, konnte eine richtig gute Geschichte daraus werden, aber ihm war es vollkommen gleich. Brendan dachte, wenn er diese Frau nicht bald loswürde, wenn er nicht schneller redete, nicht sagte, was sie hören wollte, würde er vielleicht nie mehr die Treppe hochgehen, und Helen könnte ihm abhandenkommen. Unerreichbar für ihn sein.

»Und dann haben Sie geheiratet«, sagte sie.

»Entschuldigung?«

»Sie haben geheiratet.«

»Sie meinen meine Frau?«

»Ja, Ihre Frau.«

»Nun, sie ist Lehrerin«, sagte er.

Draußen auf der Straße ein Geräusch. Ein gedämpftes Geräusch, schwer zu deuten.

»Aber doch bestimmt mehr als nur eine Lehrerin?«

O Gott. Womit beschäftigte sich Helen gleich noch mal?

»Sie arbeitet am Curriculum. Dem neuen Stoff.«

Ihr Stift bewegte sich unerbittlich. Das kleine Mädchen im Auto, stellte er sich vor, war dunkelhaarig wie die Mutter, und das Buch, das es las, für eine fast Vierjährige sehr fortgeschritten. Sie hatte keinen Durst, musste nicht auf die Toilette gehen und war sehr vorsichtig. Sie blieb auf dem Rücksitz und spielte nicht mit dem Zigarettenanzünder, der Handbremse oder der Hupe.

»Kinder?«

»Entschuldigung?«

Und natürlich wusste jeder – nur er hatte es vergessen –, wer George Moynihan war: Das war dieser Idiot im Radio. Und jeder musste wissen – wie denn auch nicht? –, dass sie es jahrelang versucht hatten und gescheitert waren; seine Frau weinte, wenn er kam. Diese Frau, die eindeutig verrückt war, stand kurz davor, ihn über all das auszufragen, und Brendan dachte schon, dass er sie jeden Augenblick schlagen könnte. Er könnte auf die Straße laufen und seine Kleider zerreißen.

»Ich führe ein vorbildliches Leben!«

Das hatte er eines Nachts nach einem späten Trinkgelage hinausgebrüllt.

»Verflucht, ich führe ein vorbildliches Leben!« Er hatte gegen die Gitter der Hälfte der Läden in der Capel Street getreten. Alarmanlagen ausgelöst.

Weil nichts an seinem Leben vorbildlich war. Es war eine komplette Lüge. Ja, er arbeitete mit Menschen, die es einem nicht leicht machten, sie zu mögen. Er sprach mit Männern, denen man lieber aus dem Weg ging. Er berührte alte Frauen, die ihm noch als Mädchen in Erinnerung waren, vor zwanzig Jahren, und manchmal umarmte er sie, aber obwohl sie ihm leidtaten, mochte er sie nicht immer, und ganz gewiss liebte er sie nicht, nicht mehr, nicht im Geringsten.

Seine Frau aber mochte er. Er liebte seine Frau.

»Haben Sie Kinder?«

»Nein.«

Die Frau vom Fernsehen blickte auf, als wartete sie auf eine Erklärung.

Brendan fragte: »Ist das sein Kind?«

»Wie bitte?«

»In George Moynihans Auto, ist das George Moynihans Kind?«

»Ich fürchte, das ist zu persönlich«, sagte sie.

Die Stille wuchs.

Die Frau blickte schnell auf ihre Notizen und strich sich eine Haarsträhne hinter das kleine Ohr. Aber sie schien froh über die Frage zu sein. Geradezu aufgeregt. Brendan beobachtete sie, wie sie vor sich hin schrieb. Sie war so stark und sah so gut aus. Für ihre Dokumentarfilme heimste sie Auszeichnungen ein.

Schauen Sie sie an, wollte er sagen.

In der Türöffnung stand Helen.

»Ich könnte mich einfach zu ihr setzen«, sagte sie. »Falls Sie mir die Schlüssel geben wollen?«

»Wie bitte?«

»Ich könnte mich einfach ein bisschen mit Ihrer Tochter im Auto unterhalten.«

Schließlich wandte sich die Frau vom Fernsehen hilfesuchend an ihn. Er sagte:

»Helen, kannst du's einfach mal sein lassen? Nur dieses eine Mal? Es ist eine ruhige Straße. Dem Kind geht es gut.«

Ein paar Wochen danach begegnete er der Tochter; sie stand in einem durchsichtigen rosa Regenmantel herum, während gefilmt oder aus irgendeinem Grund nicht gefilmt wurde. Ihr Name war Sophie. Sie wirkte sehr ernst und verantwortungsbewusst. Sie war stets da.

Ihre Mutter dagegen fehlte stets. Sie kam zu spät, sie besann sich anders, sie ging Kaffee trinken und kam zwanzig Minuten später zurück, das Handy am Ohr. Er verlor zwei Tage Arbeit, trödelte in der Kälte mit dem Kamerateam herum, dann stand er am Rande des offenen Kais, die Dunkelheit senkte sich herab, die Steine waren glitschig vom Regen: »Ein Schritt nach links. Noch einer. Noch einer.«

Das leichte Knistern ihres Gesichts. Brendan hatte es irgendwo schon einmal gesehen; die gleiche Mischung aus Verletztheit und Freude.

»Schauen Sie ins Wasser. Als hätten Sie etwas darin verloren. Brendan. Genau so. Schauen Sie weiter nach unten.«

Er merkte, dass sie wie die Junkies war: Die stellten sich zwar furchtbar dumm, konnten aber deine Schwachstelle wittern, dich aufknacken. Ihr Instinkt war so paranoid und unfehlbar, dass sie verdammte Genies waren. Das war die Liga, in der sie spielte. Ob sie es wusste oder nicht, die Frau vom Fernsehen war spitze.

»Hör auf, Sophie! Hör einfach auf damit. Okay, Brendan. Jetzt drehen wir von der anderen Seite.«

An dem Abend, als die Dokumentation ausgestrahlt wurde, drei Monate später, wollte Helen Freunde einladen, aber Brendan war über die Schande noch nicht hinweggekommen, und so waren sie nur zu zweit, mit ein paar Flaschen Bier im Kühlschrank. Brendan wusste, dass die Frau vom Fernsehen verrückt war, aber offensichtlich war sie auch sehr intelligent, insofern fiel es ihm schwer, nicht voller Erwartung zu sein, trotz der Befangenheit, die ihn auf seinem Stuhl hin und her ruckeln ließ. Wie sich zeigte, war der Film großartig, auch wenn sich seine Stimme in seinen Ohren katastrophal anhörte.

»O Gott«, sagte er.

»Scht«, machte Helen.

Es dauerte eine Weile, bis er merkte, was vor sich ging.

»Was?«

Alles war ganz falsch.

»Das ist nicht …«

»Schau's dir einfach an, ja?«, sagte Helen.

Der Film ging von falschen Annahmen aus und zog falsche Schlussfolgerungen. Er war auf die erstaunlichste Weise falsch.

Zeitlupenaufnahmen von den jungen schwarzen Frauen, die in der Benburb Street auf den Strich gingen, und er sagte, seine eigene Stimme sagte: *»Oftmals sind es die*

Frauen … Wegen der Art und Weise, wie HIV übertragen wird. Über das Sperma.«

»Ich fasse es nicht«, sagte er.

Seine eigenen Worte gegen ihn verwendet. Was Missachtung betraf, so war diese hier seltsam vollständig.

Etwas in ihm erschlaffte, und er sah nur noch hin, denn es war auch sehr schön. Die Junkies wirkten wie aus der *Vogue Italia*, er wie Marlon Brando mit Schnürsenkelkrawatte. Der fette Ned O'Regan war auf dem Boden des Schneideraums gelandet, aber er konnte fast sehen, weshalb. Die schiere Schönheit von allem trieb ihm Tränen in die Augen.

»Das ist doch nur …«, sagte er. Und Helen sagte: »Ja, schon gut.«

Und da war er. Über der Liffey ging die Sonne unter, gerade wie ein Würfel. Er als Silhouette und das Wasser halb rot, halb grün, kleine Wellen in einem Netz aus wechselndem Licht, die Farben schmutzig und apokalyptisch. Das kleine Mädchen war nicht im Bild. Es hatte außerhalb des Blickfelds der Kamera gestanden und zugeschaut, wie Brendan sich dem Fluss zuwandte. Und er war so ansehnlich und dabei so traurig. Er wirkte schwarz vor dem Wasser der Liffey, und dadurch wurde er geöffnet. Aufgebrochen. So hatte er sich noch nie gesehen. Solchen Schmerz hatte er noch nie gesehen.

»Was soll das heißen: *Ja, schon gut?*«

Das Hotel

Unterdessen war sie von Dublin nach New York geflogen, dann nach Mailand – ein katastrophaler Tag, gefolgt von einem langen Trab zum Gate D09, wo nichts passierte. Es waren keine Fluggäste da, nur eine einzige, leicht vorwurfsvolle Frau in Uniform, die sie davon in Kenntnis setzte, dass der Flug seit gestern gestrichen sei und sie eine andere Route nehmen müsse, und zwar über – und hier hatte sie einen Filmriss, so wie einem auf einer Party der Name einer Person partout nicht einfallen will, auch wenn ein Teil ihres Gehirns den Ort gespeichert haben musste, da sie kehrtmachte und den Weg zurückging, den sie gekommen war, vorbei am Segafredo, der Swatch-Theke, vorbei an zwei Italienern, die an einem kleinen Drehständer nach Sonnenbrillen suchten, zum neuen Gate, dessen Nummer auf ihrer neuen Bordkarte umkringelt war. Und irgendwo musste sie ihn registriert haben, diesen Zwischenstopp in Deutschland, in der Schweiz oder in Österreich (als sie ankam, waren die Schilder alle auf Deutsch), sie hatte ihn nur vergessen – sie musste ihn gleich mehrfach vergessen haben, sie war zu sehr damit beschäftigt gewesen, italienische Fluggesellschaften zu hassen und vielleicht alle Italiener gleich mit, ihr Verstand war bei dem gestrichenen Flug hängen geblieben, bei den beiden gut aussehenden Männern, die sich umdrehten, um in den dunkel getönten Brillengläsern des anderen ihr Spiegelbild zu bewundern.

Nachdem das Flugzeug gelandet war, folgte sie den anderen Passagieren über die Fluggastbrücke, eine Rolltreppe hinauf und einen mit Glaswänden versehenen Gang entlang und schlängelte sich zwischen Absperrbändern hindurch, die keine Warteschlange einzuhegen brauchten. Sie zeigte ihren Pass einem müden, hoch oben in einer Kabine thronenden Beamten, der sie nicht fragte, ob sie eigentlich wisse, in welches Land sie so spätnachts noch wolle. Es muss doch irgendwo ein Schild geben, dachte sie. Auf dem Gepäckband kreisten ein paar Koffer, aber sie ließ sie kreisen, ging zwischen kahlen Stahltischen hindurch und trat durch die Schiebetür hinaus in diesen neuen Ort.

Die letzten paar Passagiere um sie her wandten sich der großen Drehtür zu: meist Männer, die nach Hause gingen zu warmen Betten, während sie dastand und einen Hotelgutschein betrachtete und die Bordkarte für einen Flug, der in vier Stunden starten würde. Oder in fünf. Manchmal brauchte ihr Smartphone eine Weile, um sich auf die neue Zeitzone einzustellen, aber sie war sich ziemlich sicher, dass ihr Flug in fünf Stunden ging, abzüglich einer Stunde für die Abfertigung. Einstieg um 05.55 Uhr am Gate 19. In genau vier Stunden würde sie wieder hier am Flughafen sein müssen.

Als sie von ihren Berechnungen aufblickte, hatte die Ausgangstür aufgehört, sich zu drehen. Die hinteren Lichter wurden ausgeschaltet – die Ränder der riesigen Halle waren nicht mehr zu erkennen, und es gab niemanden, den man nach dem Weg fragen konnte. Keine Reinigungskräfte, kein Sicherheitspersonal, keine Passagiere in Hidschabs, Shorts oder Reisetüchern, die ihr Gepäck hinter sich herzogen oder Kofferkulis schoben. Keine

Lautsprecherdurchsagen. Der Flughafen war geschlossen. Sogar die Stimme in der Drehtür war verstummt, die einen in verschiedenen Sprachen aufforderte, nicht gegen die Tür zu drücken. Sie überprüfte die Schilder der Reihe nach, bis sie zu demjenigen kam, nach dem sie Ausschau gehalten hatte: ein Strichmännchen, das in einem schmalen Bett lag, darunter das Wort »Hotel«, dann die Wiederholung in einer anderen Sprache, wohl Französisch, »Hôtel«.

»Okay, okay, okay«, flüsterte sie, als sie dem Schild folgte und ihre treue Trolleytasche an einer Reihe verlassener Autovermietungsschalter entlangzog. »Okay, okay, okay«, als sie an einem still stehenden Fahrsteig vorbeiging und sich fragte, in welche Richtung er sich bewegen würde, wenn er sich in Gang setzte. Nach einigem Abstand gab es einen weiteren Fahrsteig, dann noch einen; in einer unterbrochenen Linie setzten sie sich fort bis in die Ferne. Weit voraus signalisierte ein schnurrendes Geräusch, dass einer von ihnen, der längst zur Ruhe hätte kommen müssen, beharrlich weiterrollte. Als sie näher kam, sah sie, dass sich das Laufband aus Edelstahl bewegte, so wie auch der schwarze Gummihandlauf, allerdings schienen sie in entgegengesetzte Richtungen zu gleiten, und erst als sie den Fuß schon fast auf das Laufband gesetzt hatte, merkte sie, dass dieses auf sie zugerollt kam. Sie wich zur Seite und machte sich entgegen der Fahrtrichtung auf den Weg zu einem anderen Schild, das nach links wies, und zu einem anderen Gang mit einem Dach, geschwungen wie ein Flugzeugrumpf und so lang, dass das Ende nicht abzusehen war. Jetzt gab es zu beiden Seiten Rollsteige, und keiner davon bewegte sich. Sie hörte, wie ihr Mantelärmel an ihrem Mantel schabte und ihre treue Tasche rhythmisch über die Bodenfliesen klickte: *ka-dock ka-dock ka-dock.* Schilder gab es keine mehr.

In der Ferne sprang ein Motor an, und sie zuckte zusammen, sodass das Klicken der Räder einem anderen Rhythmus folgte. Es war wie ein Tonartwechsel. *Ka-dick ka-dick ka-dick,* neben dem tiefen Surren des Fahrsteigs, der langsam auf sie zurollte. Aus dem Dunkel am Ende des Ganges lösten sich zwei Männer, die ein wenig schwankten, als sie wie Spielzeugmänner entlanggetragen wurden, in der Tat wie Spielzeugsoldaten, denn sie trugen Schirmmützen, und einer von ihnen hielt mit beiden Händen ein großes Sturmgewehr vor der Brust. Die Männer verließen den Rollsteig und gingen zum nächsten, der zum Leben erwachte, während sich der hinter ihnen verlangsamte. Vielleicht könnte sie das Gleiche tun. Sie könnte eines dieser Dinger in Gang setzen und an den Soldaten vorübergleiten, die auf der anderen Seite dahinglitten. Aber da war das Sturmgewehr. Und sie war sich nicht sicher, ob das Laufband anspringen würde. Die Soldaten gingen von einem Rollsteig zum nächsten. Ihre Schirmmützen waren weiß, und unter dunkelgrünen Splitterschutzwesten trugen sie hellgrüne Hemden. Als sie den Fahrsteig neben ihr betraten, blieb sie auf dem unbeweglichen Boden stehen und wartete darauf, dass sie an ihr vorüberglitten. Die Männer drehten sich etwas zu ihr um, als sie an ihr vorbeigetragen wurden.

»Hotel?«, fragte sie.

Einer von ihnen lachte ein wenig, der mit dem Sturmgewehr. Der andere zeigte über die Schulter in die Richtung, aus der sie gekommen waren.

»Ein bisschen weiter noch. *You must go a little fuurthher.*«

»Danke«, sagte sie und registrierte den sehr weichen Akzent, sie musste wohl irgendwo südlich sein, vielleicht war sie in der Schweiz gelandet.

Am Ende des Ganges befand sich eine Glastür, dahinter waren kräftige orangefarbene Straßenlaternen zu erkennen, die schemenhafte Büsche, eine verlassene blaue Straße und, auf der anderen Seite, ein großes, schönes Hotel beleuchteten. Sie konnte es sich schon vorstellen: das Gefühl des Teppichbodens unter den Rädern ihres Rollkoffers, dunkles Holz, riesige Blumen, die die Luft parfümierten, eine Empfangsdame, die sagte: »Um 4.45 Uhr geht ein Shuttlebus zur Abflughalle.« Eine Dusche. Ein Bett.

Oder doch kein Hotel. Vielleicht war das Gebäude ja ein Lagerhaus oder eine Art Hangar. Auch das war denkbar.

Sie schloss für einen Moment die Augen, öffnete sie dann wieder, *ka-dick ka-dick ka-dick*, und setzte auf dem fest wirkenden Boden einen Fuß vor den anderen. Jetzt befand sich die Tür genau vor ihr. Wenn sie dicht davor wäre, würde sie sich öffnen. Sie würde hinaustreten in die Nachtluft, und auf der anderen Straßenseite wäre eine lächelnde Frau hinter einem Tresen, eine Schlüsselkarte, die man an eine nummerierte Tür halten musste, ein kleines Lämpchen, das auf Grün umspringen würde.

Oder doch kein Hotel. Draußen, auf der gegenüberliegenden Straßenseite, war nur eine weitere Warteschlange zu sehen, bei der sie sich hinten anstellen musste, eine unordentliche Schlange von Menschen mit Gepäck. Einige von ihnen saßen auf dem Straßenbeton, aus dessen Rissen Unkraut wuchs, Männer in grünen Uniformen bewegten sich in Zweiergruppen und tätschelten ihre Gewehrkolben, als wollten sie ihre HK416Cs beruhigen, als wollten sie ihre HK416Cs daran erinnern, dass sie noch da waren. Und die Leute in der Schlange hatten zu viele Kleidungsstücke an: Sie trugen Mäntel und billige Parkas, Strickjacken über Strickjacken, Stoffstücke, die an ihnen herabbaumelten, Kopf- und Schultertücher, und jemand hatte sich eine Decke umgeschlungen, die nicht sauber war.

Vor dem Flughafen gibt es kein Hotel, keine nummerierte Tür, die in ein Zimmer mit einem Bett führt, auf dem sie sitzen und sich dann zurücklehnen kann, wobei sie jeden Schuh mithilfe des anderen Fußes abstreift, sodass erst der eine Schuh und dann der andere auf den Teppichboden fällt. Kein Kopfkissen, in dem sie ihr Gesicht vergraben und von dem sie sich gleich wieder wegrollen kann, aus Angst, sie könnte voll bekleidet einschlafen, aus Angst, sie könnte sich in die Haare sabbern. Nein. Es gibt nur diese Schlange von Menschen, die eine Dusche benötigen, aber es gibt keine Dusche – das lässt sich an ihren Gesichtern ablesen –, es gibt nicht einmal Hoffnung auf Wasser, geschweige denn auf Seife, geschweige denn auf die Duschkabine, nach der sie sich so heftig gesehnt hat, mit beigen Steinwänden und einem gekörnten, rutschfesten Boden, einem flachen Brausekopf, so groß wie der Boden eines Eimers, mit Seife, die nach Bergamotten duftet, nach Orangenblüten, grünem Tee. Du kannst dir nur das Gesicht abreiben, sodass sich der Schmutz in nadelfeinen Wülsten aus schwarzem Staub löst, vermischt mit altem Schweiß, und der Geruch ist jener haftende Geruch, wenn du durch Dreck gewatet und – eine Woche, einen Monat später – auf der anderen Seite herausgekommen bist, wenn du nicht einmal mehr stinkst, sondern nur noch muffig riechst. Denn die Warteschlange gibt es schon lange, die Menschen warten darauf, in den Schutz des gegenüberliegenden Gebäudes zu gelangen, eines quadratischen Klotzes, der nicht nach Schutz aussieht, außer dass er ein Dach hat. Und natürlich gibt es in diesem Gebäude mit seinen schmalen, hohen Fenstern eine weitere Warteschlange und noch mehr Soldaten, die manchmal von dem Geruch leicht angewidert sind, manchmal ein wenig verärgert, manchmal gelangweilt, und die ungeduldig ihre Gewehrkolben streicheln, weil du ängstlich und langsam bist. Weil du auf die Toilette musst, und das bedeutet, dass du die Schlange verlassen musst, was ein ziemlicher Aufwand ist, und manchmal, wenn du dich wieder einreihst, klebt an dir, an deinem Schuh oder am Saum deines Mantels tatsächlich menschliche Scheiße, weil kein Geld vorhanden ist, weil nach Lage der Dinge keine Notwendigkeit besteht, den Toilettenboden reinigen zu lassen.

Hinter der automatischen Tür gibt es keine lächelnde Empfangsdame in einfach geschnittenem hotelblauem Kostüm, die ihr sagt, ja, ihr Flug sei pünktlich, der Shuttlebus werde vor fünf Uhr eintreffen, genügend Zeit, denn der Flughafen – zu welcher Stadt er auch gehören mag – sei wirklich sehr leistungsfähig. Und, ach ja, das Frühstück werde nicht vor sechs Uhr serviert, also gebe es Croissants in der Lobby. Jetzt weiß sie, Croissants wird es nicht geben.

Den Menschen in der Schlange vor der Tür steht kein Warenautomat zur Verfügung, aus dem ein Twix oder eine Flasche Wasser poltert. »Wo ist Ihr Reisepass?«, fragt ein Soldat. »Ohne Visum taugt er nichts. Wer hat Ihnen diese Bordkarte gegeben? Oje, die Bordkarte, die ist nicht gültig, mit der kommen Sie in kein Flugzeug mehr.« Und inzwischen weinen die Babys, was sollen da noch die Croissants – sie muss sich nur durch diese Schlange drängeln, durch all diese Leute, die mehrere Schichten billiger Klamotten tragen, die so langsam vorwärtsschlurfen, und sie öffnet den Reißverschluss ihrer Tasche, um ihren Schal hervorzuholen, denn es ist kalt. Und statt einer Empfangsdame gibt es einen Mann mit einem Sturmgewehr, der sich zu Tode langweilt. Er rückt sein Geschlechtsteil nach links, zieht seinen Gürtel hoch – er muss die Hand ausschütteln, die den Gewehrkolben umklammert – und begutachtet die Titten der Frauen in der Schlange; die ganze Nacht hindurch begutachtet er Titten, weil er sich so schrecklich langweilt, dass er jetzt einfach nur jemanden ficken will. Wenn er ein Mädchen zum Weitergehen auffordert, schiebt er sie, schubst sie ein wenig, und es ist wichtig, keinesfalls die Aufmerksamkeit dieses Mannes zu erregen; es ist wirklich wichtig, weiter auf den Boden zu schauen. Also, was sollen die Baumwolllaken – sie wünscht sich nur noch den zärtlichen Blick ihres Mannes, den zärtlichen Blick ihres Sohnes. Sie möchte ihrer Mutter einen Kuss geben, denn sie befürchtet, irgendwo vorne in der Schlange könnte ihre Mutter stehen oder womöglich im Schlafsaal, der sich hinter diesem Block befindet, auf einem Etagenbett sitzen oder in der endlosen Schlange warten, die sich entlang des Maschendrahtzauns erstreckt, eine Schlange, die Wochen, Monate und Jahre anhält. Und ihre Mutter ist zwar sehr geduldig, aber sie ist auch alt.

Sie steht so dicht vor der Tür, dass sie Angst hat, mit dem Kopf gegen die Scheibe zu stoßen. Sie hat Angst, dass sie sich nicht öffnen wird, und sie hat Angst vor dem, was sich auf der anderen Seite befindet. Das Hotel war nur ein Witz, und sie weiß nicht mehr weiter. Weil sie den Namen des Landes nicht kennt, in dem sie sich aufhält, und weil sie nicht länger an ein Zuhause glaubt.

Grace in einem Baum

Ich sah Grace in einem Baum, und so ging ich zu ihr hin und sagte: »Biste da oben zum Tanzen?« Sie hockte auf einem Bein, das andere baumelte herab, und mit weit ausgestreckten Armen hielt sie sich an den Ästen fest. Ich glaube, es war ein Bergahorn. Aber sie war ziemlich weit oben und reagierte nicht auf den Spruch mit dem Tanzen, obwohl die Kinder ihn die ganze Zeit im Munde führten. Dann musste ich zu einem der fraglichen Kinder zurücklaufen, das an der Stelle feststeckte, wo sich die Kinder immer wieder verheddern, kurz bevor sie losbrüllen, gleich neben den Schaukeln im Sonnenschein. Irgendwo habe ich gelesen, dass Kinder nicht weinen, wenn keine Erwachsenen in der Nähe sind, die sie sehen können. Ich vermute, Eltern halten es genau andersherum oder versuchen es zumindest. Wir weinen, wenn wir allein sind. Ich zum Beispiel – einmal weinte ich an der Küchenzeile vor mich hin und sagte: »Es sind die Zwiebeln«, obwohl ich beim besten Willen nicht sagen konnte, weswegen ich weinte. Und das Kind, das mich fragte, was los sei, das Kind, das ich anlog, mein Jüngster, isst bis zum heutigen Tag keine Zwiebeln.

Tatsache.

Er ist derjenige, der jetzt bei den Schaukeln weint. Er weint, weil ich da bin, um ihn wieder heil zu küssen. Und wenn ich nicht da wäre, würde er einfach weiterwatscheln.

Man kann nicht gewinnen.

Vielleicht war es das, was Grace auf den Baum getrieben hatte – dass man nicht gewinnen kann. Wo soll man auch sonst hin? Auf der Basis könnte auch ich auf einen Baum klettern. Ich schaute mich nach ihrer Kleinen um – der sie den Namen Mary gegeben hat, denn wenn sie heranwächst, wäre das ein richtig ungewöhnlicher Name. Aber Mary war nicht mehr dort, wo ich sie zuletzt gesehen hatte, als sie auf dem asphaltierten Weg diesem schönen, ruhigen Jungen mit dem Tretroller hinterherrannte.

Ich hoffte, dass es ihr gut ging.

In letzter Zeit hat Mary immer wieder gesagt, ihr Daddy werde sie von der Schule abholen, aber das lag daran, dass genau das eigentlich nicht mehr passierte. Früher war er hin und wieder aufgekreuzt, so glamourös und jung, dass wir uns alle dick vorkamen. Wenn er davonfuhr, hüpfte Mary auf dem Rücksitz des Autos umher, was sehr lustig aussah, bis man merkte, dass er ihr den Sicherheitsgurt nicht angelegt hatte. Immerhin war er da. Wartete am Schultor. Das war lobenswert. Und uns gefiel sein Aussehen, er trug nicht mal einen Mantel; wenn er in seinem T-Shirt erschien, wirkte er immer so frei.

Das lag vermutlich daran, dass er frei *war*. Im Gegensatz zu uns, an denen immer ein oder zwei Kinder klebten, während wir uns unterhielten. Eines Tages erzählte uns Cathy Blake, ihr Mann werde die Geburtstagsfeier und all den anderen Wochenendkram organisieren, da sie sich gerade getrennt hätten, und plötzlich wäre ich vor Neid fast geplatzt.

»Jesus, das ganze Wochenende frei«, sagte ich zu Grace, die lachte. Aber bei Grace wusste man nie so recht, auf welcher Seite sie in welchem Krieg stand. Nie war ihre Situation eindeutig. Marys Dad war aus England zurückgekehrt, wohnte aber nicht bei ihnen, zumindest aller Wahrscheinlichkeit nach nicht, und man konnte nie herausfinden, ob Grace ihn nun haben wollte oder nicht oder woher das bisschen Geld kam, das sie besaß – schätzungsweise nicht von ihm. Und so wirkte unser ständiges Gejammer – wenn wir über den Preis von Schnittblumen schimpften oder über die stinkenden Socken unserer Männer meckerten – mitunter fehl am Platz. Dann reagierte Grace etwas ausweichend.

»Gott, die Socken«, sagte sie dann etwa und zuckte mit den Achseln. Aber sie beteiligte sich nicht an dem Getratsche, und manchmal bekam sie nicht einmal das Achselzucken hin. Und man fragte sich, was los war. Sie wirkte so alt. Ein schmächtiges Ding. Mitunter sah sie einen an, als befinde sich das, was sie zu sagen hatte, ganz am unteren Ende einer Straße, die man niemals würde begehen müssen.

Grace erzählte, eines Tages sei sie nach Hause gekommen. Marys Vater hatte weggemusst – etwas Dringendes für die Arbeit – und das Kind bei einem Typen gelassen, der auf dem Sofa Bier trank, einem Typen, den sie noch nie zuvor gesehen hatte. Und der Typ war in Ordnung, aber trotzdem.

»Aber trotzdem«, sagte ich.

Und wir blickten einander an, um das Entsetzen zu teilen.

Ich weiß noch, wie ich dachte, wenn sie ihn gehen lassen könnte, wäre es vielleicht einfacher. Wenn sie die Sache mit der Alleinerziehung ganz auf sich nehmen oder sich dazu bekennen könnte. Ich meine, sie hatte schon länger allein gelebt als die meisten Menschen – die endlosen Nächte, die sie im Lauf der Jahre mit diesem kleinen Baby verbracht hatte: Es war ja nicht so, als würde sie nicht die hintersten Winkel ihres jungen Herzens kennen.

Doch dann hörte man das Quieken, das Mary ausstieß, wenn sie auf dem Schulhof ihren Daddy entdeckte, und man musste es ihnen überlassen. Moralisch gesehen. Man musste ihnen zugestehen, dass sie einander liebten und sich irgendwie durchwurschtelten.

Nicht dass er jetzt öfter da gewesen wäre. Wenn man darüber nachdachte, war es schon eine ganze Weile her.

Und so hielt ich, als ich auf dem Spielplatz meinen kleinen Sohn aufhob, Ausschau nach Mary. Hielt Ausschau nach ihrem erstaunlichen Haarschopf.

»Soll ich dich heil küssen? Mit einem dicken Kuss? Tut schon nimmer weh.«

Ich richtete mich auf und sah mich genauer um. Ihre Mutter saß in einem Baum, und ich fand, das Kind sollte irgendwie davon in Kenntnis gesetzt werden. Ich konnte nach ihr rufen, aber in letzter Zeit stimmte etwas mit Marys Ohren nicht – oder vielleicht war das schon die ganze Zeit das Problem gewesen, denn immer trat bei ihr eine leichte Verzögerung ein, so als sei etwas aus dem Takt geraten; die Art, wie sie einen ansah, als ob sie sich fragte, was man als Nächstes tun werde.

»Nichts«, wollte man zu ihr sagen. »Ich werde überhaupt nichts tun.«

Sie hat kastanienbraunes Haar, Mary, echtes Kastanienbraun, wie man es aus der Flasche einer Friseurin kennt, dicke, cremefarbene Haut und Augen, so braun wie die eines Äffchens. Sie ist gut beieinander – das ist das Einzige, was sich über dieses Kind sagen lässt –, sie ist gut beieinander.

Aber die Sache mit dem Gehör war ein Schlag, und der

Hausbesitzer machte Andeutungen, er wolle verkaufen, bevor der Markt zusammenbreche. Grace sagte, das sei ihr scheißegal, weil Mary nachts vor Schmerzen aufwache und sie beide, alle beide, auf der Fahrt zur Schule aschfahl seien.

Insofern war der Spielplatz – das kleine bisschen gute Wetter und die Begegnung mit Freundinnen – ein Segen; wie Kinder im Nu fröhlich werden und über den Rasen flitzen, während die Mütter umherstehen und ihre Sorgen sich lichten wie Dunst in der Sonne.

Meinem eigenen kleinen Kerl ging es gut, und er trollte sich zur nächsten Katastrophe, und meine Tochter zog ihre Kleider aus und band sie sich um die Taille, Mantel, Sweatshirt, es war nicht abzusehen, wo sie aufhören würde. Und Mary war nirgends zu finden.

Ich entdeckte sie erst, als ich mich zu Grace umdrehte. Sie war unter dem Baum aufgetaucht, blickte zu ihrer Mutter hinauf und war ganz still – kein Wort, das man auf Mary anwendet; ich glaube nicht, dass ich sie jemals hatte still stehen sehen. Und ihre Mutter blickte auf sie hinab – sie war vernarrt in dieses Kind –, und ich fragte mich, wer zuerst sprechen würde und was sie sagen würden.

Weil man nie weiß, was vor sich geht. Auch bei Cathy Blake wusste es niemand, vor der Trennung waren sie und Joe das normalste Paar, dem man begegnen konnte. Man weiß nie, wer weint und wer zusieht, wie jemand weint, oder wie Leute etwas durchstehen.

So saß Grace in ihrem Baum, mit weit geöffneten Armen und einem herabbaumelnden Bein. Und Mary stand da und blickte zu ihr hinauf. Der Wind streifte durch die Blätter und hob Marys Haar ein wenig an. Dann erstarb er.

»Fall nicht, Mummy«, sagte sie.

Wintersonnenwende

Es war der kürzeste Tag. Diese wenigen Stunden wie ein großer Augenschlag: gerade genug Licht, um zu prüfen, ob die Welt noch existiert, und dann weiterschlafen.

Irgendwann am Nachmittag befiel ihn die Anwandlung, sich nach Hause oder anderswohin zu begeben, und als er seinen Kopf hob, war es draußen schon dunkel. Es fühlte sich schlichtweg falsch an. Zwei Stunden später befindet er sich im Parkhaus und sucht sein Auto, das er aber nicht finden kann. Wie bei einem entlaufenen Hund. Er drückt immer wieder auf seinen Schlüsselanhänger, doch weder auf der zweiten Etage, auf der er gewöhnlich parkt, noch auf Etage drei leuchten orangefarbene Lichter auf. Er geht die Betontreppe zur vierten Etage hinauf und die Rampe zu 4 A entlang, vorbei an einer Schlange von sich auf dem Weg nach unten stauenden Autos. Beim Vorübergehen sieht er durch die Scheiben, der Gesichtsausdruck der Fahrer ist leer; sie sind bereits auf dem Heimweg.

Draußen war Weihnachten, doch im Parkhaus, dem einzigen Ort in Dublin ohne bunte Lichter, dachte er nicht, dass Weihnachten war. Jim ging die letzte Rampe zur fünften Etage hoch. Über ihm gaben die schwarzen Betonstreben des Parkhausdaches den Blick auf den Nachthimmel frei. Er erblickte das Auto, das dem Wetter ausgesetzt war. Er sah sich einen Augenblick lang um in der längsten Nacht des Jahres.

Es fühlte sich an wie das Ende und weckte den Wunsch, die Religion wiederzuhaben. Er schaute über die Kulisse des Dubliner Westens hinweg und erwog die Möglichkeit, dass es diesmal nicht so weit kommen würde. Diesmal würde die Erde sich tiefer in den Schatten drehen. Und da die Ausfahrtsrampen noch immer blockiert waren, blieb er eine Minute stehen, um die Sonnenwende auf seinem Telefon zu überprüfen. Er begriff nicht recht, warum sie sich nicht immer am 21. Dezember ereignete, doch 2016 war es so, obwohl man hätte meinen können, dass es nicht hätte sein sollen. Nicht jedoch genau an Mitternacht; »das Event«, wie sie es auf timeanddot.com nannten«, würde um 22.44 Uhr irischer Zeit stattfinden. Ob er es glaubte oder nicht, würde der Planet zu dieser Zeit innehalten und sich zur anderen Seite zu neigen beginnen.

Oder legte er eine Pause ein? Schwer zu sagen.

Auf der M50 ging es im Schritttempo voran, und wie immer galt es, den fürchterlichen Albtraum hinter sich zu lassen, der darin bestand, die Ausfahrt nach Tallaght zu erwischen. Er sah die roten Hecklichter der Reihe nach auf sich zukommen, bis er auf seine Bremse trat. Bis nach Manor Kilbride würde Stop-and-go-Verkehr herrschen.

Volle vierzig Minuten später fuhr er von der Autobahn ab; die Fahrzeuge aus der Gegenrichtung drängten sich so dicht an ihm vorbei, dass er die Augen zukneifen und die Nerven behalten musste. Den Ort, an dem die Straßenlaternen langsam dem Ländlichen wichen, mochte er besonders, und im Radio lief ein Lied, als sich vor ihm die Straße öffnete. Die Musik verlieh ihm das Gefühl, als könne er ewig weiterfahren. Es war ein Liebes- oder ein trauriges

Lied. Es erinnerte ihn an eine bestimmte Zeit in seinem Leben, an eine Stadt, er wusste aber nicht, an welche. Dieses Vergessen verunsicherte ihn auf diesem Straßenabschnitt, als könnte er bei einem entgegenkommenden Wagen eine Kralle anbringen, ohne dass dies von Bedeutung sei. Er wusste nicht, was er dachte, bis ein Lkw an ihm vorbeidonnerte und an der Wagenseite die Luft wegsaugte.

Dies jagte ihm Angst ein. Er kontrollierte alle Spiegel, änderte seine Sitzposition und hielt das Lenkrad fester. Er erreichte die Abzweigung, folgte auf einer schmalen Landstraße seinem eigenen Scheinwerferlicht, und als er beim Haus ankam, blieb er eine ganze Weile im Wagen sitzen.

Die Nacht draußen war allumfassend.

Auf seinem Telefon fanden sich drei Textnachrichten, eingegangen im Abstand von zehn, fünfzehn Minuten.

»Wann zu Hause?«

»Isst du mit?«

»Wie auch immer, Essen halb sieben.«

Als er das Haus betritt, riecht es nach Gemüsepfanne. Seine Tochter will den Tisch nicht decken und verteidigt die mexikanische Einwanderung in die USA. »Es geht so rassistisch zu«, sagt sie, und ihre Familie stimmt weder zu noch widerspricht sie, denn dies lädt geradezu dazu ein. Ruth ist fünfzehn. Sie streitet sich mit ihrem eigenen Schatten, mit ihrer Mutter, ihren Lehrern, doch niemand schert sich um die mexikanische Einwanderung oder ihrer Meinung nach nicht genug.

»Wir leben in der Grafschaft Wicklow.«

Doch Ruth kann nicht erkennen, was das mit dem Thema zu tun haben soll.

Er würde mehr Bewunderung zeigen, sich gar an der Diskussion beteiligen, doch sie telefoniert wieder.

»Wie bitte?«

»Genau«, sagt sie. Er blickt über ihre Schulter, und sie genehmigt ausnahmsweise diesen Blick. Eine Person namens chikkenpenis hat ein lustiges Bild geschickt, das mit Kanyes Nervenzusammenbruch zu tun hat. Chikkenpenis schreibt sich mit zwei k. Schwer zu sagen, was daran lustig sein soll.

»Ist das jemand, den du kennst?«

Sie verdreht nur die Augen und tippt mit beiden Daumen. Sie schmeißt sich weg vor Lachen und sagt: »Krass, krass.«

Er schaut in die Küche, in der seine Frau versucht, aus einer viel zu schweren Pfanne das Essen aufzutragen. Sie steckt in ihrem Trainingsanzug. Vermutlich war sie den ganzen Tag oben und hat irgendein Autobetriebshandbuch übersetzt, für solide deutsche Euros. Ihr Haar hat sie mit einem Zopfband befestigt, was ihr nicht steht. Er versucht, sich an das Lied zu erinnern, das er im Autoradio gehört hat, während er zu ihr geht, um ihr zu helfen. Doch sie sagt: »Raus!«, und die Erinnerung ist verschwunden.

Während des Abendessens fällt ihm auf, dass Ross, sein Sohn, ihm von jemandem oder von etwas namens Stripey erzählt. Sein Sohn sagt, Stripey habe gewusst, was der Tod bedeutet, da er immer zu Tigers Grab gegangen sei. Nach einem Moment wird ihm klar, dass Stripey eine Katze ist und Tiger ebenso. Die Katzen von den Kinderbetreuern, als er klein war. Katzen aus Jahre zurückliegenden Zeiten.

»Tiere glauben an den Tod«, sagt sein Sohn.

»Meinst du?«

Dies ist eine große Aussage.

»Vielleicht wartet er nur, bis die andere Katze dort wieder rauskommt. Ich meine, vielleicht weiß er nicht, was Erde ist. Vielleicht glaubt er nicht an die Erde.«

Der Junge schweigt und schaut auf seinen Teller.

Ruth sagt »Kcchchhh« und deutet eine aus dem Grab ragende Carrie-Hand an. Sofort bricht Zank aus. Schreien, schubsen. »Heda, es reicht.«

Nachdem sie sich beruhigt haben, wirft ihm seine Frau einen vorwurfsvollen Blick zu, den er erwidert: Was hab ich denn nun wieder verbrochen?

»Ich glaube, die Katze war traurig«, sagt sie. »Ich glaube, Stripey hat Tiger vermisst, meinst du nicht auch?«

Sie hat ihre Hand auf seine lockere Faust gelegt, die er neben dem Teller geballt hat. Dies ist einer ihrer Streitpunkte.

Hör auf, deinen eigenen Sohn zu verunsichern!

Dies jagt ihm einen Mordsschrecken ein. Denn sein Sohn muss lernen, die Dinge zu nehmen, wie sie kommen.

»Könnte hungrig gewesen sein«, sagt er. »Mmh, lecker. Tote Katze.«

Ross schenkt ihm ein schiefes Lächeln.

Seine Frau hebt plötzlich die Tafel auf und fängt an, die Teller abzuräumen, obwohl sie gerade erst mit dem Essen fertig waren.

»Tut mir leid«, sagt sie. »Es war nur eine schnelle Mahlzeit.«

»Toll«, antwortet er.

Na großartig, denkt er. Am längsten Abend. Seine Frau mit diesem Blick, der sagt: Bald ist Weihnachten, und alles wird scheiße.

Berichtigung. Seine Frau mit diesem Blick, der sagt: Bald ist Weihnachten, und es ist alles deine Schuld.

Er gießt sich ein Glas Wein ein und schüttet ihn beinahe über sich, als er nach den Nachrichten auf dem Sofa einschläft. Er träumt vom Wetter oder diskutiert das Wetter mit seinem träumenden Selbst: Den ganzen Herbst über war es so trocken, herrschte Hochdruck, hatten wir einen klaren Himmel, die Blätter fallen wie Staub, so lange haben sie gehangen. Ihm fällt ein, dass Tiger Stripeys Mutter war. Keine Geringere als die Katzenmutter. So viel sagt er seiner Frau, die ihm schräg gegenübersitzt. Sie schaut ihn an.

»Ja«, sagt sie. Da fällt ihm plötzlich ein, dass seine Mutter tot ist – eine Tatsache, die er oft tagelang vergisst.

»Sind denen keine besseren Namen eingefallen?«, sagt er.

Später schaltet er den Fernseher stumm, um einem Geräusch zu lauschen. Er hört seine Tochter oben singen. Sie hat den Kopfhörer auf; ihre Stimme halb im Kopf, halb im Raum.

»Der gottverdammte Laster«, sagt er. »Hat mir beinahe den Seitenspiegel abgerissen. Du kennst die Kurve.«

»Sei vorsichtig«, sagt seine Frau. »In dieser Jahreszeit trinken sie alle.«

»Die sind alle knülle«, sagt er. »Ich habe ja auch halb geschlafen. Nein, nicht geschlafen.« Sie wirkte ein wenig schockiert. »Nur ein bisschen.«

Ankerlos. Das ist das Wort, nach dem er sucht. In letzter Zeit fühlt beziehungsweise fühlte er sich ankerlos. Gedanklich hatte er stets einen Platz, an den er gehen konnte. Wo der war, lässt sich schwer sagen, aber seine Mutter ist seit April tot, vielleicht war es der Platz, den sie eingenommen hat. Dorthin kann er nicht mehr zurückkehren. Das Lied hat ihn daran erinnert.

»Ich habe Radio gehört«, sagt er.

»Radio?«

Es glich keinem inneren Monolog oder dergleichen, er saß nicht den ganzen Tag herum und redete mit seiner Mutter. Es glich eher einer Stille. Er hatte eine großartige und wunderbare Stille verloren. Die Autos kamen ihm entgegen, und er fühlte sich ungeschützt, drangsaliert vom Scheinwerferlicht. Weil er da niemanden an seiner Seite hatte. Nicht mal seine Frau.

»Ja, Radio. Im Auto. Weißt du, ich wünschte, du würdest mich ausnahmsweise einmal etwas sagen lassen, ohne dass du es wiederholst wie eine Bekloppte.«

Sie lässt dies einen Augenblick lang ins Bewusstsein dringen, erhebt sich dann aus dem großen Sessel und geht aus dem Zimmer. Er kann hören, wie sie nebenan beginnt, die Spülmaschine auszuräumen.

Beruht ganz auf Gegenseitigkeit, möchte er ihr zurufen, ganz auf Gegenseitigkeit, verdammt! Er möchte ihr erzählen, dass er draußen im Wagen saß, vor seinem eigenen Haus, und dachte: Was auch immer geschieht, wenn ich das Haus betrete. Das ist das Ding. Wenn ich das Haus betrete, werde ich es finden. Die Antwort oder die Frage, das eine oder das andere. Es wird da sein.

Und was fand er?

Dies.

Diese Menschen.

Dies.

Sein Sohn kommt herein, um ihm etwas zu zeigen. Er leuchtet mit seinem teuren Telefon, mit dem gesplitterten Screen, und hält es ihm so dicht vor die Nase, dass der Vater es ein wenig wegschieben und schielen muss. Ein Foto: zwei im sibirischen Schnee kämpfende Tiger.

Sie sind ziemlich beeindruckend, die Tiger.

»Fantastisch«, sagt er.

Ross ist erfreut, seine Wangen glühen.

Das Telefon zeigt 22.37 Uhr an. »Suche nach ›Wintersonnenwende‹«, sagt er, buchstabiert das Wort und nimmt dann das Telefon an sich, weil der Junge zwar sein Leben online verbringt, aber komischerweise nie etwas Sinnvolles findet.

Er hat fünf Minuten für die Aufgabe, seinem Kind zu erklären, dass die Sonne in jedem Fall am Morgen aufgehen wird. Doch Ross weiß bereits, was eine Sonnenwende ist, da sie das in der Schule gelernt haben.

»Gehen wir nach draußen?«, fragt er.

»Nein«, sagt Ross, »lass es uns hier verfolgen.«

Er schaltet also den Fernseher aus, sie setzen sich nebeneinander auf das Sofa und starren die nächsten Minuten auf das Telefon von Ross. Um 22.44 Uhr macht die Welt halt und neigt sich auf ihrer gewaltigen und lautlosen Achse zurück. Das tut sie tatsächlich. Sie sehen sich ungläubig und erstaunt an. Denn es geschah nichts. Es geschah. Sie können sie spüren, die langsame Neigung zur Sonne.

Seine Frau steht in der Türöffnung und schaut sie an. Sie drehen sich zu ihr um und lächeln ihr lange zu.

»Was denn?«, fragt sie.

Blasse Hände, die ich liebte, neben Shalamar

An einem Samstagabend vor Weihnachten hatte ich mit einem Typen Sex und gab ihm meine Nummer. Er hatte etwas an sich, was mich hätte ahnen lassen können, dass er genau die Sorte Mann war, die anruft. Als Fintan ans Telefon ging, war ich ausnahmsweise einmal fast dankbar. Durch die Schiebetür konnte ich ihn hören.

»Ja, sie ist da. Sie ist in der Küche und isst gerade was Totes.«

Dann: »Nein, ich bin kein Vegetarier.«

Und dann: »Was Totes eben. Ich meine Typen wie dich.«

Ich sagte: »Gib mir den Hörer, Fintan.«

Als das Gespräch beendet war, warf ich den Rest meines Abendessens weg, ging ins Wohnzimmer und setzte mich. Fintan sah sich einen Dokumentarfilm über Flughäfen an, der sich als ziemlich witzig erwies. Als der Film zu Ende war, stand ich auf, um ins Bett zu gehen, und Fintan blickte zu mir auf und sagte: »Werd bloß nicht sanft.«

Und ich antwortete: »Gute Nacht, Fintan. Gute Nacht, Liebling. Gute Nacht.«

Beinahe wäre ich mit Fintan gegangen, das war, bevor ihm die Diagnose gestellt wurde. Jetzt wohnen wir zusammen, und die Leute fragen mich: Ist das nicht ein bisschen zu gefährlich? Dabei ist er der sanftmütigste Mann, den ich kenne. Die Aschenbecher waren das größte Problem, immer dieser Dreck. Schließlich sagte ich es ihm eines Tages beim Abwasch, und er verschwand für eine Woche. Dann war er eines Abends wieder da und saß auf dem Sofa, in der Hand eine Messingdose mit einem abscheulichen Sprungdeckel. Ich fragte: »Wo hast du die denn her, aus Indien?« Er sah mich nur an. Jetzt hört man ihn überall im Haus klicken und klacken. Es ist, als aschte jemand in eine Mausefalle hinein, was mich aber noch immer lächeln lässt.

Ansonsten kann ich nicht klagen. Zwar wäre es mir lieber, er würde seine Klamotten öfter mal waschen, aber ich glaube, mit dem Geruch fühlt er sich wohler. Ich mich im Grunde auch. Er erinnert mich an die Zeit, als ich ihn fast geliebt hätte, damals im College, als es den ganzen Tag regnete, als niemand Heizung hatte und man einem Mann als Erstes den Rüssel unter den Pullover steckte und schnüffelte.

Heute ist er dünner, und seine Hände zittern. Im Haus behält er seinen Mantel an und verbringt viel Zeit damit, mitten im Zimmer die Luft anzustarren – nicht die Decke oder die Wände, sondern die Luft selbst.

Aber auf so was darf man nicht vertrauen. Ich wäre die Letzte, die das tut. Persönlich glaube ich, dass er keiner Fliege was zuleide tun könnte, trotzdem überprüfe ich seine Medikamente, wenn er nicht da ist. Und doch stimmte, was er an dem Abend gesagt hat, als das Telefon läutete – ich aß gerade was Totes. Ich saß in der Küche, wo das Kondenswasser an der schwarzen Fensterscheibe herunterlief, und stocherte in der Carbonara herum, als handele es sich um sämtliche Männer, die ich verschlissen oder verpasst hatte. Sämtliche Männer, die ich verpasst oder denen ich den Laufpass gegeben hatte. Wenn's ein Lied wär, könnte man's singen. Wenn's ein Lied wär, könntest du's noch einmal spielen, Sam.

Ich ging raus, griff nach dem Hörer, sagte »Hallo?« und starrte Fintan so lange an, bis er die Diele räumte. »Tut mir leid.«

»Bist du's?«, fragte der Typ am anderen Ende. »Bist du's?«

Dann stellte er sich vor – ziemlich merkwürdig, wenn man bereits miteinander im Bett gewesen ist. Anschließend wollte er sich mit mir »verabreden«. Ich wusste nicht, was ich sagen sollte. Als ich anfing auszugehen, gab's so was nicht. Man traf die Leute ganz zufällig. Man blieb noch auf einen Drink, dann, wieder durch Zufall, bis zur Sperrstunde und schließlich, durch ein Wunder, durch ein Ungeschick, durch ein Versehen, einen Ausrutscher, die ganze Nacht. (Ich kann euch sagen, das war ganz schön schlimm, so ein Ausrutscher, ein richtiger Unfall. Genauso schlimm wie mit dem Auto.) Das ungefähr dachte ich in der Küche, während die Pasta durch Ei und Sahne glitschte. Wie bringe ich es bloß fertig? Wie baue ich mit dem gottverdammten Wagen einen Unfall?

»Wie wär's mit Freitagabend?«, fragte er.

»Wie bitte?«

»Oder Mittwoch?«

In der Dunkelheit der Diele schaute ich in einem imaginären Kalender nach und lauschte dem Besetztzeichen noch eine Weile, nachdem der Typ aufgelegt hatte.

Ich war mir nicht sicher, ob ich ihn mochte. Das war alles.

Das Abendessen mit ihm war schon seltsam. Ich sollte aufhören, über mein Leben zu jammern, aber ich saß in einem Restaurant mit roten Samtvorhängen, weißen Leinentischdecken und teuren, geziert lächelnden Kellnern, spielte mit meinem Fischmesser und fragte mich: Wozu das alles? Danach gingen wir zu ihm, und ich spürte, wie mitten im Sex die Migräne einsetzte. Es hätte nett sein können – ich hab nichts gegen Sex –, aber mit der beginnenden Migräne kam es mir vor, als befinde er sich weit weg von mir, und jeder Stoß ließ mein Hirn flackern, bis ich ganz klein war und mich irgendwie auf dem Grund meines eigenen Brunnens zusammenrollte.

Natürlich war er sehr fürsorglich und bestand darauf, mich nach Hause zu fahren. Die Männer sagen immer, sie wollen zwanglosen Sex, aber wenn man Vielen-Dank-Gute-Nacht sagt, sind sie zutiefst beleidigt, meiner Erfahrung nach. Er strich mir über die Wange und fragte, ob er mich wiedersehen könne, und als ich Ja sagte, entsperrte er mit einem Fauchen und einem Klicken die Zentralverriegelung und ließ mich gehen.

In der Küche trank ich vier Tassen superstarken schwarzen Kaffee und ging ins Bett. Und wartete.

Am nächsten Tag kam irgendwann Fintan ins Zimmer und zog die Vorhänge zu, weil ein schmaler Lichtstrahl hereinfiel. Als er das Licht ausgesperrt hatte, war ich so froh, dass ich anfing zu weinen. Eine Migräne ist etwas Unglaubliches. Man liegt da und kann es nicht glauben. Man liegt da, starr vor Unglauben, wie ein Atheist in der Hölle.

Fintan machte es sich auf einem Stuhl neben dem Bett bequem und begann, mir etwas vorzulesen. Ich hatte nichts dagegen. Ich hörte alles und verstand alles, trotzdem rauschten die Wörter an mir vorbei. Er hielt mein Exemplar von *Alice im Wunderland* aus Kindertagen in den

Händen, und ich fragte mich, ob die Farben früher auch schon so kräftig gewesen waren: Alice' Haar ein schreiendes Gelb, der Flamingo in ihren Armen rosa gefiedert.

Er kam zu der Stelle, an der es um die drei kleinen Schwestern geht, die auf dem Grunde eines Brunnens lebten – Hilde, Else und Trine. Und wovon lebten sie? Von Karamell.

»Das ist aber nicht gut möglich, oder?«, bemerkte Alice dazu sanft. »Sie wären ja auf Dauer krank davon geworden.«

»Das waren sie auch«, sagte die Haselmaus, »*sehr* krank sogar.«

Ich lächelte, von Selbstmitleid überschwemmt. Und plötzlich roch ich es, klar und deutlich, es roch nach Karamell, es war wie ein Witz. Das ganze Zimmer war voll davon. Süß und verbrannt. Eine Erweiterung der Luft: ein Kieselstein, der in den Teich meines Hirns gefallen war und der dafür sorgte, dass, als die letzte Kräuselung sich geglättet hatte, der Schmerz verschwunden oder zumindest im Verschwinden begriffen war. Der Schmerz war wieder bloße Möglichkeit.

»Oh«, machte ich.

»Was?«, fragte Fintan.

Im Halbdunkel sah er mich an. Da läutete unten das Telefon. Ich wollte aus dem Bett steigen, doch Fintan hielt mich zurück, einfach durch die Art und Weise, wie er neben mir auf dem Stuhl saß.

Ein paar Wochen später hatte ich Streit mit ihm, schob lautstark sein schmutziges Geschirr in der Küche zusammen. Möglich, dass Fintan ein Problem mit Wasser hat.

Möglich, dass alle Männer ein Problem mit Wasser haben. Eines Tages wird man das dafür verantwortliche Gen ausmachen, in der Zwischenzeit aber wünsche ich mir ein besseres Leben.

Natürlich verteidigt sich Fintan nie, sodass es bei dem Streit stets um etwas anderes geht – etwas, das sich nicht recht fassen lässt. Es geht um alles.

Ja, wollte ich sagen, er ist verheiratet. Allerdings lebt er ganz und gar – auch gerichtlich – getrennt von einer Frau, die immerzu krank ist; von einer Tochter, die intelligent ist, aber nicht essen mag; und von einer weiteren Tochter, die sein ganzer Stolz und seine ganze Freude ist. Ich mochte ihn, er gab sich Mühe. Jedes Mal, wenn wir uns trafen, brachte er mir ein Geschenk mit, das zwar meist nicht nach meinem Geschmack, aber doch »geschmackvoll« war, klein und teuer, wie ein Moment aus einem Fünfzigerjahre-Film. Und im Bett herrschte erstaunliche Dunkelheit. Das musste einfach erwähnt werden. Wenn er sich von mir wegdrehte, hatte ich das Gefühl, dass er über nichts nachdachte, dass es keine Worte in seinem Kopf gab. Er rollte die Augen dann in ihren Höhlen, und die zunehmende Dunkelheit war ihm eine Wonne. Es war, als sähe man einem Mann beim Sterben zu. Es war, als hätte man Sex mit einem Tier.

Nichts davon erwähnte ich, als ich die Pfanne, in der Fintan sich Rührei gemacht hatte, auf das Abtropfbrett knallte. Auch die beiden zu intelligenten Töchter und die sich auflösende Exfrau erwähnte ich nicht. Stattdessen sagte ich, Fintan werde in den Weihnachtsferien eine andere Bleibe finden müssen, da ich mir keine Sorgen um ihn machen wolle, wenn er allein im Haus sei.

»Auf Weihnachten kommt es nicht an«, sagte er.

»Ja, klar.«

Natürlich nicht. Weihnachten fuhr ich zu meiner Familie. Worauf es ankam, war Neujahr, denn wenn es Mitternacht schlug, wäre ich in einem Hotel und würde vor scheußlich gemusterten Gardinen guten Champagner trinken. Würde mit meinem neuen Galan, meinem großen alten, behaarten Mister Daddy-O, im Bett liegen.

Und. Und. Und.

»Und dein Geschirr, Fintan, stört mich nicht, aber Rührei geht entschieden zu weit.«

Schweigen.

»Spiegelei?«

»Spiegelei ist in Ordnung.«

Fintan hatte recht. Weder um den Champagner noch um die Gardinen sorgte er sich. Ich vermute, sogar der Sex kümmerte ihn nicht. Er sorgte sich um etwas anderes. Um eine kleine Flamme, um die er die Hände legte, die er aber nicht berühren konnte.

Er ist der sanftmütigste Mann, den ich kenne.

Aber ein sanftes Gefühl hatte auch ich. Ich wollte sagen, dass dieser Mann – dass dieser Mann irgendwie zu viel Geld und keinen Geschmack besaß, mich aber unbedingt haben wollte. Ich wollte sagen, wie hilflos mich das machte; wie stürmisch und dankbar er für mein Gefühl war. Ich wollte sagen, dass er trübe Wichtigtueraugen hatte, sein Nacken aber wie der Flaum eines Säuglings roch.

Als ich an dem Abend das Eingangstor öffnete, hörte ich aus dem Haus hinter mir die Klänge eines Klaviers. Es dämmerte. Der trunksüchtige Lehrer von gegenüber hatte seine Weihnachtslichter aufgehängt; in jedem der Fenster eine andere Form. Unten ein Quadrat und einen Kreis, oben ein Dreieck und etwas, das wir Rhomboid nannten, alles in fließendem, aufblitzendem Gold und Weiß. Aus einem Grüppchen Jungen drüben beim Briefkasten flog ein Gegenstand herüber und landete auf der Fahrbahn. Es war ein Skateboard. Die Hände am niedrigen, kalten Torgriff, stand ich da und lauschte den ersten Takten der *Pathétique*.

Du spielst nur, wenn ich nicht gucke, dachte ich. Sobald ich gucke, hörst du auf.

Ich stand an der Bushaltestelle, doch als der Bus kam, hüllte ich mich in meinen Mantel und ging zurück zum Haus. Denn wenn er wieder spielte, hatten seine Hände aufgehört zu zittern. Und wenn das Zittern aufgehört hatte, nahm er keine Pillen mehr, und die Hölle war los – Flughafenpolizei, Fintan, der nackt durch Dublin rennt oder, wenn er Glück hat, durch Paris; Fintan, der auf den Brüstungen von Gebäuden oder Brücken balanciert, die Taschen voller Steine.

Ich hatte ihn nie so ganz im Leben stehend erlebt. Ich war nicht da, als es anfing, im Sommer nach unserer Abschlussprüfung, die er natürlich schamlos gut bestanden hatte. Wie sich später herausstellte, waren seine Notizen in verschiedenen Farben geschrieben, einige sogar verschlüsselt. Aus der Badewanne war blaue Tinte abgelaufen, die getrocknete Lache hatte die Emaille verfärbt. Als ich nach Hause kam, war sie noch vorhanden – zutiefst traurig. Das Blau seiner Gedanken, das Blau seines Geistes, dachte ich, während ich vergeblich versuchte, es wegzuschrubben, oder wenn ich im Badewasser hockte und es betrachtete.

Als er sechs Monate später aus dem Krankenhaus

entlassen wurde, war sein Zimmer noch da – selbstverständlich war es das. Niemand würde Fintan hängen lassen. Unser anderer Mitbewohner (und mein Ex) Pat baute irgendwas in Deutschland auf und war immer nur da und gleich wieder weg. Ich hatte einen Job. Im Lauf der Jahre machte sich unsere Wohngegend allmählich. Und dann gab es nur noch Fintan und mich.

Jetzt gab es nur noch mich, weinend auf dem Rückweg von der Bushaltestelle, angezogen vom Klang seines Klavierspiels, vorbei an den mit Rauputz überzogenen, blau, grau und dunkelgrün gestrichenen Reihenhäusern. Die Frau, die wir Bubbles nannten, stand in einem dünnen pfirsichfarbenen Morgenmantel in der Haustür und lauschte. Sie sah, wie ich mir die Nase putzte. Ich lachte und winkte sie fort. Ich wusste nicht, warum ich weinte. Wegen der Musik. Vielleicht wegen des Typen, den ich auf dem College gekannt hatte, mit dem knabenhaften Körper und dem königsblauen Pullover. Und wohl auch wegen der Tatsache, dass seine Hände die ersten waren, die ich je geliebt habe. Sie waren so weiß.

Als ich meinen Schlüssel ins Türschloss steckte, brach das Klavierspiel ab. Ich betrat das Wohnzimmer, und er saß auf dem Sofa, als hätte er es nie verlassen. Ich umarmte ihn leicht und etwas ungelenk, und so blieben wir sitzen; Fintan kuschelte sich an mich und drückte sein Gesicht gegen meine Brust, bis mein T-Shirt von seinem sabbernden Mund ganz durchnässt war. Lange saßen wir so da. Dieses Bild machten wir von uns. Diese Pietà. Wenn ich die Augen schloss, konnte ich uns dort sitzen sehen – obwohl ich ihn aus irgendeinem Grund in meinen Armen nicht spürte.

In der Küche tranken wir gerade Tee, als das Telefon

klingelte. Ich ging hinaus, um den Anruf entgegenzunehmen. Dann kam ich zurück und setzte mich.

»Ich war mal so gescheit, Fintan«, sagte ich. »Aber das nützt mir nichts mehr.«

»Ich weiß«, antwortete er.

Dann hätte ich ihm seine Pillen geben sollen. Ich hätte ihm eine in die Hand drücken, in den Mund oder in den Rachen schieben sollen – aber wir sind schon immer zu sanft miteinander umgegangen, selbst in der Wahl unserer Worte, also sagten wir lediglich Gute Nacht und gingen zu Bett.

Am ersten Weihnachtstag verkündete meine Mutter, Plumpudding mache ihr zu viel Mühe, und servierte eins dieser Eiscremedesserts aus dem Supermarkt. Mein Bruder hatte ein paar Flaschen guten Wein mitgebracht, und ich lieferte die Papierhüte. Nach der Plumpuddingerklärung stritten wir uns heftig über Weinbrandbutter, und ich brach in Tränen aus. Meine Mutter sah mich nur an.

Zu Silvester rief ich im Haus an, doch es meldete sich niemand. Und als ich am dritten Januar zurückkam, war Fintan verschwunden.

Am vierzehnten Februar wurden mir meine Valentinskarte und zwölf pralle dunkle Rosen an den Schreibtisch meines Arbeitsplatzes geliefert. Außerdem rief mich Fintans Gelegenheitsbruder aus Castleknock an, um mir mitzuteilen, sie hätten ihn endlich aufgespürt und wüssten, wo er sich aufhalte.

Ich nahm mir den Nachmittag frei, kaufte einen Discman und ein paar CDs und fuhr mit einem Taxi hinaus nach Grangegorman. Dort war ich noch nie gewesen: Es war ein Witz von einem Irrenhaus, bedrohlich und viktorianisch.

In den kargen Zimmern murmelten und jammerten Leute vor sich hin, und überall hing ein Geruch nach Bleichmitteln und Sperma, der der eigenen Verrücktheit entsprach und nicht der ihren. Schließlich fand ich Fintan. Er lag so reglos im Bett, dass man unter der dünnen weißen Tagesdecke jede Erhebung und Vertiefung sah, von den Fingerknöcheln bis zur hohen, zarten Linie seines Penis. Er schlug die Augen auf und schloss sie wieder. Dann öffnete er sie abermals, schaute mich eine Weile an und drehte den Kopf weg. Bis zum Anschlag vollgepumpt mit Drogen.

Ich stöpselte ihm die Kopfhörer in die Ohren und schob Musik in den Discman. Er zuckte zusammen, und ich drosselte die Lautstärke. Dann drehte er sich um und sah mich an, während die Musik lief. Er nahm meine Hand, führte sie an sein Gesicht, über Mund und Nase, und küsste mir die Handfläche. Liebevoll sah er mich an. Ich weiß nicht, was seine Augen sagten, als sie mich über den sanften Knebel meiner Hand hinweg anstarrten. Ich weiß nicht, was sie sahen. Sie sahen etwas Schönes, etwas wahrhaft Schönes. Aber ich bin mir nicht sicher, ob sie mich sahen.

Die Hochzeit fand im November statt, als Fintan, leicht erschöpft, wieder in die Welt zurückgekehrt war. Immer wenn das geschah, fand ich, dass er von Mal zu Mal undeutlicher wurde, schwerer zu erkennen. Ich empfand vielerlei – vor allem Schuld –, aber der Gesundheitsfürsorger wollte ihn in einer Rehaklinik unterbringen, und außerdem zog ich aus. Wie immer man es betrachtet, mit dem Haus hatte es für uns jetzt ein Ende. Es würde keine zerbrochenen Aschenbecher mehr geben und keine Ausflüge in den Waschsalon, keine Abende auf dem kaputten Sofa mehr und keinen Plausch mit Bubbles auf der Captains Road.

Aber nicht ein einziges Mal dachte ich daran, ihm Lebewohl zu sagen. Ich heiratete doch nur. Sogar zu meinem Junggesellinnenabschied nahm ich ihn mit – vermutlich als eine Art Maskottchen.

Der Abend ließ sich langsam an. Meine erwachsenen Freundinnen tauschten Telefonnummern und Visitenkarten aus – mit den Tequila Slammers musste ich selbst anfangen. Zwei Stunden später waren wir dabei, uns den Rest zu geben, die letzte Nacht überhaupt. Ich erinnere mich vage an ein paar Pferdedroschken. Ich weiß auch noch, wie wir über die Mauer hinter dem Haus meines neuen, will sagen: meines zukünftigen Ehemanns kletterten. Keiner von uns kam es in den Sinn, meinen Schlüssel zu benutzen oder auch nur an der Haustür zu klopfen. In der Küche brannte Licht – daran erinnere ich mich. Wir befreiten eine Backsteinmauer von Efeu und steckten uns die Zweige ins Haar. Bei einem Ritual in den Blumenbeeten verlor ich mein Höschen. Meine älteste Freundin Cara machte Fotos, daher weiß ich das alles – zwei der Mädels versuchten, mir die Bluse auszuziehen, Breda zerfetzte die Dahlien (offenbar waren es »langweilige Blumen, langweilige Blumen!«), und irgendeine, es sieht ganz nach Jackie aus, knutschte mit Fintan an einem Baum. Auf dem Foto besteht er nur aus Hals. Den Kopf hat er für den Kuss nach hinten geneigt, sodass das Blitzlicht seinen Adamsapfel und die blauweiße Haut unter seinem Kinn erfasste.

Auch ich hatte ihn einmal geküsst, in meinem zweiten Jahr am College, bevor er verrückt wurde oder was auch immer. Bei einer Party saßen wir auf dem Fensterbrett, hüllten uns in die Vorhänge und unterhielten uns eine Weile miteinander, die Köpfe gegen die kalte Fensterscheibe gelehnt. Ich erinnere mich noch an die Stille draußen, an die Vorhänge, die auf uns ruhten, den Mief und das Gequassel im Raum. Irgendwann küsste ich ihn. Und das war alles. Die Haut an seinem Mund war entsetzlich dünn. Schon damals hielt Fintan es mit dem Augenblick. Als bewege er sich durch Flüssigkeit, während wir anderen uns mit Luft begnügten.

So, jetzt bin ich also verheiratet, was immer das bedeutet. Ich glaube, es bedeutet, dass ich nun Bescheid weiß.

Da ich ab sofort in diesem Haus mit den langweiligen Blumen und mit den von Efeu berankten Mauern wohne, weiß ich, dass ich Fintan nicht nur »fast« geliebt habe – ich habe ihn geliebt. Punktum. Und ich kann nichts dagegen tun – gegen die Tatsache, dass ich ihn jahrelang geliebt habe, ohne es zu wissen. Gar nichts wusste ich.

Ich schlafe ganz entspannt neben meinem Gatten, meinem gierigen alten Mann. Denn irgendwie hat er recht – Fintan hat immer irgendwie recht. So viele von den Männern, denen man begegnet, sind tot. Einige von ihnen sind auf nette Art tot, andere einfach nur tot. Das macht sie leicht verführbar. Das macht ihre Verführung gefährlich. Sie schenken einem ihre weiße Blindheit.

So ist es leicht, neben ihm unter den Laken zu liegen und nicht viel nachzudenken. Neben meinem behaarten alten Säugling. Der alles für mich tun würde. Er gibt Geld für mich aus, es scheint ihm Vergnügen zu bereiten – mehr Vergnügen als das, was er letztlich kauft, denn tote Männer kennen nicht den Unterschied zwischen Dingen, die leben (ich zum Beispiel oder gar Meine Möse), und Dingen, die tot sind, nämlich Sein Geld, das einfach nur ein getrockneter Haufen Scheiße ist und wofür sich ein Leben im Haus der Toten nicht lohnt. Also rede ich weiter, und er ist weiter tot und schenkt mir Dinge, die bereits verwest sind (einen »wunderschönen« Seidenschal, ein Auto, mit dem ich irgendwohin fahren könnte, zwei Bücher, die durchaus richtigen Büchern ähneln, die ich gern lesen würde). Ringsumher herrscht die Verschwörung der Toten, und die Oberkellner lächeln noch immer geziert, wie es Oberkellner eben tun, während die Gerichte auf der Tischplatte es auf ermutigende Weise miteinander treiben.

Inzwischen ist mir übel. Dieses Leben ist nichts für mich. Seine frühere Frau hat Probleme mit Zysten, irgendwas Schreckliches mit dem Rücken, Zerfallserscheinungen. Ich höre ihr Schweigen am anderen Ende der Leitung. Ich sehe das Scheckbuch mit ihrem Namen, der unter seinem gedruckt ist. Ich bin dünner, meine Garderobe ist kostspieliger geworden. An den Wochenenden trifft er sich mit seinen Töchtern, die in Mathe immer ein kleines bisschen besser werden, ihr Lächeln immer süßer, ihre Schleifchen ein kleines bisschen gerader; unter der Gesichtshaut treten bereits die Wangenknochen hervor, zu früh, zu schön und bestürzt.

An den Nachmittagen treffe ich mich mit Fintan, und wir haben Sex, süß wie Regenwasser. Ich brauche die Sonne mehr als alles andere, und wir ziehen uns in ihrem Licht aus. Ich öffne die Vorhänge und schaue aufs Meer. Inzwischen ist er verrückter denn je. Ich glaube, er ist ziemlich verrückt. Er ist kaum mehr vorhanden. Hinter meinem Rücken höre ich Fäden reißen. Ich drehe mich zu ihm um. Zusammengerollt liegt er im Nachmittagslicht auf dem Laken, auf seinem Rücken zeichnet sich die Linie seiner Wirbel ab, hinter seinen Knien biegen sich die Sehnen, und auf dem beiläufig hingeworfenen Kissen zittern die schönsten Hände der Welt.

Ich sage zu ihm: »Ich wünschte, ich hätte einen Namen wie du. Wenn ich mit dir rede, bist du immer ›Fintan‹. Immer heißt es: ›Fintan dies, Fintan das.‹ Doch meinen Namen sprichst du nie aus. Manchmal glaube ich, dass du ihn gar nicht weißt – dass niemand ihn weiß. Außer ihm vielleicht. Ich möchte ihn hören, verstehst du das?«

Kopfkissen

»Alison«, sagte sie.

»Ja?«

»Was ist ein Homosexueller?«

»Das ist ein Mann, der einen anderen Mann liebt.«

»Ja«, sagte sie. »Aber wie *geht* das?«

»Sie lieben sich«, antwortete ich.

»Aber wie?«, fragte sie. »Wie lieben sie sich?« Und da glaubte ich zu wissen, was sie meinte. Ich sagte, sie schöben sich gegenseitig ihr Ding in den Hintern, nein, ich benutzte das Wort »Anus«, damit es anatomischer klang.

»Aha«, sagte sie, und ich versuchte nachzuvollziehen, was sie wohl dachte.

»Danke«, sagte sie.

Doch irgendwie hatte ich kein gutes Gefühl dabei, und als Karen am nächsten Tag ankam und sagte: »Was erzählst du Li da über schwulen Sex?«, kam ich mir schon ziemlich furchtbar vor.

»Die kennt doch nicht mal die andere Sache«, fuhr sie fort. »Die weiß doch nicht mal, wie *normale* Leute es miteinander anstellen.« Danach nahm sie mich in die Mangel. Wie ich mich dabei fühlte, war ihr total egal. So ist das wohl nun mal mit den Amerikanern: Wenn sie einmal beschließen, einem die Schuld an etwas zu geben, dann wollen sie auch, dass man sich dieser Schuld so richtig bewusst wird.

Karen hatte mich bei der Wohnungsvermittlung des College angefordert. Das erzählte sie mir, als ich ankam: Ihnen sei es wichtig, die richtige »ethnische Mischung« zu haben, deshalb habe sie um jemanden aus Irland gebeten. Ich litt noch etwas unter Jetlag. Ich erklärte ihr, dienstags könne ich gern die Irin für sie spielen, aber dürfte ich den Rest der Woche freihaben? Ganz ehrlich, ich konnte es nicht fassen, wie groß dort alles war. Als es hieß: »dorm«, hatte ich nicht mit einem Wohnheim gerechnet, sondern mit einem Schlafsaal, mit lauter Betten in Reihen. Ich stellte meinen Koffer ab und fragte, wann es heißes Wasser zum Duschen gebe. Karen verstand meine Frage nicht. Sie antwortete, sie hätten immer heißes Wasser, es sei denn, etwas wäre kaputtgegangen – auf dem Hahn stehe ein »H«, weil das Wasser, das herauslaufe, »heiß« sei.

Vom Wohnzimmer, das in der Mitte lag, gingen vier Schlafzimmer ab, und sie sagte, ich solle mir eins davon aussuchen. In jedem Schlafzimmer befand sich ein Hochbett mit einem darunter eingebauten Schreibtisch. Als Lichtquelle waren an der Unterseite des Bettes schicke Punktstrahler angebracht. Ich entschied mich für das Zimmer gleich neben dem Flur, kletterte vollständig bekleidet die kleine Leiter hinauf und legte mich hin, das Licht unter mir eingeschaltet. Ich war am College. Ich war in Amerika. Fliegt mich zum Mond.

Wochenlang blieb ich auf meinem Zimmer. Im Wohnzimmer konnte ich nicht sitzen, und die Küche gehörte Li und Wambui. Die ließen immer, bevor sie zum Unterricht gingen, alles Mögliche in Marinade schwimmen: Schüsseln mit Leber, eingelegt in Honig und Chili, oder Fisch, der in irgendeiner seltsamen Soße grau anlief. Fantastisches

Essen. Sie kicherten in der Küche wie Kinder und kochten wie Erwachsene. Ich wusste nicht einmal, wie man ein Ei kocht. Karen, wer hätte es gedacht, ernährte sich von Take-aways.

Ich wäre schon ganz gern mal ins Badezimmer gegangen, doch das war von Karen belegt, die dreimal am Tag duschte. Unmengen an Wasser, dann das Trällern und das dumpfe Spritzen – das Klatschen und Quatschen ihrer »Pflegemittel«. Auch leise Grunzlaute. Ich musste warten, bis alle schliefen, bevor ich scheißen gehen konnte. Eines Nachts stolperte ich, nur mit einem T-Shirt bekleidet, hinaus. Karen saß am Wohnzimmertisch. Während wir miteinander redeten, starrte sie wie gebannt auf meine Beine, mit einem Ausdruck, als müsse sie würgen. Es lag wohl an meiner Behaarung. Sie fand sie wohl *moralisch* abstoßend. Karen hätte lieber eine Abtreibung als einen Bikinistreifen auf sich genommen. Das jedenfalls sagte ich zu Li, die mich ansah und ein paarmal zwinkerte. Dann, peng!

»Alison.«

»Ja?«

»Was ist ein Bikinistreifen?« Was eine Abtreibung ist, wusste sie natürlich. Sie war Festlandchinesin.

Karen hatte einen Freund, der wie ein Scheißhaus aus Backsteinen gebaut war und nie einen Mucks von sich gab. Sie schlossen ihre Schlafzimmertür und waren verschwunden. Völlige Stille. Hinterher saß er im Wohnzimmer und musterte uns. Wambui blieb draußen im Flur und telefonierte den ganzen Abend, was auch eine Art war, damit umzugehen. Ich sprach aus, was mir als Erstes in den Sinn kam.

»Mein Gott«, entfuhr es mir, als ich aus dem Bad kam. »Warum sieht Pflegespülung eigentlich immer wie Sperma aus?«

Am nächsten Morgen war die Pflegespülung verschwunden. Volltreffer. In so was war ich gut, obwohl ich selbst nicht gerade viel Erfahrung in Sexdingen hatte. Ich meine, ich hatte schon manchmal Sex – zumindest in jenem ersten Trimester –, und es machte mir auch Spaß, aber irgendwie brachte es mich immer durcheinander. Zum Beispiel schor ich mir den Kopf kahl. Allerdings hatte ich das schon länger vorgehabt. Doch als ich anderntags aufwachte, beschloss ich, jetzt sei der Zeitpunkt gekommen, mir den Kopf kahl zu scheren. Als der Typ mich in der Mensa erblickte, hätte er sich am liebsten weggeduckt. Buchstäblich. Er zuckte zusammen und suchte den Boden nach einem Besteck ab, das ihm heruntergefallen sein mochte. Wie auch immer. Ich brachte ihn dazu, es noch einmal mit mir zu machen, mit Glatze, danach wollte ich nichts mehr von ihm wissen. Aber die Stoppeln gefielen mir. Eine Zeit lang sah ich ziemlich flott aus mit meinen Borsten und der kleinen schwarz-gold bestickten islamischen Gebetsmütze, die ich mir in einem Secondhandladen gekauft hatte.

Um mir den Kopf kahl zu scheren, hatte ich Karens Rasierer benutzt. Das war ihr offensichtlich nicht entgangen, denn am nächsten Tag hatte sie ein neues, elektrisches Ding da, und all die alten Einwegrasierer lagen im Abfalleimer. Keine von uns beiden verlor ein Wort darüber, aber so was macht einen doch ganz fertig, man möchte sich regelrecht erschießen, sich geradezu einen Kopfschuss verpassen. Oder es ist einem völlig schnuppe. Wie zum Beispiel das Wissen, dass Li mir ein Höschen gestohlen hatte, ein schlichtes Baumwollhöschen, das sie eines Abends vor meinen Augen in ihre Schublade stopfte.

»Scheiße«, sagte Karen, als ich ihr davon erzählte. »Echt jetzt?«

Niemand von uns hatte je Lis Unterwäsche zu Gesicht bekommen. Wir sagten uns, vielleicht hat sie gar keine, doch dann entdeckte Karen unter ihrem Schreibtisch ein Paar Socken, die in Billigplastikschuhen steckten. Sie waren aus durchsichtigem Nylon, wie Kniestrümpfe, aber kürzer. Wie Strumpfhosen, die nur bis zu den Knöcheln reichen.

»O Gott, fass die bloß nicht an«, sagte Karen. »Ach je, was sollen wir nur mit ihr anstellen?«, fragte sie. »Was machen wir nur gegen diesen Gestank?«

Es war ziemlich offensichtlich, dass Li ihre Kleider nicht wusch, denn erst in der Vorwoche hatte sie mich gefragt, wie die Waschmaschinen funktionieren. Wir starrten hier also auf drei Monate. Allerdings muffelten die Socken gar nicht mal so schlimm – irgendwie trocken, alt und geschlechtslos.

»O mein Gott«, sagte Karen. »O mein Gott.«

Früh am Morgen, als Li im College war, hatten wir uns in ihr Zimmer geschlichen. Karen wollte möglichst schnell wieder raus, dabei machte Li nie blau. Sie gebrauchte erstaunliche Wörter wie »Katalepsie« und »Dramaturgie«. Sie kam aus China und sprach besser Englisch als ich. Sie war neunzehn.

Ich öffnete eine ihrer Schreibtischschubladen und stellte fest, dass sie voller Tabletten war. Reihen um Reihen kleiner Plastikdöschen mit chinesischen Etiketten. Ich probierte eine orangene und eine purpurfarbene. Sie waren riesig und schmeckten nach Talkum.

»Komm jetzt«, sagte Karen, die sich am Türgriff festhielt und auf und ab wippte, als müsse sie pinkeln. Karen studierte Jura. Wenn es damit nichts würde, wollte sie Immobilienmaklerin werden. Ich musste sie fragen, was eine Maklerin sei, und als sie mir antwortete, eine Maklerin verkaufe Häuser, kam ich mir ziemlich bescheuert vor, aber nicht so bescheuert wie sie, die sie Häuser verkaufen wollte.

Je mehr ich sie mochte, desto mehr brachte sie mich zur Raserei. Sie sagte, Wambui sei eine Lesbe, weil sie eine Freundin hatte, die ständig bei ihr übernachtete. Ich sah sie einfach nur an. Jedes Mal, wenn ich mich über Karen ärgerte, kam mir das Wort »Intimspülung« in den Sinn. Sie konnte sauber nicht von dreckig unterscheiden. Spülung, Spülung, Spülung! Stattdessen sagte ich: »Weißt du, überall auf der Welt schlafen Mädchen zusammen in einem Zimmer, und kein Mensch verliert auch nur ein Wort darüber. Überall auf der Welt, nur hier nicht.«

Wambuis Freundin hieß Brigid, und sie war wirklich nett. Sie erzählte, sie sei in Nigeria von irischen Nonnen unterrichtet worden, und dann streckte sie zum Beweis die Hand aus. »Sieh dir die Narben an.« Brigid war lustig, mit einem richtig trockenen Humor. Sie schlug Karen vor, sich Cornrows ins Haar flechten zu lassen. Karen war tatsächlich interessiert und stellte ihr eine Menge Fragen. Als sie gegangen war, lachten Brigid und Wambui so laut, dass sie sich an den Möbeln festhalten mussten. Wie immer verstand Li den Witz erst eine halbe Stunde später, und das löste erneut Gelächter aus. Li gab ein seltsames Schnauben von sich. Ich glaube, es war ihr peinlich, laut loszulachen.

Aber als meine Haare wieder nachwuchsen, wurde mir

klar, wie unglücklich ich war. Ich ging zum College-Arzt und sagte, dass ich einen Knoten in der Brust vermutete. Er tastete beide Brüste ab, erkundigte sich nach meiner Verhütungsmethode und gab mir ein paar Schlaftabletten. Er empfahl mir, zum psychologischen Beratungsdienst zu gehen. Ich befolgte seinen Rat, doch die Frau dort fand alles, was ich sagte, einfach nur lustig. Sie sagte, sie liebe meinen Akzent. Die Tatsache, dass ich hier sei, beweise doch, dass ich zu den Aufgewecktesten gehöre, ich brauchte nur mein Selbstwertgefühl zu stärken.

Ich war jedoch nicht der Meinung, von aufgeweckten Menschen umgeben zu sein. Eigentlich fand ich einige von ihnen ziemlich dumm. Bis auf diesen Typen aus New York, der wahnsinnig schlau war, auf die langweilige Art. Den Aufsatz, den ich für die Zwischenprüfung geschrieben hatte, bekam ich mit der Bewertung »gut« zurück, obwohl es hieß: »Sie wissen nicht, was ein Absatz ist.« Danach blieb ich öfter zu Hause und ließ mir die Haare wieder wachsen.

Abends lief ich zum See hinab. Ich stellte mich mit dem Rücken zum Wasser und prüfte in allen mir bekannten Zimmern, ob Licht brannte, um zu sehen, wer zu Hause war und wo sich alle aufhielten. Es dauerte Wochen, bis ich merkte, dass sie alle büffelten. So richtig büffelten. Wenn sie sich irgendwo vergnügt hätten, hätte ich das gewusst. Heimliche Vergnügungen gab es nicht.

Einmal wachte ich nachts auf und sah Li bei mir im Schlafzimmer stehen, in den Händen ein Kopfkissen, oder vielleicht drückte sie es auch an die Brust. Jedenfalls stand Li mit einem Kopfkissen da in der Dunkelheit, und ich musste mich vergewissern, dass ich nicht träumte.

»Oh, Li«, sagte ich. Da ich noch halb schlief, brachte ich die Wörter nur kraftlos und undeutlich heraus. Beinahe liebevoll. Darauf drehte sie sich um und ging wieder hinaus.

Vielleicht wollte sie einfach nur ein bisschen Gesellschaft. Es war die erste Nacht der Weihnachtsferien. Karen war nach Hause gefahren, und Wambui besuchte Freunde in Chicago. Ich hatte kein Geld, um irgendwohin zu fahren, und Li vermutlich erst recht nicht. Wir waren also nur zu zweit und fühlten uns ein wenig sitzen gelassen.

Am nächsten Tag sagte ich nichts. Es gab nichts, was ich hätte sagen können. Sie tat mir ein bisschen leid, das war alles. Ich fragte mich, ob sie einfach nur bei mir schlafen wollte, wie es junge Frauen – das hatte ich Karen ja erklärt – überall auf der Welt tun, nur hier nicht. Oder wollte sie etwa *mit* mir schlafen, wie es junge Frauen tatsächlich tun (besonders hier)? Der Gedanke an ihren dünnen, kleinen Körper erregte mich irgendwie, allerdings auf nicht sehr angenehme Weise.

Unterdessen büffelte sie wie gewöhnlich in ihrem Zimmer und schnäuzte sich wie gewöhnlich im Bad unter fließendem Wasser die Nase, was bei mir einen gewissen Brechreiz hervorrief. Dann wieder war sie so still, dass ich nachsehen wollte, ob sie vielleicht tot umgefallen war.

Von Zeit zu Zeit prallten wir im Wohnzimmer aufeinander, dann stellte sie mir manchmal Fragen: Was hältst du von Werbung? Oder: Ist es wahr, dass man Kindern hier Medikamente gibt, um sie ruhigzustellen? Oder: Bist du kurzsichtig? Hast du Voltaire gelesen? Einmal, als wir uns besonders lang angeschwiegen hatten, beschloss sie, mir eine Reihe von Augenübungen vorzuführen, die in

China üblich seien. Sie bewirkten, dass viele Menschen dort »keine Brille benötigen«. (Ach, wirklich?) Man musste sich mit den Daumen zwischen den Augenbrauen reiben, an bestimmten Punkten des Augapfels und der Augenhöhle den Zeigefinger kreisen lassen und anschließend eine Weile in die Ferne starren. Da saßen wir nun, in einem leeren Wohnblock mitten auf dem verlassenen Campus, und während die übrige westliche Welt Lichterketten aufhängte oder Geschenke einpackte, rieben wir uns die Augäpfel. Dann schauten wir aus dem Fenster.

Irgendwie hat es sogar gewirkt, glaube ich.

Sie klopfte nie bei mir an, dennoch blieb ich die ganze Nacht wach und schlief bis in den Nachmittag hinein. Ich fühlte mich sicherer so. Als ich am ersten Weihnachtstag aus meinem Zimmer wankte, saß sie am Wohnzimmertisch und lernte. Sie sprang auf, überreichte mir ein winziges Päckchen und sagte, indem sie schüchtern den Kopf einzog und zur Seite drehte: »Frohe Weihnachten, Alison.« Das Päckchen enthielt einen auf eine Plastikkarte gedruckten kleinen Kalender. Darauf waren zwei süße Babys abgebildet. Sie hielten eine Schleife, auf der das Jahr geschrieben stand. Ich sagte: »Oh, Danke schön, Li. Danke.« Sie wirkte schrecklich erfreut.

Später am Nachmittag stahl ich von einem Blumenbeet des College ein paar späte Winterrosen und stellte sie auf den Tisch, zusammen mit einem verkokelten Hähnchen und aufgewärmtem Mais aus der Dose. Mein Leben war zu kurz, um Kartoffeln zu kochen. Mein Leben würde *immer* zu kurz sein, um Kartoffeln zu kochen. Das sagte ich Li, die wie von einer Schlange gebannt auf ihren Teller starrte. Isst man das hier? Wie schmeckt Truthahn? Ist es ein Opfertier? Schon das bloße Zuhören machte mich fertig. Ich versuchte, sie dazu zu bewegen, etwas Wein zu trinken, bis sie sich schließlich ein Glas genehmigte. Sofort fing sie an zu kichern. Ich trank drauflos und erging mich in Tiraden gegen die Werbung. Die schien sie ebenso zu interessieren wie die Atomkraft. Sie befragte mich zum irischen »Katholizismus« (ihre Aussprache war seltsam unsicher, offenbar hatte sie das Wort noch nie laut gesagt), und ich legte meinen Kopf auf den Tisch und sagte: »Oh, Li, oh, Li, oh, Li.« Das schienen wir beide recht lustig zu finden.

Ich bin vermutlich nicht sehr trinkfest. Ich hatte erst drei- oder viermal in meinem Leben Alkohol getrunken und fühlte mich ziemlich beduselt. Ehe ich es mich versah, geriet ich wegen dieser Homosexualitätsgeschichte mit ihr aneinander. Sie wisse doch Bescheid – sie müsse einfach Bescheid wissen –, also warum habe sie gefragt? Sie sagte, nein, nein, in China gebe es so etwas nicht, sie hätten nicht einmal ein Wort für homosexuell. Es muss aber doch ein Wort dafür geben, antwortete ich, das hat nichts mit Kultur zu tun, das ist eine ganz natürliche Sache, aber sie lachte, als sei sie die Ausgefuchste und ich die Naive. Nein, sagte sie. Wirklich. Vielleicht gab's mal ein Wort dafür, jetzt jedenfalls nicht mehr.

Im Flur läutete das Telefon – meine Familie wollte mir frohe Weihnachten wünschen. Also machte ich ganz auf »Ja, dir auch. Ja, dir auch«, während mir in atemberaubendem Tempo Brüder, Schwestern und Tanten durchgereicht wurden. Als ich zurückkam, hatte Li schon das Geschirr gespült. Sie kam ins Wohnzimmer und baute sich vor mir auf.

»Danke für eine schöne ›Weihnacht‹, Alison«, sagte sie ein wenig geschraubt. Dann ging sie an mir vorbei auf ihr Zimmer.

Es waren Tage des süßen Nichtstuns. Ich schaffte es, sämtliche Tageslichtstunden durchzuschlafen; die Nächte verbrachte ich mit Lesen oder indem ich draußen das Wetter im Licht der Straßenlaterne betrachtete: leichter Schneefall, Nieselregen oder einfach nur die Nacht selbst in einem langen gelben Lichtkegel. Dieses Scheibchen Wetter brachte mich auf den Gedanken, dass die Luft wirklich viel zu tun hat und dass es schrecklich viel davon gibt und dass es gut war, drinnen zu sein, klein und gerade noch, *eben* noch so am Leben. Ich kam mir wie gehäutet vor – entblößt und wahrhaftig. Es war so friedlich, dass ich beim kleinsten Geräusch hochfuhr: eine in der Küche zusammenfallende Plastiktüte, mein eigener Atem.

Sie waren wie ein Zauberbann, diese endlosen Nächte und Tage des Sitzens, des Auf-und-ab-Gehens und Atmens. Um vier Uhr morgens starrte ich auf die Straßenlaterne, dann war mir wegen der melancholischen Schönheit des Lichts, wegen der Luft, die darunter hinwegwirbelte, oder wegen der Millionen von Straßenlaternen und der Millionen von Fenstern und all der Regentropfen zum Heulen zumute. Auch Li hielt sich irgendwo im Haus auf und schlief in ihrem Nylonpyjama ihren chinesischen Schlaf: kein richtiger Buddha zwar, aber doch mein kleiner Plastiktalisman.

Wir trafen uns beim Frühstück, das mein Abendessen war, und brummten uns an wie Menschen, die zusammenleben, aber ihren eigenen Angelegenheiten nachgehen.

Alles war ganz unkompliziert. Als Karen den Schlüssel ins Türschloss steckte, dachte ich, bei uns würde eingebrochen. Ich stellte fest, dass ich Silvester irgendwie verpasst hatte. Und ich war traurig. Was immer geschehen war, jetzt war es vorbei.

Nach den Feiertagen war Karen richtig tobsüchtig. Ich glaube, es hatte etwas mit der Freundin ihres Vaters und einem Hund oder einem Auto zu tun. Was auch immer. Die Freundin ihres Vaters war eine absolute Zicke, und deswegen motzte Karen uns den ganzen Tag an und weinte sich abends in den Schlaf. Wir konnten sie durch die Wand hören. Dann verliebte ich mich plötzlich in diesen wahnsinnig-schlauen-aber-ein-bisschen-langweiligen Typen aus New York – ich war völlig besessen. Ich quasselte und quasselte und rannte zum See hinunter und wieder zurück. Schließlich konnte ich ihn dazu bewegen, sich bei mir ein paar Aufzeichnungen abzuholen, die er sich ausleihen wollte, und als er gegangen war, schloss ich hinter ihm die Tür und ließ mich daran zu Boden gleiten. »Oh, Li«, sagte ich lachend. »Oh, Li.«

Aus irgendeinem Grund wurde daraus unser WG-Witz. »Oh, Li!«, sagten wir. »Oh, Li.« Immer, wenn etwas Lustiges oder hoffnungslos Dummes geschah, wenn in der Pfanne etwas anbrannte oder eine Frisur seltsam aussah. Es war besser, wenn Li da war, aber manchmal sagten wir es auch, wenn sie nicht da war. Li schien sich von all der Beachtung geschmeichelt zu fühlen, denn sie gab dann immer dieses alberne Schnauben von sich. Aber es verwirrte sie auch.

Eines Abends verkündete sie zögernd, Li sei eigentlich

ein Nachname. Der Vorname werde im Chinesischen nachgestellt, und ihrer laute Chiao-Ping. Aber von den meisten werde sie Ping genannt. Dann verstummte sie. Es schien, als habe sie nichts weiter vor mit dieser Information, sie wollte sie uns nur mitteilen.

»Oh, Ping«, sagte ich nach kurzem Schweigen. »Oh, Ping.« Wir konnten nicht anders, wir vergingen fast vor Lachen, wir lachten und lachten, bis wir uns auf dem Boden wälzten.

In der folgenden Nacht plagte mich ein schrecklicher Traum. Es war einer jener Träume, die einen völlig durchtränken, bei denen einem speiübel wird. Ich glaube, der Typ aus New York kam darin vor, und er war durch und durch böse. Ich bemühte mich aufzuwachen, und der Traum geriet ins Schlingern. Meine Mutter war da und warnte mich, ich schwör's. Meine Mutter war da und sagte: »Wach auf, wach auf, Liebling.« Dabei gehörte »Liebling« gar nicht zu ihrem Wortschatz. Ich wachte also auf, und mein Körper zappelte im Bett. Ich konnte den Kopf nicht bewegen, und mit der Dunkelheit stimmte irgendetwas nicht. Ich versuchte, Atem zu holen, aber irgendwie klappte es nicht. Ich bekam keine Luft. Meine Hand stellte Kontakt mit etwas her, mit einem Gesicht, in das ich mit aller Kraft hineindrückte. Ich stieß ihm meine Finger in die Augen.

Ping versuchte, mich zu ersticken. Endlich. Wenn es kein Hochbett gewesen wäre, hätte ich vermutlich das Zeitliche gesegnet, aber als ich sie von mir stieß, verlor sie auf der Leiter das Gleichgewicht und fiel hinunter. Ich blickte hinab und sah, wie sie auf dem Boden nach dem

Kopfkissen tastete. Sie schnappte es sich, sah zu mir auf und sagte etwas auf Chinesisch. Es klang wirklich seltsam und bösartig. Ich hatte sie vorher noch nie chinesisch sprechen hören.

Ich hätte die Sache auf sich beruhen lassen können. Ist das nicht komisch? Genauso wie die Rasierer, die Höschen und die ständig heulende Karen. Ich hätte nichts sagen und einfach weitermachen oder eher beiläufig damit umgehen können. Aber als sie hinunterfiel, weckte der Lärm alle auf, und im nächsten Augenblick klopfte auch schon Karen an die Tür. »Alles in Ordnung da drinnen?« Als sie die Tür öffnete, lag Ping noch immer auf dem Fußboden, und ich blickte noch immer auf sie hinab.

Danach versuchten wieder alle, mir Schuldgefühle einzureden. Ping wurde nach China zurückgeschickt (wohin? In ein Straflager?), und das College stellte mir gleich drei Anwälte zur Verfügung für den Fall, dass ich klagen wollte. Alle redeten von Rassismus. Keiner sprach es aus. Aber ich erklärte, es gehe nicht darum, dass sie Chinesin sei, sondern um die Tatsache, dass sie verrückt sei. Außerdem konnte ich ihnen nicht sagen, dass es mir egal war. Ich konnte ihnen nicht sagen, was mir wirklich zugestoßen war, diese bizarre Geschichte, die eigentliche Geschichte. Denn einige Zeit nachdem meine Mutter mich »Liebling« genannt hatte und bevor ich Ping von der Leiter stieß, hatte mich ein äußerst seltsames Gefühl überkommen. Es war ein Etwas, es war mein Ich, mein innerstes Selbst, das in meiner Brust rumorte und zu entweichen versuchte, frohlockend, als hätte es in der verkehrten Person gelebt und würde nun endlich nach Hause finden.

In der Bettenabteilung

Kitty traute der Rolltreppe nicht oder, besser gesagt, den Rolltreppen, denn in der Mitte der Einkaufsebene lagen gleich zwei von ihnen dicht nebeneinander, eine, die sich abwärts, und eine, die sich aufwärts bewegte. Sie mochte weder das Antriebsgeräusch noch das leichte Klacken, das von einem undefinierbaren Etwas verursacht wurde. Vielleicht eine lose Kette, die tief im Inneren der Maschine verlief.

Sie waren neu. Die Stelle, an der sie zum Vorschein kamen, war monatelang vom Boden bis zur Decke mit billigen, blau gestrichenen Holztafeln abgesperrt gewesen. Zuerst, so vermutete Kitty, hatten sie ein Loch in den Boden geschlagen, danach ein weiteres in die Decke. Sie arbeiteten nachts, doch selbst am Tag traten, lächelnd und verschmutzt, Männer hinter den Holztafeln hervor und verschwanden wieder dahinter: gewöhnliche Männer aus Dublin, die wann auch immer arbeiteten und mitten in der Nacht Rolltreppen installierten. Sie fragte sich, wie viel die wohl verdienten.

Kitty versuchte, mit ihnen warm zu werden, es gelang ihr aber nicht. Der Anblick der Männer zwischen all den Waren ging ihr auf die Nerven. Sie mochte es nicht, dass sie so laut miteinander redeten und lachten, als gehöre das Geschäft ihnen. Irgendwie störten sie das Verkaufsgespräch. Da ist man gerade dabei, ein Bett zu verkaufen, redet von

91

Sprungfedern, berät ein junges Paar und drückt behaglich eine Kuhle in die Matratze, und wer schlendert vorbei? Der dürre Blonde vielleicht, der mit der leicht schmutzig wirkenden Bräune, der auf dem Rückweg vom Klo gerade seinen Reißverschluss richtet.

Nicht dass sie etwas gegen Männer gehabt hätte. Zu Hause hatte sie zwei erwachsene Söhne und war es gewohnt: die gute Laune, die Gleichgültigkeit und das Durcheinander. Obwohl sie manchmal, wenn sie sich in der Küche umdrehte, schockiert war von ihrer schieren Körpergröße – all die Proteine und Kohlenhydrate, die Muskeln und die Milch, so als hätte sie ein paar Topfpflanzen gepflegt und Triffids großgezogen.

Dann kam sie eines Morgens zur Arbeit, und die Männer waren verschwunden. Alles war tipptopp, der Teppichboden frisch und neu, die Holzverkleidung hatte sich in Luft aufgelöst, und in der Mitte der Etage befand sich ein Paar Rolltreppen, eine, die sich nach oben, und eine andere, die sich nach unten bewegte. Die Stufen ruckten leicht, wenn sie sich bewegten; den ganzen Tag schoben sie sich ineinander und lösten sich wieder. Das alles tickte an Kittys Augenwinkeln vorbei, sodass sie sich, je nach Lichtverhältnissen, ausgeglichen oder schwindelig fühlte. Sie waren so sauber. Die Rolltreppe, die nach oben führte, bestieg sich selbst, Stufe um Stufe, die Rolltreppe, die nach unten führte, floss wie Sirup und versank langsam im Boden.

Sie waren schön, sie blieben niemals stehen, und schließlich gingen auch sie ihr auf die Nerven. In der Bettenabteilung passierte nie etwas. Die Leute kauften ein Bett oder ließen es bleiben. Kitty mochte die Weiträumigkeit, inmitten derer die Matratzenblöcke wie Hügel und die Kopfteile wie Grabsteine auf einem riesigen Friedhof wirkten. Wer hat in meinem Bettchen geschlafen? Aber ihre Zufriedenheit war längst dahin. Die Art, wie sich die Leute mitten im Gewühl hinlegten und zusammenrollten. Die alten Ehepaare, die auf den Rändern der Matratze saßen und sich beinahe scheu über die Schulter hinweg ansahen, das Gekicher und das Schweigen. Die meisten Leute, die ein Bett erstanden, so hatte sie früher immer gedacht, waren verliebt oder hofften zumindest, Liebe zu finden. Nun aber hüpften sie bloß auf und nieder, legten ihre schmutzigen Füße hoch oder sahen aus, als wären sie gewillt, für eine anständige Nachtruhe Mord und Totschlag zu begehen.

Eines Abends war Kitty zu Hause und erledigte gerade den Abwasch, als das Telefon läutete. Es war ein junger Mann, der sagte, er suche einen gewissen Kevin Daly. Kitty war im Telefonbuch als K. Daly verzeichnet und wollte nicht allzu viel von sich preisgeben. Sie antwortete, es gebe keinen Kevin Daly unter dieser Nummer, und der junge Mann fragte, ob sie sich da sicher sei. Er suche einen Kevin Daly, den er früher gekannt habe, einen Mann, der in Malahide zur Schule gegangen sei. »Tut mir leid«, erwiderte Kitty, doch schon führten sie ein Gespräch. Er erzählte ihr, Kevin Daly sei sein Bruder, zu dem er schon seit Langem keinen Kontakt mehr habe. Dann sagte er, eigentlich sei Kevin Daly sein Vater, jedoch wisse dieser nicht, dass er sein Vater sei, zumindest wisse er nicht, dass *er* sein Sohn sei. Er sagte, er suche seinen Vater, weil seine Mutter krank sei, deshalb habe sie ihm auch endlich den Namen seines Vaters verraten – Kevin Daly – und dass er in

Malahide zur Schule gegangen sei. »Es war eine Schullieb-schaft«, sagte er. Kitty sagte immer nur: »Tut mir leid«, so wie man »Verstehe« sagen würde.

»Tut mir leid«, sagte sie.

»Also deshalb – wissen Sie?«

»Tut mir leid.«

Er fragte sie, ob sie einen Bruder oder Cousin namens Kevin Daly habe, und sie antwortete nur: »Nein, tut mir leid.« Aber er war sehr hartnäckig, gerade so, als habe sie dem Mann Unterschlupf gewährt. »Nein wirklich, es tut mir leid«, sagte sie und legte den Hörer auf.

Am nächsten Tag rechnete Kitty damit, dass jemand auf der Rolltreppe in die Bettenabteilung gleiten und sie beim Namen rufen würde. Sie wusste nicht, wer es sein oder welche Kleidung er tragen würde. Ein Mädchen mit grü-nen Augen vielleicht oder ein schlanker junger Mann. Sie stellte sich einen Mann in tadellos sitzendem schwarzem Anzug vor – jemanden, der das gewisse Etwas hatte, wie Cary Grant. Von der Etage über ihr starrte sie ein junger Kerl mit gelockten roten Haaren an – oder vielmehr durch sie hindurch –, und seltsamerweise fragte sie sich, ob dies vielleicht der Mensch sei, auf den sie wartete. Auch, was er wohl zu ihr sagen würde, wenn er es denn war?

Dann erschien eine Gestalt, die ihr das Herz stocken ließ, und es dauerte eine Weile, bevor Kitty merkte, dass es ihre Mutter war, die da wie eine Königin aus der Abteilung »Stoffe und Gardinen« herabschwebte.

»Hab dich gar nicht erkannt«, sagte Kitty.

Ihre Mutter war in der Stadt, um einen Duschvorhang zu kaufen, und hatte sich gedacht, sie würde mal kurz vor-beischauen, um Hallo zu sagen. Doch danach hatten sie einander nicht mehr viel zu erzählen. Kitty war es gewohnt, sie zu Hause zu sehen; hier in der Öffentlichkeit wirkte ihre Mutter überraschend gut gekleidet und schweigsam.

»Nun, du weißt ja, wo ich zu finden bin«, sagte Kitty zu ihr, mit einem Lächeln, als seien sie einander fremd.

Schließlich verführte Kitty, zu dessen gelinder Überraschung, ein Mitglied der örtlichen Amateurtheatergruppe. Der Mann hatte ihr seit Monaten den Hof gemacht, wenngleich auf sehr altmodische Weise. Er war etwas über sechzig, Kitty etwas über vierzig, ein Altersunterschied, der bei zwei nahezu erwachsenen Söhnen zu erwarten war. Sie wirkten beide bei einer Inszenierung von *Johnny Belinda* mit, einem Theaterstück über eine Taubstumme, die schwanger wird, auch wenn sich dies erst ganz am Ende herausstellt. Kitty reichte den Pausenkaffee und hatte einen Auftritt in der letzten Szene. Tom, so hieß der Mann, hatte das Bühnenbild geschaffen. Er habe geschickte Hände, sagte er, als er sich in der Requisite über einen Sägebock beugte, und Kitty warf ihm einen Blick zu, um zu sehen, was er meinte – aber er wollte lediglich zum Ausdruck bringen, dass er gut darin war, Dinge anzufertigen. Angenehm. Irgendwie. Nahezu jeden Abend fuhr er sie nach den Proben nach Hause, und eines Abends hielten sie an, um essen zu gehen. Danach lud Kitty ihn auf einen Drink zu sich ein.

Tom. Er sagte, er benötige nur ein paar Stunden, um den alten Lichtschalter durch zwei Dimmer zu ersetzen, danach würde sie allerdings renovieren müssen. Er betrachtete die Fotos auf ihrem Kaminsims. Er sei vor nicht allzu langer Zeit Witwer geworden. Seine Tochter habe ihm geraten, der Theatergruppe beizutreten, und das habe er getan. Gleich, dachte Kitty, gleich wird er von seinen Zähnen anfangen, dass es noch die echten sind. Trübe braune Augen, silbernes Haar, ein ansehnliches Ab-wann-ist-bloß-alles-falsch-gelaufen-Gesicht. Sie gerieten gar nicht erst in Versuchung. Kittys Ältester kam vom Pub hereingepoltert und blieb da, um sich vorstellen zu lassen. Ihr Jüngster hockte oben vor seinem eigenen Fernseher. Es waren nette Jungs. Sie trauten ihrer Mutter nicht zu, im Vorderzimmer alte Knacker zu verführen, und der alte Knacker traute es ihr auch nicht zu. Es war eine heikle Situation, aber durchaus befriedigend. Kitty erzählte ihm nicht von ihrem Exmann, und er sprach nicht von seiner verstorbenen Frau. Sie verschwieg ihm, dass ihr Mann fremdgegangen war, dass sie alles darangesetzt hatte, ihn zu halten – bis hin zu Pornovideos im Schlafzimmer –, und dass der Richter, nachdem sie aus dem Haus gestürmt war, ihr dies als böswilliges Verlassen ausgelegt und das Haus ihm zugesprochen hatte. Sie verschwieg ihm, dass ihr Mann zwei Wochen nach dem Scheidungstermin eine Frau bei sich hatte einziehen lassen, dass ihre Söhne ihr in das möblierte Zimmer gefolgt waren und sich um sie gekümmert hatten, wie nur halbwüchsige Jungen es können, dass sie es schließlich gemeinsam geschafft hatten, hier an den äußersten Stadtrand zu ziehen, in ein anständiges Leben. Sie verschwieg ihm auch, dass sie schwanger war, als sie es feststellte. Sobald sich der Vorhang über *Johnny Belinda* gesenkt hatte und noch ehe irgendjemand Fragen stellen konnte, ließ sie ihn und die Theatergruppe sausen.

Zunächst hatte sie geglaubt, es seien die Wechseljahre. Sie stand in der Bettenabteilung und wartete auf die Hitzewallungen. Es machte ihr nichts aus, alt zu werden, solange dies nur bedeutete, ruhiger zu werden, aber so ließ die Sache sich nicht an. In ihr kochte und siedete das Blut. Sie fuhr hinauf zur Buchhaltung, um ihre Lohnabrechnung zu beanstanden, und mit einem Schlag landete sie wieder unten in der Bettenabteilung. Sie lief auf der Etage umher und setzte sich auf die Betten. Sie verspürte einen furchtbaren Drang, sich auf einem von ihnen langzulegen. An einem Montagabend während der Inventur tat sie das dann tatsächlich. Sie streckte sich aus. Ließ sich rücklings auf eine doppelt gefederte Slumberland-Matratze sinken und hatte das Gefühl, nie wieder aufstehen zu können.

Erst als sie gleich drei Keramiktöpfchen Aprikosenmarmelade kaufte, fiel der Groschen. Auf einen Test verzichtete sie. Sie geriet total aus dem Häuschen, wie bei beiden Söhnen, ein herrliches Gefühl, so als würde man in einen Teich eintauchen und feststellen, dass man unter Wasser weiteratmen kann. Das Kind war nicht größer als ein Kernlein in ihrem Bauch. Sie unternahm mit ihm Spaziergänge und kleine Ausflüge. Sie fuhr mit ihm Rolltreppe und schwang mit ihm auf einer Schaukel im Park, wobei sie mit den Schuhen den groben Sand aufscharrte und sich ein bisschen verrückt vorkam. Was würde sie den Jungs erzählen? Die Leute in der Bettenabteilung – ihre Kollegin Jackie und die Kunden, die kamen, um sich umzuschauen oder einzukaufen – wirkten alle leer auf sie, wie Hülsen. Als sei sie als Einzige wirklich. Es war wie in dem Film mit den Schoten, und sie wollte irgendwohin flüchten, zu einem verlassenen Leuchtturm oder zu einer Hütte am Strand, und in einem Lichtstrahl sitzen, während ihr Baby in ihr wuchs.

Tom rief an. Seine Stimme war ein Schock.

»Ich dachte, ich schau mal nach dem Rechten.« Er hörte sich nah an, er hörte sich an, als sitze er in ihrem Ohr. Kitty musste sich in Erinnerung rufen, dass sich kilometerlange Kabel zwischen ihnen erstreckten, ein Labyrinth aus Elektrizität und Statik.

»Ich kann nicht klagen«, sagte sie. »Und wie steht's bei dir?«

»Gut. Gut.«

In der Stille tat er ihr leid. So etwas war er nicht gewohnt.

»Und wie geht's dir?«, fragte er.

»Ach, bombig«, antwortete sie. »Ich bin im siebten Himmel.«

Er verstand den Wink und legte auf.

Eines Morgens dann tat die Rolltreppe, die nach unten führte, einen Seufzer und blieb stehen. In einem solchen Fall tapsten die Leute vorsichtig, fast vornübergeneigt die Stufen hinunter und schielten auf die Rillen, die nun merkwürdig starr wirkten, obwohl sie noch immer unter ihren Füßen hinwegzurollen schienen. Kitty war froh, dass sie nicht selbst auf dem Ding gestanden hatte, als es zum Stehen kam. Sie hätte reichlich albern ausgesehen. Wie der Zufall es wollte, befand sich auf den Rolltreppen niemand außer einer jungen Frau, die plötzlich emporgetragen zu werden schien. *Husch.*

Kitty wusste, dass es nichts zu bedeuten hatte, sorgte sich aber um ihr Baby, das gerade mal elf Wochen alt war. Sie konnte die Schieflage der stillstehenden Stufen nicht ertragen, sie glichen einem endlos dahinhumpelnden Wesen am anderen Ende der Verkaufsabteilung. Sie gönnte sich eine lange Mittagspause, und als sie zurückkehrte, hatte ein Mann die Bodenplatte der defekten Rolltreppe entfernt. Was die Kette betraf, so hatte sie recht gehabt – hier war sie, schlang sich um die Stufen, die eigentlich Keile waren, wenn man sie von der Seite betrachtete. Sie drängten sich um den zentralen Zapfen wie große Stücke einer Pastete aus Metall, schoben sich dann auf dem Weg nach oben auseinander, wobei sie ihre stufenbildenden Dreiecke baumeln ließen.

Der Rolltreppenmann warf ihr einen flüchtigen Blick zu, während sie in das Antriebssystem starrte, dann hantierte er weiter mit seinem Phasenprüfer und tippte das Metall sanft mal hier, mal dort an. Er hatte Flaum auf dem Handrücken, fein und zart: einer dieser großen, behaarten Männer mit durchtrainierten Muskeln und unsicherem Blick. Kitty blieb lange stehen und brachte ihn dadurch in Verlegenheit. Wieder warf er ihr über die Schulter hinweg einen Blick zu, nahm sie aber nicht wirklich wahr – und das war völlig in Ordnung.

In der dreizehnten Woche verlor Kitty das Baby, oder verlor zumindest etwas. Sie betrachtete das Blut auf dem Toilettenpapier und fragte sich, ob sie sich am Ende doch in den Wechseljahren befand. Vielleicht hatte sie sich das Baby ja nur eingebildet, vielleicht hatte es gar nicht existiert. Sie meldete sich krank, legte sich ins Bett und konnte nicht weinen.

Am Wochenende fuhr sie ihren Jüngsten zum Fußballspiel im Phoenix Park. Sie musste in einiger Entfernung parken, weil er sich wegen des Autos schämte. Außerdem mochte er es nicht mehr, wenn seine Mutter am Spielfeldrand stand, sodass Kitty, darüber amüsiert, stattdessen einen Spaziergang machte. Sie spielte mit dem Gedanken, sich die Rehe anzuschauen. Und da waren sie auch schon, eine Herde Ricken und ihre Kitze. Sie standen oder lagen, und alle ästen und betrachteten, genau wie sie, zwei Kinder und ihr Spielzeugflugzeug, das am anderen Ende der Senke umherschwirrte.

Jetzt war sie sich sicher, dass es ein Baby gewesen war – dass sie sich nicht getäuscht hatte. Ihr Bauch war noch ganz warm davon und schmerzte. Die Rehe ästen weiter und störten sich nicht an ihr, während der Spielzeugflieger summte, ins Stottern geriet und zu Boden fiel.

Die Wechseljahre.

Ein Wechsel stand bevor, so viel war sicher, obwohl sie selbst stillzustehen schien. Ging es aufwärts oder abwärts?, fragte sie sich. Aufwärts oder abwärts? Die Kinder warfen das Flugzeug erneut in die Luft, und wieder drehte es am Ende des Drahtes seine Runden. Kitty setzte ihren Spaziergang fort. Es war ein Baby gewesen, sie wusste es. Sie war heimgesucht worden. Wie könnte es abwärtsgehen, da sie solche Freude empfand?

Kleine Schwester

In dem Jahr, das ich meine, dem Jahr, als meine Schwester uns verließ (oder wie immer man es nennen mag), war ich einundzwanzig und sie siebzehn. Wir hatten gebührenden Abstand zueinander gehalten, die ganzen siebzehn Jahre lang. Vier Jahre auseinander – da ist man sich manchmal sehr, sehr fern und manchmal näher, als man denkt. In einigen dieser Jahre mochten wir einander, in anderen nicht. Doch ob nah oder fern, sie war meine Schwester. Und was ich vermutlich zu erklären versuche, ist, was das bedeutete.

Serena glaubte immer daran, mich eines Tages überholen zu können, daher der minderjährige Alkoholkonsum und der obligatorische Sex. Doch obwohl sie in Pubs ging und sich Ärger einhandelte, noch ehe ich Stöckelschuhe trug, wusste ich, zuinnerst und voller Müdigkeit, dass ich die Ältere war – und stets die Ältere bleiben würde; älter als ich würde sie nur dann werden können, wenn ich vor ihr stürbe.

Und natürlich hatte ich auch Gefallen daran. Es machte Spaß, jemanden zu haben, der kleiner war als man selbst. Sie beklagte sich immer, ich würde sie herumkommandieren, aber ich wusste, dass wir Spaß hatten. Denn bei Serena fragte man sich ständig, was bei ihr schiefgelaufen ist, oder gar: Was ist bei mir schiefgelaufen? Aber glauben Sie mir, damit bin ich fertig – mir den Kopf über ihr Leben zu zerbrechen.

Als sie sechs war und ich zehn, begleitete ich sie zur Mittagszeit immer zum Bus, weil sie damals nur halbtags Schule hatte. Ich verbrachte also meine Pause mit meiner Schwester an der Bushaltestelle, statt auf dem Schulhof Gummitwist zu spielen, was nicht heißt, dass ich mich beschwere, ich möchte nur betonen, dass wir alle uns unaufhörlich um sie gekümmert haben. Aber es gibt einfach Dinge, die man für ein Kind nicht tun kann. Es gibt Dinge, bei denen man nicht helfen kann.

An dem besagten Tag waren wir gerade auf dem Weg von der Schule zur Hauptstraße, als ein Mädchen durch die Luft segelte und auf dem Dach eines bremsenden Autos landete. Serena rief: »Sieh mal!«, aber ich zog sie weiter. Es war viel zu schrecklich. Und als hätte sie gewusst, dass es viel zu schrecklich ist, folgte sie mir ohne großen Widerstand. Ein Mädchen landete auf dem Dach eines bremsenden Autos. Es wirbelte durch die Luft, als schlüge es ein Rad. Aber es war ein sehr langsames Rad. Wenn man scharf nachdachte, flog auch ein Fahrrad von dem Auto weg, wobei das Pedal über den Asphalt schabte und Funken sprühte. Aber man musste schon sehr scharf nachdenken, um sich an das Fahrrad zu erinnern. Was wirklich haften blieb, waren die weißen Socken des Mädchens und der Faltenwurf ihres Trägerrocks, der ihr durch die Luft folgte.

Am nächsten Tag gingen Gerüchte über ein Verkehrsunglück um, und heute sagt mir mein Gedächtnis, dass das Mädchen starb, damals aber verschwieg man uns das, um uns nicht zu beunruhigen. Ich weiß nicht, was davon stimmt. Damals gab es nur uns beide auf der leeren Straße, ein Mädchen, das sein langsames Rad schlug, sowie meine

Hand, die nach Serenas kleiner Hand griff und sie schweigend weiterzog.

Das war der eine Vorfall. Ein weiterer – vielleicht war sie acht und ich zwölf – ereignete sich, als ein Mann in einer bunt karierten Hose »Hallo, ihr Süßen!« sagte und sein Ding aus dem Hosenschlitz holte. Vielleicht sollte ich sagen, dass er sein Ding *entkommen* ließ, denn irgendwie schoss es geradezu hervor und rollte sich auf eine Art zusammen, die ich heute wohl wiedererkennen würde. Damals sah es aus wie Gekröse, von der Farbe alten Blutes, dunkel und gekocht, wie der Teil des Truthahns, den unsere Eltern so gern aßen und den sie »Pfaffenstück« nannten. Wir rannten also ganz aufgeregt nach Hause und erzählten meiner Mutter von dem Mann in der bunt karierten Hose und dem Pfaffenstück, und sie lachte, was wohl die angemessenste Reaktion war. Unter den damaligen Umständen. Wir hatten dieselben drei Brüder, die alle gerade die eine oder andere Phase durchliefen. Nichts Ungewöhnliches – obwohl das Jahr, in dem Jim sich nicht waschen wollte, ziemlich anstrengend war. Sehen Sie, ich kratze den schäbigen Rest zusammen. Wir hatten eine großartige Kindheit. Und unterm Strich geht's mir gut. Mir geht's gut, und Serena lebt nicht mehr.

Aber das Jahr, das ich meine, ist das Jahr 1981, als ich mein Studium beendete und anfing zu arbeiten. Ich hatte Geld, kaufte mir Klamotten und war völlig zufrieden mit mir. Ich dachte sogar daran, von zu Hause auszuziehen, aber meine Mutter fühlte sich einsam, wo wir doch alle erwachsen wurden. Sie sagte, sie höre die Flöhe husten, und redete vom Altwerden. Sie weinte öfter; dann und wann weinte sie sich einfach aus – nicht über *ihr* Leben, sondern über das Leben im Allgemeinen.

Als ich eines Tages nach Hause kam, war Serena in Ungnade gefallen, weil meine Mutter Zigaretten an ihr gerochen hatte und noch etwas anderes. Ich hatte keine Ahnung, was dieses andere sein mochte; nach Alkohol roch sie jedenfalls nicht – vielleicht war es Sperma, das hätte mich nicht überrascht. Es waren noch drei Wochen bis zu ihrer Reifeprüfung, und Serena verwüstete unser Schlafzimmer, während meine Mutter in der Küche stand – seltsamerweise im Mantel – und Karotten schnipselte. Ich ging in die Küche und setzte mich eine Weile zu Mama, und als oben endlich Ruhe eingekehrt war, ging ich hinauf, um den Schaden zu begutachten. Überall Klamotten. Ein Vorhang heruntergerissen. Mein Wecker zertrümmert. Ein Parfümfläschchen geköpft – eine Lache Chanel Nr. 5, die in unsere Kommode sickerte. Zu der Zeit hatte ich einen Freund. Das Zimmer stank. Ich bekam keinen Tobsuchtsanfall. Ich sagte: »Berappel dich, du Hirni, der Alte kommt gleich.«

Keiner von uns mochte unseren Vater außer Serena, die ihn von klein auf um den Finger gewickelt hatte. Ich glaube, nicht mal meine Mutter mochte ihn – natürlich sagte sie, sie »liebe« ihn, aber nur, weil sich das so gehört, wenn man jemanden geheiratet hat und mit ihm schläft. Von einem Unfall in seiner Kindheit hatte er ein steifes Knie, und wenn er sich hinsetzte, ragte sein Bein kerzengerade ins Zimmer. Er war kein schlechter Kerl. Aber wenn wir brüllten und lachten und stritten, hockte er nur da und starrte uns an, als wären wir alle furchtbare Langweiler.

Oder vielleicht mochte ich ihn ja damals, aber seitdem

nicht mehr – denn als Serena weg war, übernahm er die Leitung eines Pubs und schlief in der Wohnung darüber. Also noch einer, der nie nach Hause kommt.

Drei Wochen lang stank das Schlafzimmer nach Chanel, wir redeten kein Wort miteinander, und Serena aß nichts. Während der Mathematikprüfung wurde sie ohnmächtig und musste hinausgetragen werden, und auf dem Fußboden im Gang fächerten ihr 'ne ganze Menge Leute Luft zu. Den ganzen Juni verbrachte sie im Badezimmer, wo sie sich ihre Pickel ausdrückte, oder sie saß unten untätig herum und äußerte sich nicht, was sie als Nächstes zu tun gedachte. Und dann, am vierzehnten Juli, ging sie aus und kam nicht mehr zurück.

Wir warteten einundsechzig Tage lang. Am Samstag, dem dreizehnten September, war ein Schlüssel im Türschloss zu hören, und ein Kind kam herein – ein vom Tod gezeichnetes Kind. Serena wog knapp zweiundvierzig Kilo. Hinter ihr stand ein Kerl, der einen Koffer trug. Er sagte, er heiße Brian. Er sah aus, als wisse er nicht, was er tun solle.

Wir reichten ihm eine Tasse Tee, während Serena in einer Ecke der Küche hockte und vor sich hin stierte. Soweit wir es uns zusammenreimen konnten, war sie bei ihm aufgekreuzt und dageblieben. Ein netter Kerl. Ich weiß nicht, was er von einem Mädchen wollte, das eben erst die Schule beendet hatte, aber Serena sah schon immer älter aus, als sie war.

Es ist schwer, sich in Erinnerung zu rufen, wie es damals war, aber Anorexie hatte gerade erst angefangen, kam gerade in Mode. Wir musterten Serena und dachten, sie hätte Krebs, und konnten nicht glauben, dass es sich um eine

Art Diät handelte. Dann die Bemühungen, sie zum Essen zu bewegen, das Gehätschel und Getätschel, das verzweifelte Schweigen, wenn Serena auf ihren Teller starrte und eine einzige grüne Bohne auf die Gabel spießte. Es heißt, Magersüchtige seien intelligente Mädchen, die sich zu viel Mühe geben und in den Abgrund gestoßen werden, aber Serena schlenderte geradezu zum Rand des Abgrunds. Sie sah uns über die Schulter an, wie wir herumstanden und nach ihr riefen, dann drehte sie sich um und sprang. Dass sie ihren Tod genoss, ist nicht zu viel behauptet. Ich glaube nicht, dass es zu viel behauptet ist.

Jetzt aber sitze ich erst mal mit Brian in der Küche fest, und Serena hat riesige Augenhöhlen, in denen ihre Augen flackern. Natürlich flossen Tränen – die Tränen meiner Mutter, meine Tränen. Der Alte schlug mit der geballten Faust gegen die Türlaibung, dann stützte er die Stirn auf die Faust. Serenas Tränen, als sie endlich flossen, wirkten heiß, als hätte sie kaum noch Flüssigkeit übrig. Meine Mutter brachte sie ins Bett, so liebevoll, als sei sie noch ein Kind, und während sie schlief, holten wir den Arzt. Als er ihr den Puls fühlte, wachte sie auf. Sie sah aus, als würde sie jeden Moment wieder losbrüllen, aber dafür war es jetzt zu spät. Er ging zum Telefon in der Diele und veranlasste, dass sie auf der Stelle ins Krankenhaus kam.

Einundsechzig Tage. Glauben Sie mir, die haben wir einen nach dem andern durchlebt, jeden für sich. Jede Stunde haben wir durchlebt und nicht eine Minute übersprungen.

Im Krankenhaus begegnete ich hin und wieder Brian, und wir erzählten uns ein paar makabre Witze über die Station; über die Bohnenstangen in den Betten, die strickten und die hüpften, alles nur, um Kalorien zu verbrennen. Eines Tages öffnete ich die Tür zum Badezimmer und sah dort eine von ihnen, wie sie sich im Spiegel betrachtete. Bei geöffneter Kabinentür stand sie auf einem Toilettensitz und hatte sich das Nachthemd bis zum Gesicht hochgezogen. Sämtliche Knochen waren zu sehen. Zwischen ihren Schenkeln war kilometerweit Platz, und ihr Schambein ragte hervor, ein sich ausbuchtender Fleischhügel, schrecklich gespalten. Als sie hörte, wie die Tür aufging, zog sie das Nachthemd herunter, sodass sie wieder anständig bekleidet war, als ich den Blick von ihrem Spiegelbild zur Toilettenkabine wandte. Es war nur ein flüchtiger Moment, so als drücke man die Fernbedienung, um eine Sitcom zu finden, und mittendrin springen einen Bilder von einer Hungersnot an oder ein Porno.

Serena lag in einem Bett am Ende der Reihe, eine reglose Gestalt inmitten des Gezappels der Station. Sie las in einem Buch und blätterte langsam die Seiten um. Ich hatte ihr Wein- und Kaugummi mitgebracht, denn als sie klein war, hatte sie mir die immer aus meinem Vorrat gemopst. Serena gehörte zu den Mädchen, deren Taschengeld bereits am Dienstag ausgegeben war und die den Rest der Woche herumjammerten. Jetzt überschütteten wir sie mit Sachen, die sie vielleicht haben wollte: Weingummi, Jaffakekse, eine Geburtstagstorte mit Eiscreme, Strähnchen im Haar, alles völlig blöde und belanglos. Wir verwöhnten eine Fünfjährige, sie konnte nicht genug kriegen, und immer kam alles zu spät.

Dann gab's die Therapiesitzungen. Wir mussten alle hin; in unseren guten Mänteln gingen wir zur Tür hinaus, als wollten wir zur Messe. Wir nahmen auf Plastikstühlen

Platz: mein Vater mit seinem lautlos ausgestreckten Bein, meine Mutter in einem Wust von Sorgen. Sie hörte kaum zu, oder sie klammerte sich verzweifelt an irgendeine Albernheit. Serena saß gelangweilt da. Ich konnte nicht anders, ich verlor die Geduld. Ich schrie sie tatsächlich an. Ich sagte, sie solle sich schämen, was sie Mama zumute. »Schau sie dir an«, sagte ich. »Sieh doch!« Ich sagte, hoffentlich sei sie endlich zufrieden mit sich. Sie saß nur da und hörte sich alles an, dann beugte sie sich vor und sagte sehr überlegt: »Wenn mich ein Bus über den Haufen fährt, würdest du sagen, ich wollte nur die Aufmerksamkeit auf mich lenken.« Da musste ich an den Autounfall denken, als sie noch klein war. Vielleicht hätte ich ihn erwähnen sollen, aber ich unterließ es. Mitten in diesem Familienstreit saß Brian, der offizielle Freund, er hatte die Beine gespreizt, und im Schritt baumelten seine großen Hände. Nach der Sitzung führte er sie aus dem Zimmer, indem er ihr seine Hand ins Kreuz legte, ganz so, als wäre er ihr Beschützer und hätte keinen Anteil an alldem.

Es dauert Jahre, bis Magersüchtige sterben, das ist die andere Sache. Während der ersten Therapiephase wurde entschieden, es sei besser, wenn Serena von zu Hause auszöge. Ob es eine andere Familie gebe, bei der sie eine Weile wohnen könne? Schön wär's. Als ob meine Eltern einen Haufen fröhlicher Freunde mit Gästezimmern hätten, die Serena hinterherräumen und ihr das Badezimmer überlassen würden, während sie sich jeweils drei Stunden lang darin einschließt. Wir besorgten ihr ein möbliertes Zimmer in Rathmines, und ich kam für die Miete auf. Andernfalls hätte meine Mutter eine Teilzeitarbeit annehmen müssen.

So lebte Serena jetzt also mein Leben. Sie hatte meine

Wohnung, meine Freiheit und mein Geld. Es mag sich seltsam anhören, aber damals gönnte ich ihr das durchaus. Ich wollte nur, dass es ein Ende hatte. Ich meine, ich wollte nur, dass meine Mutter wieder lächeln konnte.

Fünf Monate später wog sie nur noch achtunddreißig Kilo und einhundert Gramm, und als sie auf der Straße zusammenbrach, landete sie wieder auf der Station. Ich rechnete damit, Brian zu sehen, aber sie erklärte, den habe sie zum Teufel gejagt. Ich ging zu ihrer Wohnung, um ein paar Sachen für sie zu holen. Es wimmelte von leeren Paracetamol-Packungen und benutzten Papiertaschentüchern, die wegzuwerfen ihr zu lästig gewesen war. Sie klebten in Klumpen zusammen. Ich weiß nicht, was sie enthielten – Reinigungsmilch? Vielleicht hatte sie hineingespuckt, vielleicht ärgerte sie sich über ihren Speichel. Ich musste mir Gummihandschuhe kaufen, um sie aufzuheben, aber ich habe nie jemandem davon erzählt, dem Therapeuten nicht, dem Arzt nicht, meiner Mutter nicht. Aber jetzt konnte ich etwas in ihrem Gesicht erkennen, als gäbe es ein Geheimnis, das wir gezwungenermaßen teilten.

Im Geiste durchforstete ich ihr Leben. Jeden Dienstagabend vor der gottverdammten Therapiesitzung fahndete ich nach Erinnerungen: eine Katze, die gestorben war, der Tod meiner Großmutter, der Weihnachtsmann. Ich ging die Ferien im Wohnmobil durch und die Besteigung des Carrauntoohil, bei der sie auf halbem Weg zu heulen angefangen und sich hingesetzt hatte und bis zum Gipfel getragen werden musste. Ich rief mir ihre erste Blutung in Erinnerung und wie ich sie zusammenstauchte, weil sie meinen Mohairpullover gestohlen hatte. Wie sie mit einer Dose Fliegenspray ein nachmittägliches Gemetzel angerichtet und wie sie auf dem lädierten Bein meines Vaters *Hoppe, hoppe Reiter* gespielt hatte. Es waren alles nur Erinnerungsfetzen. Ich wollte sie zu einem Gesamtbild zusammenfügen, aber es gelang mir nicht.

Sie päppelten sie ein bisschen auf und ließen sie dann gehen. Ein paar Monate später erhielten wir eine Postkarte aus Amsterdam. Ich habe keine Ahnung, wo sie das Geld herhatte. Die Wohnung war bis Weihnachten bezahlt, und ich hätte selbst dort einziehen können, aber ein Blick auf meine Mutter genügte. Mit nichts hätte ich sie stärker gekränkt.

Eines Tages erblickte ich dann auf der Straße eine Frau, die aussah wie meine Oma kurz vor ihrem Tod. Einen Augenblick lang glaubte ich wirklich, sie wär's: Zehn Jahre danach auf irgendeine Weise aus der Sterbeklinik entlassen, ging sie in Richtung St. Stephen's Green. Ich glaubte sie tot und erschrak, förmlich starr vor Schreck: Wozu war sie zurückgekommen? Was wollte sie mir sagen? Unsere Blicke trafen sich, und aus ihren Augen blitzte der Schalk. Natürlich war es Serena. Und mittlerweile waren ihre Zähne buttergelb.

Ich hielt sie an und versuchte, mit ihr zu reden, aber sie machte einen auf erwachsen und schlug vor, Kaffee trinken zu gehen. Sie erklärte, Brian sei ihr irgendwie nach Amsterdam gefolgt. Sie schaute über die Schulter. Ich glaube, inzwischen halluzinierte sie. Aber dieses Erwachsenengehabe wirkte so aufgesetzt, dass ich froh war, als wir uns trennten: »Also tschüss dann.« Als ich ihr auf der Straße nachblickte, war es meine Schwester mit ihrem Spielzeuggang und der merkwürdigen Kopfhaltung – Serena, die von einem harmlosen Spiel wegrennt, sieben Jahre alt, zu stolz, um zu weinen.

Der Anruf aus dem Krankenhaus kam sechs Wochen

später. Mit ihrer Leber sei etwas nicht in Ordnung. Danach waren es die Nieren. Und danach starb sie. Gegen Ende fielen ihr die gelben Zähne aus, und ihr Körper war von einer Art Babyflaum überzogen. Ihre ganze Schönheit war verschwunden – denn obwohl sie meine Schwester war, muss ich sagen, dass Serena einmal strahlend schön gewesen war.

So starb sie also. Dem Tod kann man nicht entrinnen. Man erholt sich nicht davon. Ich hab's nicht mal versucht. Das erste Jahr war völlig verkorkst, und danach hatte unser Leben ein Loch, es war nicht einmal traurig – es fehlte einfach nur etwas. Es war nie wieder so wie vorher.

Aber es sind die einundsechzig Tage, an die ich denke – als sie das erste Mal weg war, als uns alles noch bevorstand und niemand etwas ahnte. In jenem Sommer, als ich einundzwanzig war und Serena siebzehn, wachte ich eines Morgens auf und hatte das Zimmer ganz für mich. Auf mysteriöse Weise war sie aus dem Bett auf der anderen Seite des Zimmers verschwunden, saß nicht mehr unten auf dem Sofa, und das Bad war frei. Weg. Nicht mehr da. Verduftet. Serenas Abwesenheit setzte vor allem meiner Mutter arg zu. Es reicht nicht, zu sagen, dass meine Mutter schon damals gegen Serenas Tod ankämpfte – sie war mit ihm vertraut. Für sie war der Tod meiner Schwester die Umarmung eines Feindes. Im Wohnzimmer, in der Küche, im Flur hielten sie einander umschlungen. Sie trafen sich und redeten, feilschten miteinander und weinten. Vielleicht hatte sie gesagt: »Nimm mich. Nimm doch stattdessen mich.« Aber ich glaube, kommt man ihm so nahe, bringt man ihn mit nach Hause, dann wird ein jeder verlieren.

Es war also keine Überraschung für uns, als sie nach einundsechzig Tagen wieder nach Hause kam und so aussah, wie sie aussah. Die einzige Überraschung war Brian, dieser herumlungernde, gewöhnliche, leicht verbitterte Mann, der ihr so hilflos zuschaute und nach und nach all unsere Fragen beantwortete.

Irgendwann nach der Beerdigung begegnete ich ihm in einem Nachtclub, und am Ende hockten wir an einem kleinen runden Ecktisch, heulten uns die Augen aus und schrien gegen die Musik an. Beide waren wir ein bisschen beschwipst, sodass ich mich nicht mehr erinnern kann, wer den Anfang machte. Es war ein erstaunlicher, tränenreicher Kuss. Alle Traurigkeit stieg auf in mein Gesicht und in meine Lippen. Für eine Weile gingen wir nach draußen, wohl in der Hoffnung, dass etwas Gutes dabei herauskommen würde – ein wenig Liebe. Aber es war eine verwelkte Liebe, eine Art Nachgedanke. Zwei normale Leute, die sich mit dem zu behelfen suchen, was da ist. Verstehen Sie mich nicht falsch, es machte mir nichts aus, dass er Serena geliebt hatte, denn natürlich hatte auch ich sie geliebt. Ihr Geist belästigte uns nicht: Und wenn wir uns noch so anstrengten, er erschien nicht einmal. Aber ich sage Ihnen, mittlerweile habe ich ein Kind, und wem sieht es ähnlich? Serena. Derselbe hungrige, gereizte Gesichtsausdruck und schön obendrein. Vermutlich ist das meine Buße, damit muss ich jetzt leben.

Ich versuche, diese Geschichte zu beenden, aber sie will einfach nicht aufhören. Denn Jahre später las ich in der Zeitung eine Meldung über einen Mann, der seine Frau umgebracht hatte. Die Polizei teilte mit, er habe befürchtet, sie würde von seinen finanziellen Problemen erfahren, und so habe er, während sie schlief, das Haus in Brand gesteckt. Sein Verbrechen hatte er bis ins Kleinste vorbereitet. Zweimal hatte er bei der Gasgesellschaft angerufen, um sich über angeblich austretendes Gas zu beschweren; danach hatte er mit der Hausrenovierung begonnen, damit in der Diele möglichst viel Farbe und Terpentin herumstand. Auf einer Schreibmaschine, die er später im Kanal versenkte, tippte er eine Reihe von Drohbriefen an sich selbst. Ich las mir den Artikel aufmerksam durch, nicht nur wegen des schrecklichen Geschehens, sondern auch, weil der Mann Brian Dempsey hieß. Genau wie der trübsinnige, gut aussehende Mann, der mit meiner Schwester geschlafen hatte – und mit mir. Ich erzähle das alles so freizügig, aber so war es nun mal. Brian. Die Drohbriefe wollten mir einfach nicht aus dem Kopf gehen. Zwei volle Monate bevor er das Feuer legte, hatte er damit angefangen. Ich dachte über diese acht Wochen nach, die er mit ihr verbracht und in denen er sich über das Abendessen oder den Mangel an sauberen Hemden beschwert hatte, verärgert über sie, weil sie einfach nicht begriff, nicht begreifen *wollte*, dass ihre Tage gezählt waren. Ich trug mich sogar mit dem Gedanken, ihn vor dem Prozess im Gefängnis zu besuchen, einfach nur, um ihn anzuschauen, einfach nur, um »Brian« zu sagen. Als der Fall schließlich vor Gericht verhandelt wurde, brachte die Zeitung ein Foto von ihm, auf dem er mir alt und furchtbar dick erschien. Immer wieder starrte ich auf seine Augen, bis sie zu bloßen Zeitungspunkten wurden. Als ich dann aber den Prozessbericht las, merkte ich, dass es sich um einen ganz anderen Brian Dempsey handelte, einen Mann aus Athlone.

Das war vergangenen Monat, doch selbst heute noch

stockt mir in leeren Zimmern der Atem. Gestern habe ich ein Fläschchen Chanel Nr. 5 auf den Frisiertisch gestellt und für eine Weile am Verschluss herumgedreht. Noch immer denke ich nach, nicht über Brian, aber doch über jene einundsechzig Tage, in denen meine Mutter fast verrückt geworden wäre, mein Vater Langeweile vortäuschte und ich zum ersten Mal seit Jahren ein eigenes Schlafzimmer hatte. Ich muss an Serenas Abwesenheit denken, daran, wie erstaunlich es war, als wir alle zusammen dasaßen und uns ansahen, bis die Tür aufging und sie hereinkam, halb tot, einen gewöhnlichen, lebendigen Mann im Schlepptau. Und ich denke, dass wir sie irgendwie erfunden, sie uns eingebildet haben. Und vielleicht auch er – dass auch er sie erfunden hat. Und ich denke, wenn wir sie jetzt erfinden würden, wenn sie jetzt ins Zimmer träte, würden wir sie noch einmal töten.

Ein Wochenende schlechter Sex

Er sagte, er sei eine Weile in New York gewesen. Er erzählte von einer Ratte in seinem Schlafsack in einer Jugendherberge in der 42nd Street und von einem Typen, dem sie im Nachbarbett die Niere gestohlen hätten. Er sagte, aus allen Löchern seien Kakerlaken hervorgeströmt: aus Rohrleitungen, Dielenbrettern, Fasergipsplatten; das Zimmer habe sich wie ein Schiff angefühlt, das in einem Meer von Kakerlaken untergeht. Er war ein Junge — er sprach nicht übers Skaten im Central Park, sondern über Ungeziefer, und zwar mit einem Sligoer Akzent. Was erwartete sie denn? (Was erwartete sie überhaupt? Er hatte hübsche Augen.)

Sie kannte Sligo. Die Stadt war schön. Dort hatte sie sich einmal mit ein paar Kiffern aus einer örtlichen Rockabilly-Band betrunken. Einer steckte bis zum Oberschenkel in Gips — ein Autounfall, sagte er. Dann schüttete er neun Pints in sich hinein und ging hinaus, um wieder nach Hause zu fahren, wobei er sich an der Tür des Pubs johlend auf dem kleinen Absatz seiner Prothese drehte. Im Schlaf versuchte sie sich manchmal auszumalen, wie er überhaupt das Gaspedal und die Kupplung bedienen konnte; stach mit dem einen oder dem anderen Fuß ins Federbett und wachte tot auf. Das war Sligo. Ein Ort, wo es den ganzen Tag regnete, wo die Stricher auf die Jungs aus Nordirland warteten und wo eine Wohnsiedlung nach W. B. Yeats benannt war. Dort konnte man verrotten oder, wie er es getan hatte, fliehen.

Nun war er wieder zurück, lebte in Dublin, sprach über die Huren in Bangkok, wo er nie gewesen war, und schwärmte von den Rauchkringeln, die sie mit ihrer Pussy blasen konnten. Sie hörte es gern, wie er mit seinem Sligoer Akzent »Pussy« sagte. Er war so sexy. All dieser selbstverliebte Selbsthass – das war typisch Sligo, ebenso die Sache mit der Rasierklinge, wenn sie sich ein paar Lines reinzogen, die Art, wie seine Augen sagten: »Du kannst die Schneide sein, und du kannst der Schnitt sein.«

Um die Wahrheit zu sagen, törnte das Schadensversprechen sie nicht sonderlich an. Es traf sie tief ins Herz und nicht in die Leistengegend, und sie dachte: »Ach, du Scheiße!« Chaos. Das war das Angebot. Völlig besoffen nach Hause zu fahren, wenn nur ein Bein zu gebrauchen war. Erst totaler Hohn und Hass und sich dann an ihrer Brust auszuheulen, wenn sein Schwanz noch nass war. Ach, du Scheiße. Der Sex, als es schließlich dazu kam, ein zielloses Rumgemache um seinen Auswuchs herum, der traurig distanziert und, wie sie vermutete, vom Alkohol betäubt war.

»Was machst du so?«, fragte er hinterher, nachdem er (doch noch irgendwie) gekommen war, als säße sie in einem Vorstellungsgespräch.

»Musikbranche«, antwortete sie. »Ich arbeite mit Bands, die zu uns in die Stadt kommen.«

Dazu sagte er nichts, nicht mal: »Mit welchen denn?« Und in der trägen Lücke seiner Überraschung schlief sie ein.

Sie träumt von einem Jungen, der im Regenlicht eine steil abfallende Küstenstraße entlanggeht; aus den Bergen ergießt sich Wasser, das Meer brandet gegen die Klippen.

Die Gummistiefel des Jungen sind abgelatscht, aber das ist noch das geringste Übel. Die Socken rutschen ihm von den Knöcheln, sodass sein Tritt schwer wird, der Stiefel schlappt und sich bei jedem Schritt seine nackten Waden zeigen. Sein Hemd spielt ins Zartlilafarbene und rutscht immer wieder hoch. Seine ausgebeulte Hose gibt einen klaffenden Streifen perlweiße Hüfte frei, und man kann den Gummizug seiner Unterhose sehen.

Im Schlaf versucht sie zu lachen, doch der Junge ist nicht lustig drauf oder jedenfalls nicht lustig genug. Dennoch gibt's in seiner Nähe etwas Lustiges – sie sucht danach, findet jedoch nichts als einen herrenlosen alten Kühlschrank, der mit geöffneter Tür im Graben liegt.

Unter dem Hemd zeichnen sich die harten Brustwarzen des Jungen ab, oder sie weigern sich, hart zu werden, und der Traum geht weiter, bewegt sich von ihm weg, und es ist niemand mehr zu sehen, was beinahe komisch ist.

Es war Nachmittag, als sie aufwachten. Er sagte, er sei in Tijuana gewesen, bei dem Gestank morgens auf dem Lokus hätte man kotzen können. Er erzählte ihr, einmal hätte er den Fluss Shenandoah in den Shenandoah-Bergen durchquert und in einer Stadt namens Shenandoah übernachtet, und durchforstete dabei ihre Schallplattensammlung; hingekauert wie das Abbild eines wilden Knaben, wobei seine dünnen Arschknochen den Boden berührten. Er fragte, ob er ihre Zahnbürste benutzen dürfe, dann sprang er wieder unters Federbett zum Katerfick, der unerwartet gut war.

Er sagte, eine Frau, mit der er in Amerika zusammen gewesen sei, habe einmal eine Abtreibung vorgenommen, aber er wisse nicht, ob das Kind von ihm gewesen sei. Dass man bei Ausländerinnen nie so recht wisse, ob das eigene Zeug haften bleibe. Doch es blieb haften. Sogar mehr als sonst. Sex war ein Fan der Benetton-Werbung.

»Meinst du wirklich?«, fragte sie.

»Kleine braune Babys«, antwortete er.

»Bist du also jetzt wieder da?«, fragte sie. »Für immer zurück?«

Er dachte darüber nach. Er sagte, er sei durch halb Amerika gefahren, habe auf die Tube gedrückt, bis der Tank leer gewesen und er in einem Ort namens Dewey, Wisconsin, gestrandet sei. Er sei ausgestiegen, habe die Leute auf dem Bürgersteig angesehen und sich gefragt, was zum Teufel sie hier verloren hatten. Vielleicht war's Liebe. Sie verliebten sich und wunderten sich darüber – über die Tatsache, dass all das in Dewey, Wisconsin, passieren konnte.

»Und?«

»Kein Wunder, dass sie sich gegenseitig abknallen«, sagte er und schwang sich auf die Bettkante.

Sie wusste, dass er dabei war zu gehen. Er stand neben dem Schminktisch und stocherte mit dem Finger in dem Körbchen mit Mascara und Lipliner herum. Er streckte sich, um einen bemalten mexikanischen Gürtel zu betasten, und im Spiegel wurde seine Achselhöhle sichtbar.

Sie sagte: »Ich glaube nicht, dass du je in Amerika gewesen bist.«

»Und ob ich da gewesen bin«, erwiderte er.

Dann sah er sie an und schien es sich anders zu überlegen.

»Nein«, sagte er. Er war dageblieben. Hatte sogar eine Weile am Arsch der Welt gelebt, in Buttfuck, Wisconsin, und beim Sicherheitsdienst der Zeche am Ort gearbeitet. Zwei alte Kerle, ein großer Italiener namens Alfie und er; die ganze Nacht hätten sie in Pornoheften geblättert und vor Monitoren gesessen, auf denen im verrückten Grün der Infrarotkameras die Betriebsanlage zu sehen gewesen sei. Stets sei einer der Männer auf Kontrollgang gewesen – man habe sehen können, wie das Licht der Taschenlampe einen Monitor verließ und ein paar Minuten später auf dem nächsten wieder auftauchte. Manchmal sei es ihnen vorgekommen, als würden sie schweben. Zwei alte Kerle, Alfie und er. Eines Morgens gegen sechs drehte Alfie sich um und lud ihn übers Wochenende zu einem Mitbring-Barbecue ein.

Ein Mitbring-Barbecue! Er war so überrascht, dass er tatsächlich etwas zubereitete – eine Mischung aus Wackelpudding und Schlagsahne, nach einem Rezept auf der Rückseite der Packung. Er fuhr in der Gegend herum und suchte nach dem Haus, während auf dem Sitz neben ihm der Nachtisch wabbelte – schließlich fand er die Party anhand der vielen Leute, die sich auf einem Rasen tummelten. Es ist ein klarer, schöner Tag in Dewey, Wisconsin. Auf der Vorderveranda unterhalten sich ein paar Typen über Golf und reißen zu viel Dosenbier auf. Die Ehefrauen sind auch da, die Kinder kreischen und tollen herum, und die Leute verströmen einen Geruch nach gebügelter Baumwolle, selbst im Freien.

Alfie trägt eine Kochmütze. Er haut ihm zwischen die Schulterblätter und nimmt ihm das mutierende Dessert ab.
»Mh, mh!«
Nach einer Weile ist er von der Sonne und dem Bier

ganz benommen. Er braucht sich nur die Leute anzuschauen, wie sie reden und lachen, die kleinen Zwischen-
fälle mit den Kindern. Es schnürt ihm die Luft ab. Er zieht
sich in die Garage zurück, wo es dunkel und kühl ist. Ein
paar kleine Jungen schieben Plastiksoldaten durch den
Kühlergrill des Autos, und aus der Hintertür ragen die
Beine einer Frau. An einem Fuß baumelt eine Sandale. Als
er einen Blick ins Auto wirft, sieht er dort Alfies Frau flach
auf dem Rücksitz liegen, sie hat die Arme ausgestreckt und
spielt mit ihren schönen blonden Haaren.

»Gute Party«, sagt er.

»Schön, dass du gekommen bist.«

Die Sandale fällt zu Boden. Und er weiß, er könnte Sex
mit ihr haben. Er weiß, er könnte mit ihr einfach davon-
fahren – eine Sandale am Fuß, die andere bliebe zurück.
Während die Kinder sich in Sicherheit brächten, könnte
er einfach den Motor anwerfen und mit aufschwingender
Wagentür losfahren, quer über den Sommerrasen, über die
Bordsteinkante und weg.

Er saß auf ihrer Bettkante und beugte sich vor, um seinen Fuß zu untersuchen. Sie starrte auf die Wirbel seines
Rückgrats.

»Und, warum hast du's nicht getan?«, fragte sie.

Darum gehe es nicht, antwortete er. Es gehe darum, dass
er wieder in den Garten gegangen sei und zugesehen habe,
wie diese Leute sich vergnügten. Die Sonne sei unterge-
gangen. Alfie habe ihn kritisch beäugt, als er aus der Garage gekommen sei. Es gehe darum, dass ihm klar geworden sei, dass er nirgendwo anders hingekonnt hätte.

Er wusste nicht, wie er's erklären sollte. Dieser Garten,
dieses verdammte Mitbring-Barbecue, mehr sei da nicht

gewesen. Und deswegen blieben die Leute in Dewey – wir alle lebten in Dewey. Man könne nirgendwo anders hin.

»Na dann, willkommen daheim«, sagte sie.

Sie machte ihm ein Rührei, und ihre Hände zitterten. Sie wusste nicht, wie sie ihn in der Wohnung halten oder was sie tun sollte, also öffnete sie eine Flasche Wodka und mischte den Wodka mit Cranberrysaft. Was anderes gab's im Kühlschrank nicht. Er steckte seine Nase ins Glas und lachte: »Meckmeckmeck.«

Er sagte, er habe einen verrückten Bruder. Er sagte, Verrückte seien nicht so, wie man glaubte, dass sie seien. Einfach nur sehr tumb. Sie redeten den ganzen Tag über Fußball wie andere auch – nur noch mehr. Dann sehe man am Badewannenrand einen Fleck Scheiße. Oh-oh!

Der andere Bruder sei Bauunternehmer.

Er sagte, er sei in einem jener Häuser aufgewachsen, die kein Mensch mag; eine große Bungalow-Hazienda mitten in einem Acker. Obwohl er da das Wetter vermisse, sei es immer noch besser als die Glotze. Und das Torfmoor an der Straße nach Strandhill habe er als Kind geliebt – er habe die Torfsoden zu Pyramiden aufgeschichtet und Azteken gespielt oder ganz allein die Belagerung von Stalingrad komplett nachgestellt und sei durch die Schützengräben gerannt. Rattatatat. Ein furchtbares Gemetzel.

Und er streckte den Finger aus und erschoss sie.

Es gab 'ne Menge Zeug, das kein Sex war, einfach nur Fummelei und Rumbalgerei, während die Sonne auf- und unterging und dazwischen Rechtecke auf den Boden warf. Er trank sich durch den Wodka, während sie nur Tropfen davon in ihren Tee fallen ließ. Sie sahen Kinderfernsehen und versuchten, es in der Dusche zu treiben. Sie hielt ihn davon ab, aus dem Fenster zu brüllen, und im Lauf des Abends sagte er, zumindest glaubte sie, dass er es sagte, er habe es einer Frau mal mit der Faust besorgt und sich als Kind draußen auf der Strandhill Road eine Weile lang mit einem Typen getroffen, der hätte ihn im Moor ein bisschen gevögelt, was er eigentlich ganz gut gefunden habe. *Eigentlich.*

Sie wusste nicht, ob sie schlief oder nicht.

Am Morgen kam er aus dem Badezimmer, schön und sauber. Er sagte, Elvis habe nie richtig Sex gehabt. Elvis sei besser als Sex. Das sei das Problem. Er wisse, sein Manko im Bett sei, dass er nie so gut wie Elvis Presley sein würde.

»Wie spät ist es?«, fragte sie.

Sein Brustkorb war bleich und voller Sommersprossen, ganz flach – er lag da, ganz Steinplatten und Klötze, in der Mitte sein ulkiger, eingerollter Schwanz. Der Mann, mit dem er sich als Kind getroffen hatte, schien keine Spuren oder Male hinterlassen zu haben, und sie fragte sich, ob sie auch das nur geträumt hatte, denn die Straße und der Junge, der sie entlanglief, gingen ihr die ganze Nacht nicht aus dem Kopf; und im Traum zog er ihr Gesicht wie Sahnekaramell hinter sich her. Seine Augen waren klar, amnesisch, und sie dachte, wenn er total besoffen ist und sicher sein kann, sich an nichts zu erinnern, erzählt er seine Moorgeschichte vermutlich jedem. Vielleicht war's aber auch nur eine Lüge. Vielleicht war ihm etwas Schreckliches zugestoßen – etwas anderes Schreckliches. Oder es war ihm gar nichts Schreckliches zugestoßen, und nie würde sie herausfinden, was denn nun. Vielleicht war er überhaupt nicht den weiten Weg bis nach Dewey, Wisconsin, gefahren.

»Hör zu«, sagte sie. »Um halb zwei muss ich meine

Nichte abholen, ich hab versprochen, mit ihr in die Stadt zu gehen.«

»Deine Nichte?«, fragte er.

»Ja.«

»Wie süß.«

»Verpiss dich«, sagte sie.

Aber er blieb in ihrem gelben Morgenmantel sitzen, wartete darauf, dass das Paracetamol wirkte, und blätterte in einer alten *Vogue* herum wie eine Parodie auf ihr sonntagmorgendliches Selbst.

Sie goss eine Kanne Tee auf.

Er sagte, in Reno habe er einen Transsexuellen mit unglaublichen Brüsten getroffen, aber dann sei die Unterhose drangekommen ... und er habe Stielaugen gekriegt! Und das Problem sei, dass ihn diese Brüste immer noch verrückt machten, er wolle einfach dran lecken oder sie in Besitz nehmen; die setzten seine Steuerung außer Kraft oder so ähnlich.

»Obszön«, sagte sie.

Und weil sie ihm nicht glaubt — jedenfalls nicht so, wie er's gern gehabt hätte —, betatscht er sie wieder.

Und sie kann diesem Kerl, diesem Lügner, der seit zwei Tagen da ist, nicht sagen, dass er sie nicht mehr anrühren soll. Aber genau das entwickelt sich jetzt daraus — zwei Menschen, die nicht miteinander schlafen wollen, die knutschen und fummeln und sich gegenseitig an Schränke drücken. Zu mehr würde es nicht kommen, das weiß sie irgendwie. Er löst sich von ihr, geht ins Badezimmer und zieht sich an. Endlich.

Als er wieder ins Zimmer kommt, sitzt sie am Tisch und raucht eine Zigarette, und er ist acht Jahre alt. Acht, vielleicht auch neun, seinem kleinen Backpfeifengesicht nach.

»Na dann … tschüss!«, sagt sie.

»Tschüss, schöne Frau.«

Er stopft seine Boxershorts in seinen Rucksack, was bedeutet, dass sein kleiner Hintern in der Jeans nackt ist. Und er geht mit großen Versprechungen, und mit einem großen Lächeln schließt sie die Tür, und sie duscht und holt ihre kleine Nichte ab; hin und wieder hat sie Schuldgefühle, wenn sie an das Verderben zwischen ihren Beinen denkt.

Der Traum kehrt den ganzen Tag wieder. Am Abend, als sie rauchend am Küchentisch sitzt und die Dämmerung in Nacht übergeht, denkt sie daran. An das Schlappen seiner Jungengummistiefel auf der Straße. An sein lilafarbenes Hemd. An die Altmännerhose, die am Bund zu tief hängt und den Blick auf seine Hüfte und den Gummizug seiner Unterhose freigibt – ein ungewaschener Nylonstretch mit Meerjungfrauen darauf, vielleicht hatte seine Mutter die beim Kauf gar nicht bemerkt, oder ein Stringtanga, der auf seiner Haut ein Gitternetz hinterlässt, in dem er wie ein Fisch zappelt.

Der Junge läuft die Straße hinab und weiß nichts von seiner Haut, von seinem zarten, kleinen Pimmel inmitten dieser Landschaft und von diesen Klamotten. Er läuft die Straße hinab in seinen eigenen weißen Atem hinein – selbst sein Atem liebt ihn, und der Mann, der ihn vom Bergkamm aus beobachtet, liebt ihn, ebenso das gottverdammte Moor.

Und sie denkt, vielleicht hätte auch sie ihn lieben sollen. Vielleicht hätte sie es versuchen sollen.

Der Junge setzt sich, um einen Gummistiefel auszuziehen, und der Anblick seiner nackten Ferse, eine rote Blüte auf Weiß, macht ihm Lust auf etwas.

Honig

Als sie versuchte, darüber nachzudenken, wie sie aussahen, diese Frauen, die auf Weinempfängen vor ihm standen, an seinem Schreibtisch oder an seiner Bürotür, fiel ihr nichts Treffenderes ein als »pudelnass«. Sie standen mit leicht vom Körper abgespreizten Armen herum, als ob Wasser von ihren Fingern tropfte. So wie sich Kinder die Prinzessin auf der Erbse vorstellen, wenn sie draußen vor dem Stadttor steht und das Wasser ihr vom Haar und von den Kleidern herunterläuft, in die Schnäbel der Schuhe hinein und an den Hacken wieder heraus.

Natürlich gingen da auch noch andere Dinge vor sich – Gerede, Gelächter oder die Art, wie sie die Augen verdrehten, doch nichts davon war so bemerkenswert wie diese angestrengte Starre; wie sie auf seiner Türschwelle standen, ihm schnell ein Schriftstück auf den Schreibtisch legten oder im Pulk sein Geplauder unterbrachen, um wortlos zu signalisieren: »Fick mich noch mal. Du musst. Du musst mich noch mal ficken.« Denn das war es doch, was hier abging – oder was abgegangen war und vermutlich keine Fortsetzung mehr finden würde.

Es war, gelinde gesagt, schlecht fürs Geschäft. Schließlich war Catherine eine Kundin – aber diese Frauen ignorierten sie; sie wollten einfach nicht den Kopf zu ihr umdrehen, um sich vorstellen zu lassen. Und sie fühlte sich ins Abseits gedrängt: »Du darfst nicht mit ihr reden, wer auch immer sie ist. Fick lieber mich. Auf der Stelle. Wann du willst.«

In den paar Jahren, seit sie zum ersten Mal mit ihm zu tun gehabt hatte, war es drei-, vielleicht viermal passiert. Meist amüsierte es Catherine, obwohl sie das Benehmen der Frauen wirklich sehr unhöflich fand. Jede von ihnen so schön und unverwechselbar. Natürlich hielten sie sich nicht lange. Sie hätte sich stellvertretend für sie gekränkt fühlen können – wegen der Art und Weise, wie sie aufs Abstellgleis geschoben wurden, während er seinen Weg nach oben fortsetzte –, wäre da nicht der unverhohlene, fast übersteigerte Ehrgeiz dieser Frauen gewesen. Catherine hatte noch nie in ihrem Leben um eines Vorteils willen mit jemandem geschlafen. Wenn man es überhaupt Vorteil nennen konnte.

Sie fragte sich, ob ihr vielleicht etwas fehlte. Neben ihnen kam sie sich so gewöhnlich vor, so altmodisch und intellektuell. Ihrem Empfinden nach lag zu viel Lüsternheit in der Art, wie er sie fixierte und in der Bedachtsamkeit, mit der er seine Worte wählte, ehe er sich dann ihr zuwandte und sagte: »Entschuldigen Sie, entschuldigen Sie. Wo waren wir stehen geblieben?«

Phil Brogan. Eins achtzig, oder doch fast. Um die vierzig. Eine Sexmaschine.

Eigentlich mochte sie ihn. Klug, ruhelos und stets einfühlsam – in gewisser Weise gar kein richtiger Mann. Und es war ja nicht so, als ob er verheiratet gewesen wäre, sagte sie zu ihrem Partner Tom, warum also nicht? Es kursierte eine Geschichte über einen Büroschrank, die sie zwar nicht glaubte, die aber etwas über seine Spontaneität aussagte. Sie nahm an, dass es das war, was die Frauen in Fahrt brachte. Obwohl sie nicht wusste, was an ihm so toll sein sollte, dass sie immer wieder angerannt kamen und mehr wollten.

»Ein großer Schwanz«, sagte Tom.

»Meinst du?«, fragte sie.

»Absolut.«

Catherines Mutter war todkrank, viel zu früh und mit viel zu großen Schmerzen. Krebs. Nun gab es neben all den Telefonaten und der Fahrerei also auch noch dieses Muttergehabe, soll heißen: zu viel Gejammer und zu viel Liebe. Vier Monate nach einer verspäteten Diagnose musste sie sich einer Chemotherapie unterziehen, und bis zum Ende blieb ihr nur noch eine unbekannte Anzahl Wochen, Monate oder Jahre. Ihre Mutter war so geschwächt, dass sie jedes Mal, wenn Catherine um eine Ecke bog, gegen die Autotür taumelte, und wenn sie bremsten, verhinderte nur der Sicherheitsgurt, dass sie mit dem Gesicht auf das Armaturenbrett fiel. Und ständig hatte sie zu nörgeln. Mal fuhr Catherine zu schnell, mal fuhr Catherine zu langsam, sie wollte eine Zigarette, sie fragte, was gegen Stöckelschuhe einzuwenden sei, wann würde Catherine bessere Laune haben, wann eine anständige Frisur?

Aber im Krankenhaus herrschte ein solcher Friede, wenn die Schmerzmittel wirkten: ihre Mutter neben ihr am Leben – Atemzug für Atemzug. Beide lauschten sie auf diesen Körper, lauschten, wie die lautlosen Medikamente ihren lautlosen Dienst verrichteten, und die Delle an der Seite ihrer Brust war das Größte im Zimmer.

Catherine musste an einen Schwarm Bienen denken; der Krebs im Körper ihrer Mutter wurde ausgeräuchert, um sich als schläfrige Masse in ihrer Achselhöhle festzusetzen.

Wenn sie diese doch nur herausheben und wegtragen könnte wie ein Imker seine Bienen, und keine einzige bliebe zurück.

Wenn Catherine abends im Sessel döste, streckte sich mitunter eine Hand nach ihr aus und erschreckte sie. Sie berührte ihren Arm oder ihr Gesicht, und hinter der Hand die Stimme ihrer Mutter, die sagte: »Geh nach Hause, Kitty-Schatz. Geh nach Hause zu deinem Mann.«

Seit dieser Zeit war Tom der perfekte Ehemann geworden, wie traurig; der Kühlschrank war immer gefüllt, im Wäschekorb lagen saubere T-Shirts, und wenn geschwiegen werden musste, schwieg er. Aber Catherine wusste, dass er, sobald das Licht gelöscht war, die Kluft zwischen ihnen überbrücken und zu ihr eilen würde, um sie zu trösten, mit Händen und Mund, mit seinem ganzen großen körperlichen Selbst.

»Bitte nicht«, sagte sie dann. »Bitte bring mich nicht zum Weinen.«

Die Monate schleppten sich dahin, und sie sagte ihm, sie habe das Gefühl, als fehle ihr da unten etwas – eine Vorrichtung, eine Dichtung oder ein Schalter, den sie umlegen könnte. Was sie ihm nicht sagte, wenn er sie streichelte: dass sie das Gefühl hatte, unter seinen Händen blättere ihre Haut von ihr ab.

Und so hatten sie hin und wieder Sex – nicht oft – oder blafften sich an oder redeten nicht miteinander. Währenddessen wurde Catherines Mutter entlassen, ohne dass von einer Wiederaufnahme die Rede gewesen wäre, und die Arbeit ging zögernd weiter, abgestimmt auf den Zeitplan von Haushaltshilfen und Nachbarn.

Das Verrückteste war, dass sie zu dem Schluss kam, ihrer Mutter müsse es besser gehen, da sie doch aus dem Krankenhaus entlassen war: wie sie, sehr bewusst und sehr gezielt, dachte, dass es ihrer Mutter, auch wenn sie nicht geheilt war – auch wenn ihre Tage in Wahrheit gezählt waren –, in vieler Hinsicht sehr, sehr viel besser ging. Natürlich ging es ihr besser. Sie war wieder zu Hause.

Mitten in dieser seltsam unwirklichen Zeit rief Phil Brogan an. Im Mai müsse er einen Kunden zu einer Konferenz in Killarney begleiten. Ob sie mitkommen wolle? Ob sie das wirklich ausschlagen könne? Das Hotel sei richtig nobel. Sie solle es als Geschenk betrachten. Als gäbe es ihre weihnachtliche Flasche Brandy in diesem Jahr einfach früher.

»Einen Augenblick«, sagte Catherine und sah in ihrem Terminkalender nach. Wenn es ihrer Mutter bis Mai etwas besser ginge, konnte sie fahren. Oder auch, wenn ihre Mutter bis Ende April gestorben wäre. Wenn ihre Mutter jedoch genau in diesen vier Tagen im Mai mit dem Tod rang, konnte sie nicht mit. Da sie ihre Mutter liebte, kam nur eine Antwort infrage: »Ja. Kein Problem. Danke.« Sie nahm sich nicht einmal die Zeit, um darüber nachzudenken, ob sie sich eine Konferenz in Killarney wirklich antun sollte.

In den folgenden vier Wochen wurden die Schmerzen ihrer Mutter unerträglich, und bei einem Gespräch mit ihrem Hausarzt begriff Catherine, dass sie um ein Bett in einem Hospiz würde betteln müssen. Nachdem sie die Vorstellung, dass ihre Mutter sterben würde, erst einmal akzeptiert hatte, konnte sie die Warterei nicht ertragen. Im Hospiz durfte man doch nicht so lange dahinsiechen – wer blockierte all die Betten? Raus mit euch, rief sie innerlich. Raus mit euch!

Nachts schliefen sie und ihre Schwester abwechselnd im Gästezimmer ihrer Mutter, neben sich ein Regal voller Medikamente und eine Liste mit Einnahmezeiten und Verabreichungsmengen, die sie immer wieder überprüften und ergänzten, bis nichts mehr zu entziffern war. Wenn Catherine ihre Mutter umbettete, um das besudelte Laken zu wechseln, oder sie ausschalt, während sie versuchte, ihr eine Spritze in den Oberschenkel zu geben, hielt sie sich mit einer seltsamen Fantasie über Wasser – wie in einem schlechten Kostümfilm ritt sie, Phil Brogan im Schlepptau, durch die Seenlandschaft von Killarney. Manchmal stiegen sie ab und gingen schwimmen. Manchmal rasteten sie unter dem Blätterdach einer Eiche.

Und dann das Hospiz. Großzügig teilten die Ärzte Infusionen und Spritzen aus – eines Tages befand sich Catherines Mutter im Morphiumrausch, saß aufrecht im Bett, trug grünen Lidschatten auf und sagte: »Dies sind die Dinge, die ich bereue: Ich habe nie mit einem Franzosen Sex gehabt. Ich habe nie mit diesem kleinen Mistkerl geschlafen – wie heißt er gleich? –, der stinkreich geworden ist. Ich hatte nicht genügend Freude an euch Mädels, als ihr noch zu jung wart, um mein Leben zu verpfuschen. Ich ärgere mich über all die Diäten. Ärgere mich schwarz darüber. Was noch? Nichts. Ich hasse den Geschmack von Kaviar.«

Zwei Wochen lang lief Catherine mit verständnisvollen Krankenschwestern und murmelnden Freundinnen die Korridore auf und ab und gab nicht ihrem obszönen Drang nach zu sagen: »Sie muss ja wohl bald sterben. Im Mai fahre ich nach Killarney.«

Schließlich starb ihre Mutter tatsächlich, und Catherine blieb noch mehr als eine Woche Zeit.

Sie warf zwölf weiße Rosen in das offene Grab, dann trat sie einen Schritt zurück von der lockeren Erde und der tiefen Grube. Als stünden sie auf Schlittschuhen, fasste Tom sie um die Taille und am Unterarm, und als sie sich von der aufgeschütteten Erde entfernte, überkam sie eine unglaubliche Leichtigkeit. Die Luft war schockierend: klar und durchdringend, und aus dem Erdreich stieg ein Geruch nach Frühsommer auf. In der Ferne mähte jemand den Friedhofsrasen. Es war Mai. Der Planet kreiste. Ihre Füße berührten noch den Boden.

Den Koffer für Killarney packte sie immer wieder neu, vier- oder fünfmal. Sie musste Schwimmsachen mitnehmen; sie benötigte Kostüme und Abendgarderobe, Jeans, in denen sie vormittags herumsitzen konnte, sowie Reitzeug. Sie fragte sich, ob sie eigentlich Golf spielen konnte.

»Hab ich schon mal Golf gespielt?«, rief sie Tom durch die offene Schlafzimmertür zu.

»Nein«, antwortete er.

»Ich bin mir sicher, ich hab schon mal Golf mit dir gespielt. Irgendwo hoch oben – Howth oder Bray Head.«

»Mit mir nicht«, erwiderte Tom.

Als sie sich abends im Badezimmer die Beine enthaarte, kam er herein, zuckte zusammen und verschwand wieder. Am Morgen schleppte er den übergroßen Koffer zum Auto, küsste sie auf die Stirn und sagte: »Erhol dich. Viel Spaß.«

Bei dem Hotel handelte es sich um ein großes altes Landhaus. Catherine fühlte sich wie ein anderer Mensch, als sie die Granitstufen hinaufschritt: Sie fühlte sich wie jemand, der gern in Hotels abstieg. Nirgendwo war ein Stück Chintz zu sehen, stattdessen Schiefer, warmes Holz und Morgenmäntel aus Waffelpikee.

Von dem Telefon neben ihrem Bett rief sie in Phils Zimmer an. Als er den Hörer abnahm, hörte sie, wie er es sich bequem machte.

»So. Sie sind also gekommen.« Danach schien er eine Zeit lang nicht auflegen zu wollen.

Sie trafen sich im Foyer und bestellten Kaffee.

»Nein«, sagte er. »Was soll's! Es ist nach vier, wir könnten einen Gin Tonic oder ein Bier trinken, irgendwas Spritziges. Wie wär's mit Champagner? Machen Sie's auch im Glas?«

Die Kellnerin errötete. Catherine fand, dass er sich unmöglich aufführte, bis er sich wieder ihr widmete und fragte: »Sekt?«

Er wollte nicht die Kellnerin.

Das war die Wahrheit. Sehr plötzlich und ganz dringend wollte Phil Brogan etwas mit ihr anfangen, mit Catherine Maguire, der Hinterbliebenen. Oder, angesichts der Tatsache, dass dies ein Hotel und kein Büroschrank war, ganz dringend und sehr langsam. Sie spürte, wie ein Kichern in ihr aufstieg, aber er hielt ihrem Blick stand und sah nicht weg. In der Hose dieses Typen gab es nichts, was auf einen Scherz positiv reagieren würde. Das also war es, was all die pudelnassen Frauen kannten. Diesen Imperativ. Diese Falle.

»Ein Gin Tonic ist genau das Richtige«, sagte sie.

Furchtbar, so freudlos zu sein, dachte sie und fragte sich, ob sie wohl in seinem Zimmer landen oder ob sie es in ihrem tun würden.

Phil zückte sein Mobiltelefon und stellte es mit schwungvoller Gebärde aus.

»Moment. Tut mir leid. Ein letzter Anruf.«

Er rief eine Floristin an. Wegen der Blumen, die er für seine Mutter bestellt hatte? Er hatte es sich anders überlegt.

»Keine Orchidee – Rosen. Zwölf. Rot. Genau. ›Für meine über alles geliebte Mutter zum Geburtstag.‹«

Was für ein Romantiker.

Als sie später darüber nachdachte, war dieser Anruf für sie der seltsamste Augenblick der gesamten drei Tage – sein hilfloses Bedürfnis, einen Text für eine Grußkarte aufzusetzen. Er liebte seine Mutter. Kein Wunder, dass er noch unverheiratet war.

Catherine hätte nicht gedacht, dass es solche Männer noch gab.

Damals war es jedoch die zufällige Übereinstimmung gewesen, die sie stutzig machte. Es ging nicht um Sex oder Untreue, es ging um Blumen, die in ein Grab fielen. Es ging um rote oder weiße Rosen. Es ging um Leben und Tod. Sie musste es einfach tun.

Dabei wusste sie gar nicht, wie so eine Verführung ablief. Wer ergriff die Initiative? Wer gab sich sittsam? War es was für drei Nächte oder nur eine halbe? Und wäre sie danach für immer zu flehentlichem Verlangen verdammt, würde sie, außerstande, die Schwelle zu seinem Büro zu überschreiten, draußen vor der Tür im Regen stehen müssen?

Sie ließ ihn zurück, um sich zu duschen und sich umzuziehen, und zum Abendessen kam sie wieder herunter und flirtete wie verrückt bei gedünstetem Wildlachs. Ihre Mutter wäre stolz auf sie gewesen. Eigentlich blieb ihr gar nichts anderes übrig – sie konnte kaum reden, da mochte sie ebenso gut geziert lächeln. Es war unerträglich. Um halb eins flüchtete sie mit einem kurzen »Gute Nacht« aus der Bar und lag in der Dunkelheit ihres Zimmers stundenlang wach.

Sie dachte an Tom. Irgendwann vor dem Morgengrauen stand sie auf und sah in den Spiegel. Der zeigte ihr einen ganz anderen Körper. Der Kummer hatte sie ausgemergelt.

Am Morgen rief sie von der Rezeption aus in Phils Zimmer an, und er stieg zu ihr ins Auto, die Haare noch feucht vom Duschen. Sie fuhren zu einem größeren, billigeren Hotel in der Stadt, wo sie den Tagungsraum aufsuchten und ihre Sprüche klopften. Darin waren sie gut. Danach mussten sie noch den ganzen Nachmittag hinter sich bringen, bevor es dunkel wurde und sich erneut die Frage stellte: »Sex, ja oder nein?« Phil schien diese Planerei – das Intime daran – zu amüsieren, und als sie wieder in ihrem eigenen Hotel waren, schlug er vor, eine Weile getrennte Wege zu gehen. Wozu? Catherine mietete sich ein Pferd und ritt einen Pfad hinter dem Hotel entlang, der in ein Dickicht hoch über den berühmten Seen führte. Sie sah sie unter sich liegen, grün oder grau, je nachdem, wie die Wolken über das Wasser jagten. Sie blickte zum Himmel auf, hinüber zum Licht und zu den von Flechten überzogenen kleinen Eichen mit ihren verkümmerten, trockenen Ästen. Die Mähne ihres Pferdes fühlte sich dicht an, wie elektrisch geladen. Sie nahm die Zügel auf und kehrte um ins Hotel.

Um fünf trafen sie sich auf einen Drink. Zu dem Zeitpunkt brachte Catherine keinen Ton mehr heraus. Das war in Ordnung. Phil erzählte von sich – von seinem Scrambler, seiner Reise nach Mexiko, seinem Lehrer mit dem Lederriemen. Er war wahnsinnig interessant. Doch jedes Mal, wenn sie den Mund öffnete, starrte er sie nur an. Warum musste sie immer nur alles so verkomplizieren? Irgendetwas musste geschehen, bevor sie Sex miteinander hatten, etwas Persönliches, aber sie wusste nicht, was.

»Mögen Sie noch einen?«, fragte er und schwenkte sein leeres Glas.

»Ja«, sagte Catherine. »Ich glaube, ja. Meine Mutter ist gerade gestorben.«

Er hielt inne.

»Das tut mir aber leid«, sagte er.

»Na ja, ich hab ›gerade‹ gesagt, es ist aber schon eine Weile her.«

»Verstehe.«

»Manchmal geht es einem näher, das ist alles. Irgendwie überkommt es einen.«

»Ja«, antwortete er. »Ich glaube, ich verstehe, was Sie meinen.«

Möglicherweise war das das Anstößigste, was sie je gesagt hatte.

Während des Abendessens wurde ihr bewusst, dass er versuchte, Eindruck zu schinden. Deshalb sollte sie ihm zuhören und schweigen. Das hatte ihr ihre Mutter beigebracht – sie sei nicht dazu da, *ihn* zu beeindrucken, sondern umgekehrt. Also lächelte sie, um zu zeigen, wie beeindruckt sie war, und versuchte, nicht über den Ausdruck in seinen Augen oder über das genaue Gewicht seines Schwanzes in ihrer Hand nachzudenken. Sie wusste, wenn es heute Nacht nicht passieren würde, könnte die ganze

Situation unangenehm werden, und so plante sie ihr Vorgehen und nutzte den Moment, als sie die Stühle vom Tisch rückten, um einen Spaziergang im Garten hinter dem Hotel vorzuschlagen. Er sah sie an und lächelte fast. Braves Mädchen, schien er sagen zu wollen. Gut gemacht.

Sie gingen hinaus ins Mondlicht und schlenderten in präkoitalem Schweigen die von gestutzten Buchsbaumhecken gesäumten Wege entlang. Einige der Rosen blühten bereits, weiß und grau zeichneten sie sich vor dem Schwarz der Hecken ab. Eine Reihe von Laternen wies ihnen den Weg und warf seichte Lachen Grün.

Es war Mai. Der Mittelweg war von Lavendel überwuchert, der noch nicht blühte. Am Ende des Weges hatte jemand einen Pullover über den Torpfeiler geworfen, der sich, wie sie beim Nähertreten aus den Augenwinkeln bemerkte, zu bewegen schien. Catherine sah genauer hin. Von der Betonkugel tänzelte, tröpfelte ein schwarzsamtener Schwarm. Klumpen von Bienen fielen von den schartigen Kanten herab oder krochen wieder den Pfeiler hinauf, um sich von Neuem der Masse anzuschließen. Es war, als ergieße sich eine zähe Flüssigkeit, um sich gleich darauf wieder zu sammeln; wie Honig, der ins Glas zurücktropft.

»Bienen«, sagte sie zu Phil, der stocksteif stehen blieb, als sie nach vorn ging, um sie näher in Augenschein zu nehmen. Dann bückte sie sich, um eine herabfallende Bienentraube aufzufangen und wieder auf den Pfeiler zu setzen.

»Du lieber Himmel«, hörte sie ihn hinter sich sagen. Die Bienen fühlten sich gleichzeitig rau und weich an, und als sie sie in das Gewirr schwarzer Flügel schütteln wollte, klammerten sich die winzigen Beinchen an ihre Fingerspitzen. Sie betrachtete die Bienen so lange, bis sie sie nicht mehr voneinander unterscheiden konnte. Dann begann sie zu weinen.

Aber nicht deswegen schämte sie sich, als Phil Brogan schließlich genervt war und sie zum Hotel zurückbrachte. Sie schämte sich wegen der Empfindungen, die sie gehabt hatte, als sie vom Grab ihrer Mutter zurückgetreten war. Jene Leichtigkeit – es war Begehren gewesen. Und es war allumfassend. Der Geruch der Luft, der Erde und des Grases; eigentlich hatte Tom sie mit seinen Armen nicht gestützt, sondern dafür gesorgt, dass sie an der Haut der Erde haften blieb. Ihr war, als könnte sie alles und jedes vögeln: die Seen von Killarney und die Wolken, die über diese dahinjagten, die piekfeinen Hotels samt Morgenmänteln aus Waffelpikee, den Geruch einer pinkfarbenen Rose, die in der Dunkelheit grau wirkte, und den ganzen wunderschönen Monat Mai. Sie konnte in alldem baden, es verschlingen, es auf jede erdenkliche Weise in sich hineinstopfen.

Alles und jedes, bis auf diesen unangenehmen Mann, der sich mit den Konsequenzen seines Tuns nicht abfinden konnte, der vor ihrem Hotelzimmer stand und sagte: »Wie wär's mit 'nem Absacker? Sie müssen es ganz schön mit der Angst zu tun bekommen haben.«

Catherine sah ihn an. Sie wusste nicht, wo die Luft aufhörte und ihre Haut begann.

»Lieber nicht«, antwortete sie.

Schnappschüsse

Worte verderben es. Es hört sich albern an.

Als er mir den Ring zeigte, lachte ich nur. Ich weiß nicht, wie es ist, verliebt, geschweige denn verheiratet zu sein. Ich dachte: »Was soll ich bloß sagen?« Ich wollte seinen Kopf in meinem Mantel begraben. Ich wollte ihn in meinen Mantel wickeln und ihn unter den Arm klemmen. Aber dafür ist er viel zu groß.

»Wieso denn gerade jetzt?«, fragte Sarah auf der Arbeit – dieses Biest.

»Weil«, sagte ich.

»Weil«, antwortete sie. »Weil ihr einfach eben mal heiraten wollt.«

»Ja.«

»Aber das ist doch wunderbar.«

Später – betrunken, natürlich – lehnt sie sich auf ihrem Stuhl zurück und fragt: »Der steht wohl auf Kummer, was?«

»Offenbar.« Doch im Geiste sage ich mir später, Tage später: »Kummer interessiert ihn nicht die Bohne, Sarah. Den holt er sich nicht ins Haus.«

Mal verbringe ich die Nacht bei ihm, mal bleibe ich zu Hause. Dieses ständige Hin und Her lässt uns ganz schön ungeduldig werden, Zahnbürsten, die sich vermehren, das Höschen, das ich, ob sauber oder getragen, ständig in meiner Tasche mit mir herumtrage. Aber ich weiß immer noch nicht, wie es ist, verliebt zu sein. Ich weiß nur, es ist etwas anderes, als verheiratet zu sein. Momentan scheint mir verheiratet zu sein mehr zu bedeuten. Und natürlich weniger. Vor allem aber mehr.

Sarah auf der Arbeit, ich kann nicht aufhören, an Sarah auf der Arbeit zu glauben, nur weil ich heiraten werde, nur weil sie eifersüchtig ist. Hier ist eine Beschreibung von Sarah: Sie hat rotblonde Haare, deren Farbe wie ausgewaschen aussieht, zarte Knochen und feine Gesichtszüge. Sie verblasst ins Weiße. Von Männern wird sie alle Augenblicke beleidigt.

Zu Hause knabbere ich meinem Verlobten am Ohr. Manchmal stelle ich mich hinter ihn und kaue an seinen Rückenmuskeln. Oder ich schlage, wenn er sich hinsetzt, meine Zähne in die Innenseite seines Oberschenkels, entlang der Naht seiner Jeans. Wenn ich ihm wehtue, liest er Zeitung. Wenn er lacht, gehen wir ins Bett. Häufiger jedoch gehen wir nicht ins Bett, sondern prügeln uns eine Weile und reden dann. Er schmust gern. Wenn das alles vorbei ist, geht er gern schlafen. Was angenehm ist. Und stets ein kleines bisschen mehr.

Sarah auf der Arbeit hat ein Persönlichkeitsproblem. Will sagen, ihr Problem besteht darin, dass sie die Persönlichkeit von anderen nicht ausstehen kann.

Meine Mutter hatte eine Freundin, die ihr immer zu viel wurde und sehr ausgefuchst war. Ich weiß, diese Dinge können ein Leben lang so bleiben, darum gebe ich auf Sarah acht und auch auf meinen Freund – achte darauf, ihr gegenüber seinen Namen nicht zu erwähnen. Aber dann nenne ich ihn doch die ganze Zeit. »Ach, Frank«, seufze ich. »Frank sagt dies.« »Frank mag jenes nicht.«

»Echt?«, fragt Sarah.

Sie ist selbst mit einem Typen zusammen – mehr oder weniger. Er ist nicht verheiratet, er hat auch sonst niemanden, aber irgendwo gibt's ein Problem, das spüre ich – eine kranke Mutter vielleicht oder gar ein Kind. Sarah verrät nicht mehr als: »Der Mistkerl hat samstags nie Zeit.« Vielleicht ist er bisexuell. Um die Wahrheit zu sagen, Sarah hat keine Brüste. Und bei einem Bisexuellen machst du keinen Stich, sage ich, weil Bisexuelle nicht verlieren können.

Natürlich sage ich es nicht laut. Sarah ist die Geistreiche. Ich schaue nur auf ihre flache, magere Brust und denke mir meinen Teil.

Zum vierzehnten Mal gehen wir die Hochzeitsliste durch. Bei Sarahs Namen halte ich inne, und Frank sagt: »Dann lad sie doch nicht ein, wenn du sie nicht leiden kannst. Lass sie weg.«

Und ich sage: »Ich kann sie nicht weglassen.«

»Und warum nicht?«

»Weil es Sarah ist«, antworte ich. »Weil ich so was einfach nicht machen kann.«

Bis zur Hochzeit sind es nur noch vier Monate. Ich habe das Gefühl, dass mich etwas Gewaltiges überrollen wird. Ich komme mir vor, als hätte ich mein ganzes Leben lang gegen die Brandung angekämpft. Jetzt tut sich hinter der letzten, der größten Woge das offene Meer auf.

Ich erzähle Sarah von dem Kleid, das ich übers Wochenende anprobiert habe.

»Weiß, oder?«

»Eher cremefarben.«

»Hört sich hübsch an.«

»Sarah!!!«, sage ich. Wir sind kurz auf einen Kaffee rausgegangen. Etwas wird zerbrechen.

»Sarah, was?«

»Hör einfach auf damit. Kapiert?«

Dann wechselt Sarah, wie so oft, das Thema und bringt mich zum Lachen über Gary, der in die Fänge der Sicherheit geraten ist. Ich rede über die Kinder meiner Schwester, während sie den Tisch mit Zucker bestreut, den Finger hindurchzieht und mich dann nach dem Kleid fragt. Diesmal im Ernst.

Eine tiefer geschnittene Taille steht mir offenbar nicht. Ich soll *sofort* auf die Sonnenbank und mich für Weiß entscheiden.

Als sie einmal betrunken war, sagte sie: »Weißt du, was dein Problem ist? Dir wird's gut gehen. Das ist das Drama deines Lebens, weißt du das? Dir wird's immer gut gehen.«

Mir geht's aber nicht gut, Sarah. Nur weil ich keinen Tanz deswegen aufführe, heißt das noch lange nicht, dass es mir immer oder auch nur manchmal *gut* geht. Verstehst du?

»Ich wollte einfach nur heiraten«, sagt Frank.

»Profiteroles?«, sage ich. »Oder Schokoladenmousse? Wir müssen nur eine Entscheidung treffen. Eine blödsinnige Entscheidung, das ist alles.«

Im Bett jedoch passiert etwas Unerklärliches. Als wollte er uns beide zu Schiffbrüchigen machen, auf Grund laufen lassen, während all die Einladungen, die Profiteroles und die Satinschuhe an Land gespült werden.

Und da ich wegen Sarah immer unglücklicher werde, weil ich denke, dass sie alles vermasseln wird wie die böse Fee bei der Taufe, sagt er: »Bring sie doch mal mit. Ihr knallt euch doch eh immer nur zu und blast Trübsal. Ich werde kochen. Bring sie doch mal mit.«

Wir knallen uns nicht nur zu, wir amüsieren uns. Und reden tun wir auch. Wir reden über viele Dinge. Doch als ich sie zum Abendessen einlade, kommt es mir eigenartig vor. Und weil ich heiraten werde, muss aus irgendeinem Grund auch der bisexuelle Freund mitkommen.

Franks Wohnung ist für so etwas besser geeignet als meine. Er hat ein geräumiges, durch eine Küchentheke geteiltes Wohnzimmer und einen Tisch in einer anständigen Größe. Ich stelle Kerzen auf den Tisch und auf den Fernseher. Als ich fertig bin mit Saubermachen, hat Frank das Gemüse klein geschnitten und auf verschiedene Teller verteilt, es kann also losgehen.

Sarah erscheint, bevor es dunkel wird. Sie bewegt sich irgendwie seitwärts und schaut sich die Sachen im Zimmer an, greift sich eine alte Geburtstagskarte, eine Einkaufsliste, dann Franks Steuerbescheid, und dann legt sie alles wieder zurück an seinen Platz. Sie trägt Schwarz und Schmuck. Ich habe das Gefühl, mich umziehen zu müssen, damit sie sich nicht deplatziert vorkommt, aber dafür ist es jetzt zu spät.

Frank hat eine Schale Oliven auf den Tisch gestellt, die sie aber nicht anrührt. Es ist alles ein bisschen komisch. Als sie zur Tür hereinkommt, ruft sie »Küsschen!«, als kenne sie ihn schon seit Jahren. Aber angeschaut hat sie ihn immer noch nicht. Sie greift sich Zettel und betatscht irgendwelche Sachen. Sie sieht auf die Uhr.

»Eheglück also, Frank«, sagt sie.

»Ähä«, antwortet Frank.

»Was heißt hier ›ähä‹?«

»Nun, es ist ... Ich weiß auch nicht«, sagt Frank. »Es ist ein ziemlicher Aufwand.«

Hinter seinem Rücken wirft sie mir einen schelmischen Blick zu. Er kommt mit den Dips und Brotscheiben an den Tisch. Sie blickt ihn an. Sie mustert ihn durchdringend, und ihre Augen verschleiern sich.

Er stellt das Essen auf den Tisch.

»Ist er nicht ein Schatz?«, fragt sie, und ich möchte nicht mehr, dass Frank kocht. Es lässt ihn albern aussehen. Ich folge ihm zur Küchentheke. »Nix da, Finger weg!«, sagt er und schubst meine Hand von den säuberlich aufgereihten Gemüsebeilagen weg.

»Na, Süße«, frage ich, »wann wird denn dein Kerl mal aufkreuzen?«

Während des Abendessens reden wir über Sex.

Wir sind alle ziemlich schnell betrunken, nur Frank nicht, weil der sich ums Essen sorgt. Doch als alles serviert ist, was es zu servieren gibt, betrinkt auch er sich. Zack. Auf seinen Wangen prangen zwei von der Nase ausgehende rote Flecken.

Sarahs Typ sitzt gekrümmt da, eingemummt in ein T-Shirt, irgendwas Gestricktes und ein Jackett, das er nicht ablegt, weswegen ich seinen Körper nicht beurteilen kann, aber seine Hände sind sehr klein und unangenehm. Er langt nach seinem Teller und nimmt sich mit fettglänzenden Fingerspitzen kleine Stücke.

Fiach heißt er also. Er arbeitet halbtags für seinen Vater, macht Fotos und möchte in die Werbung, am liebsten aber Kurzfilme drehen, bla, bla, man kennt die Sorte. Wenn er den Kopf wendet, kann man das Ende eines Tattoos sehen, das unter seinem Haar zum Vorschein kommt.

Sarah allerdings scheint ganz verrückt nach ihm zu sein. Sie himmelt ihn an, dann wird sie verlegen und blickt auf ihren Teller nieder. Ich frage mich, was er wohl im Bett mit ihr anstellt. Oder mit sich anstellen lässt.

Dann reden wir alle gleichzeitig. Ich sage, die wahren Internetpornos seien die Immobilienseiten aus Frankreich. Ein Haus in der Auvergne für vierzehn Riesen, das sei doch reinste Pornografie. Sarah versucht, ihre italienische Trampergeschichte zu erzählen, und Fiach spricht über den ersten Pornoladen, den er in London besucht hat und wo die Weiber in den Magazinen wie Hausfrauen aussahen, aufgetakelt mit Wäscheklammern und Gummihandschuhen der Marke Marigold.

Erstaunlich. Wir sind Leute, die Sex haben. Frank füllt die Gläser, und ich sehe alles vor mir ausgebreitet. Paare. Ich betrachte den Rest meines Lebens und verzweifle.

Mittlerweile sind alle aus dem Häuschen und reden aufgeregt von ihren Lieblingsmacken: von Politikern, die sich Sachen in den Hintern schieben, von lesbischen Journalistinnen, von einem Filmstar, der buchstäblich auf eine schöne Schwarze geschissen hat. Letzteres kam von Sarah.

»Ach, komm«, sagt Frank.

»Komm, was?«

»Das ist doch bloß, weil's 'ne Schwarze ist.«

»Eben.«

»Ich meine, die *Geschichte* gibt's doch nur, weil's 'ne Schwarze ist.«

»Ach, Frank«, sagt Sarah. »Ach, du armer Junge.« Und sie drückt seinen Unterarm.

Da steht Frank auf und geht zur Küchentheke, und es herrscht Schweigen am Tisch. Er kehrt mit den Kaffeetassen zurück und sagt zu Fiach: »Vergangenen Monat hab ich im Duty-free-Shop nach einer Kamera gesucht, aber die Teile hatten alle so'n Dings dran und Autofokus. Wie für Idioten.«

Sarah prustet in ihr Weinglas und lacht und lacht. Fiach schaut sie an und sagt: »Vergiss es. Ich hab mit 'ner gebrauchten Olympus angefangen. Stinkeinfach. Klasse Gerät.«

»Olympus«, wiederholt Frank, doch bevor Fiach sich von ihr abwenden kann, sagt Sarah: »Fiach macht gern Schnappschüsse. Nicht wahr, Fiach?«

Dann ist sie an der Reihe aufzustehen. Sie verlässt das Zimmer, und die beiden Jungs unterhalten sich weiter über Kameras. Sie kommt nicht wieder. Ich glaube, sie hat die Wohnung verlassen; ich glaube, sie ist im anderen Zimmer und stellt etwas Schreckliches an, etwas, das ich mir nicht mal im Traum vorstellen kann. Ich versuche mir auszumalen, was es sein könnte, doch nichts von dem, was mir in den Sinn kommt, ist so schrecklich.

Doch es hängt etwas in der Luft, etwas Verhängnisvolles, bis Sarah zurückkommt, sie hat sich die Haare gebürstet und den Eyeliner unter ihrem linken Auge weggewischt. Sie sieht, dass wir sie anschauen, schnappt sich ihren Drink und beschließt zu tanzen. In einer Hand hält sie das Glas, mit der anderen fuchtelt sie in der Luft herum. Ihre Achselhöhle ist dunkel, feucht und nicht sonderlich rotblond. Ich sage: »Sarah.«

»Was?«

Doch als habe sie es erraten, senkt sie den Arm, wackelt

zu Fiach und hakt ihren Zeigefinger in den Ausschnitt seines T-Shirts. Sie lächelt ihm mitten ins Gesicht. Dann gibt sie's auf und lässt sich auf ihren Stuhl plumpsen.

»Scheiße noch mal«, sagt sie. »Lasst uns ausgehen. Lasst uns tanzen gehen.«

In diesem Augenblick, während er mit Fiach noch immer über Fotoausrüstung redet, holt Frank den Brandy heraus, und ich frage Sarah nach ihrer Mutter. Sarah hasst ihre Mutter, dabei ist es vermutlich eher ihr Vater, der manisch-depressiv ist. Doch sie liebt ihren Vater und verachtet ihre Mutter, und so reden wir eine Weile darüber. Dann erzähle ich ihr, wie Mami die Flasche aus dem Wäschetrockenschrank geholt und gesagt hat: »Na, wenigstens trinke ich nicht mehr«, und sich dabei einen weiteren Wodka eingoss. Aber das ist eine uralte Geschichte. Sie packt keinen mehr. Es ist Zeit zu gehen – oder wäre es, wenn Sarah nicht so betrunken wäre. Sie lehnt sich zurück, schaut die Jungs an und fährt sich mit der Zunge über die Kanten ihrer Schneidezähne.

»Fiach«, sagt sie.

»Was?«

Fiach auf der anderen Seite des Tisches redet über eine Art Gans. Er sagt, jeden Samstag fährt er nach Bull Island, um Fotos von dieser Gans zu schießen. Er wirft die Mitteilung hin, als läge so ein Zeitvertreib voll im Trend, aber dann fängt er tatsächlich an, die Bezeichnungen für Möwen und Seeschwalben aufzuzählen, und Frank sieht ihn mit einem Gesicht wie abbindender Beton an. Ich glaube, er ist viel zu verblüfft oder zu gelangweilt, um etwas zu sagen, doch dann stelle ich fest, dass er vollkommen fasziniert ist, dass er wieder neun Jahre alt ist.

»Vielleicht könnte Fiach die Hochzeitsfotos machen«, sage ich, aber niemand hört zu. Fiach ist bei Brachvögeln angelangt und scheint über deren Füße zu reden.

»Ich sagte, vielleicht kann Fiach die Hochzeit übernehmen, Frank.«

Neben mir versucht Sarah, ihr Getränk anzuzünden. Sie tunkt das Feuerzeug ins Glas und schnippt am Reibrad. Beim Funkenschlag weicht sie ängstlich zurück, und das Glas kippt um. Die Brandyflamme greift auf den Tisch über.

Einen Augenblick lang beobachten wir alle vier, wie die Flamme am Holz entlangzüngelt. Frank hebt seine Serviette, schlägt aber nicht zu. Es ist ein so schönes Blau. Das Feuer saugt die Luft an und verliert sie wieder, schluckt sie und schlürft sie hinunter. Fiach schiebt seinen Stuhl zurück, als das Feuerrinnsal über die Tischkante tropft und zu Boden fällt. Da nehme ich eine Flasche Wasser und lösche alles.

Sarah ist im Schlafzimmer, schweigend zieht sie ihren Mantel an. Dann dreht sie sich um und sagt, wie entzückt sie sei. Natürlich hat sie das schon mal gesagt, als ich ihr den Ring zeigte – wie alle anderen mit einem lauten, gekünstelten Schrei –, aber diesmal sagt sie es richtig, fasst mich an beiden Armen und sagt, wie entzückt sie sei, wie sehr sie sich freue. Frank sei einfach großartig.

»Danke«, erwidere ich. »Du lieber Himmel, Sarah, ich hab ganz schön Bammel.«

Wir umarmen uns, und ich führe sie zurück ins große Zimmer.

Als sie weg sind, gehe ich zur Stereoanlage, drehe sie laut auf und fange an zu tanzen. Ich wackle mit dem Hintern.

Ich setze mich auf die Luft, dann stoße ich in sie hinein. Ich sage: »Fick dich, Sarah. Echt, fick dich«, während ich meinen Pseudopenis aus Luft in die Höhe recke.

Frank sitzt auf dem Sofa und schaut mir zu. Dann schließt er die Augen und scheint einzuschlafen.

Das Wetter von gestern

Hazel wollte nicht draußen essen – wegen der Menge an Sonnenschutzcreme, die man einem Säugling auftragen musste, und der Art, wie er den kleinen Hut vom Kopf schüttelte. Außerdem gab es Fliegen, und ihre Schwägerin Margaret hatte keinen Sterilisator – wozu sollte sie auch? Hazel würde also Flaschen, Tassen und Löffel auskochen müssen bis zum Gehtnichtmehr. Dann würde John zu ihr an den Herd geschlurft kommen und sie bitten, sich zu beruhigen – sie würde also nicht nur alle Arbeit verrichten, sondern sich auch noch dafür entschuldigen müssen, dabei sollte sie sich doch amüsieren. Sie sollte draußen sitzen und zuschauen, wie sich die Schmeißfliegen mit ihren bekackten Füßen auf dem Sauger des Babyfläschchens niederließen, während sich alle anderen in der Sonne volllaufen ließen.

Sie erinnerte sich an einen Mann im Hotelfoyer, sehr hochgewachsen, der sein Baby wie ein neugeborenes Lamm behandelte; er ließ es auf dem Bauch über den Teppich krabbeln. Und Hazel hatte sich flüchtig gewünscht, stattdessen mit ihm verheiratet zu sein.

Nun griff sie mit der Hand, die das Baby hielt, nach einer Schüssel Kartoffelsalat und mit der anderen nach einer Partypackung Chips, öffnete mit dem Fuß die Schiebetür und trat über die Chromschiene auf die Gartenstufe. Der Kleine vergrub sein Gesicht an ihrer Schulter und wischte sich an ihrem T-Shirt das Näschen ab. Er hatte eine Erkältung, sodass Hazels marineblaues Top von Schleimspuren überzogen war, die wie Kriechspuren einer Schnecke aussahen. Es hatte etwas total Deprimierendes, mit Rotz beschmiert zu sein. Damit hatte sie einfach nicht gerechnet. Sie wollte sich umziehen, aber das Baby wollte sich nicht absetzen lassen, und John, nach dem sie Ausschau hielt, spielte mit seiner Nichte und seinen Neffen unter den Apfelbäumen Rounders. Er sah sie und winkte. Sie stellte die Schüssel und die Chips auf den Gartentisch und schützte den Kopf des Babys vor dem harten Ball.

Der Schweiß des Babys unter dem Flaum war so fein, dass er verdunstete, sobald sie die Hand hob. Frauen wissen gar nicht, dass sie etwas versäumen, bis sie diese Glätte erleben, angesichts der Tatsache, dass Männer so grob sind, so rau – oder wie sind sie? Sie versuchte, sich daran zu erinnern, wie behaglich es auf Johns Bauch war, wenn sie die Härchen alle in eine Richtung strich, oder daran, wie schockierend seidig sogar sein Schwanz war, wenn er in ihrer Hand steif wurde, doch in letzter Zeit war John so schwerfällig und breit, und immer war es zu lange her, dass er sich rasiert hatte.

»Grrrr ...«, sagte Margaret neben ihr, als sie eine Tüte Chips aus der Partypackung zerrte. So ist das, wenn man Kinder hat, dachte Hazel, man frisst ihnen alles weg – Margarets Kinder aßen, soweit sie sah, gar nichts. Sie aßen überhaupt nichts. Trotzdem waren sie alle dick.

»Essen!«, rief Margaret in den Garten, und Hazel drehte das Baby von dem plötzlichen Lärm weg.

»Jungs! Steffie! Bitte! Kommt und esst.«

Ihre Stimme flog wie ein Festkörper durch die Luft,

man spürte fast, wie sie auf dem Kopf des Babys aufschlug. Doch ihre Kinder ignorierten sie ebenso wie John. Seit er nach Hause gekommen war, hatte er kein Benehmen mehr. Er tat so, als existiere seine Schwester gar nicht, oder doch nur ein bisschen.

»Wie läuft's bei der Arbeit?«, könnte sie fragen, und er würde antworten: »Gut.« Als wollte er sagen: *Was für eine blödsinnige Frage.*

Hazel geriet in leichte Panik. Dabei war er zu ihr eigentlich gar nicht so. Zumindest bisher nicht. Und um die drei kleinen Kinder seiner Schwester kümmerte er sich ganz liebevoll, warf sie in die Höhe und fing sie wieder auf. Dennoch fiel Hazel das Atmen schwer; sie hatte das Gefühl, als liege das Baby noch immer in ihrem Bauch, drücke gegen ihre Lungen und verenge alles.

Aber das Baby lag nicht in ihrem Bauch. Das Baby lag in ihren Armen.

»Essen!«, rief Margaret erneut. »Wird's bald?«

Doch noch immer schenkte ihr niemand Gehör. Hazel würde selbst schreien müssen, aber dann würde das Baby auf jeden Fall anfangen zu weinen. Sie stand an dem schmiedeeisernen weißen Tisch mit den Salaten, der Orangenlimo und dem Schinken und betrachtete dieses perfekte Tableau einer Familie beim Spielen, während Margaret neben ihr sagte: »Gott schütze mich vor Chips mit Krabbengeschmack«, eine der zerknitterten Tüten aufriss und ihre Hand eintauchte.

Der Ball sprang an Hazels Fuß vorbei. John sah die ganze Länge des Gartens herauf zu ihr.

»He!«, rief er.

»Was?«

»Der Ball.«

»Wie bitte?«

»Der Ball!«

Obwohl seine Worte ziemlich deutlich waren, kam es Hazel so vor, als verstünde sie ihn nicht. Oder als könnte man sie selbst nicht hören, obwohl sie ja gar nichts sagte. Ohne zu wissen, warum, lief sie zu ihm und hielt ihm mit ausgestreckten Armen das Baby hin.

»Nimm es«, sagte sie.

»Was?«

»Nimm das Baby.«

»Was?«

»Nimm das verdammte Baby!«

Das Baby baumelte so erschrocken zwischen ihnen, dass, als John es schließlich ungeschickt in die Arme nahm, sein Gebrüll eine regelrechte Erleichterung war – wenigstens wurde die Lautstärke in ihrem Kopf wieder hochgestellt. Aber Hazel lief bereits auf den Ball zu. Sie hob ihn auf und schleuderte ihn in niedrigem Bogen in Richtung Apfelbäume.

»Da habt ihr euren Ball.« Dann machte sie kehrt, um nach drinnen zu gehen.

An der Schiebetür stand Johns Vater; seinen Gehstock an die Brust gepresst, mühte er sich die kleine Stufe hinab. Er sah sie an und lächelte so lieb, dass Hazel wusste, er hatte die Szene auf dem Rasen beobachtet. Und ihr vergeben. Dass ein wildfremder Mann ihr auf diese Weise die intimsten Verfehlungen vergeben konnte, war für sie so unerträglich, dass sie sich beim Hineingehen an dem winzigen Alten vorbeidrückte, sodass er beinahe in die Scheibe gefallen wäre.

John fand sie auf den Wohnzimmerfußboden gekauert, wo sie in der Wickeltasche wühlte. Sie sah auf. Er hatte das Baby nicht auf dem Arm.

»Wo ist das Baby?«, fragte sie.

»Was ist bloß los mit dir?«, erwiderte er.

»Ich muss mein Top wechseln. Was hast du mit dem Baby gemacht?«

»Was ist mit deinem Top?«

Rotz. Hazel brachte es nicht fertig, das Wort auszusprechen; sie würde heulen müssen, und dann würden sie beide lachen.

Aber in der Tasche war kein sauberes T-Shirt. Sie wohnten in einem Hotel, da Hazel geglaubt hatte, das Baby würde besser einschlafen, wenn es nicht all dem Lärm ausgesetzt wäre. Aber mal blieb ein Beißring in der Kälte der Minibar, mal ein unverzichtbarer Plastiklöffel im Hotelwaschbecken zurück, und so gab es natürlich auch kein T-Shirt in der Tasche. Und John würde ihr ohnehin nicht erlauben, das Baby für ein Schläfchen ins Hotel zurückzubringen.

»Es geht ihm gut. Es geht ihm gut«, wiederholte er dauernd, wenn der Kleine immer unleidlicher und fassungsloser wurde und vor Entsetzen aufschrie, wenn sie ihn ablegen wollte.

»Warum muss er unbedingt unglücklich sein?«, wollte sie sagen. »Er ist erst wenige Tage auf der Welt. Warum muss das ganze Unglück schon jetzt beginnen?«

Stattdessen ließ sie den Kopf unten und stöberte in der Wickeltasche, ohne wirklich etwas zu suchen.

»Geh und hol den Kleinen«, sagte sie.

»Er ist bei Margaret, es geht ihm gut.«

Plötzlich hatte Hazel die Vision, das Baby ersticke an einem Stückchen Chips mit Krabbengeschmack – aber das konnte sie natürlich nicht aussprechen, denn wenn sie es aussprächte, würde sie sich wie ein Snob anhören. Es hatte den Anschein, als gäbe es, seit sie in Clonmel waren, einen Grund, nicht gleich jeden Gedanken auszusprechen, der ihr durch den Kopf ging.

»Wie ich das hasse«, sagte sie schließlich und ließ von der Tasche ab.

»Was?«

»Alles.«

»Hazel«, sagte er. »Wir amüsieren uns. So ist es eben, wenn Leute sich amüsieren.«

Und sie hätte heulen können, weil sie ein solcher Querkopf war, eine so erbärmliche Zicke, wäre ihr da nicht ein stiller Gedanke gekommen. Sie blickte zu ihm auf.

»Nein, tut ihr nicht«, sagte sie.

»Was?«

»Ihr amüsiert euch nicht.«

»Na gut«, erwiderte er. »Na schön. Ganz wie du meinst.« Und er wandte sich zum Gehen.

Margaret hatte dem Kleinen natürlich kein Stückchen Chips mit Krabbengeschmack zu lutschen gegeben, sondern ihn in einen glucksenden Fremdling verwandelt, der auf ihrem Knie saß und angeleitet wurde, in die Hände zu klatschen. Seine braunen Äuglein strahlten vor Entzücken, und er prustete vor Lachen. Zumindest, bis er Hazels Stimme hörte, sich umdrehte und zu greinen begann.

»Sag bloß nicht, das hätte dir nicht gefallen«, sagte Hazel, drückte ihn an ihre Schulter und fühlte sich verraten.

»Entschuldige«, erwiderte Margaret, »ich war ganz verrückt danach, ihn auch einmal zu nehmen.«

»Ach, jederzeit«, sagte Hazel verschmitzt. »Du kannst ihn behalten, wenn du möchtest.« Und hörte ihrem eigenen Hausfrauengerede zu.

Warum nicht? Sie setzte sich an den Tisch, warf ein weißes Babytuch über die schlimmsten Schleimspuren auf ihrer Brust und hob das Gesicht in die schwache Ostersonne.

»Wie ist denn das neue Haus?«, erkundigte sich Margaret.

»Ach, ich weiß nicht«, antwortete Hazel. »Man schafft überhaupt nichts.«

»Seit fünf Jahren«, fuhr Margaret fort, »seit fünf Jahren bemühe ich mich, einen Teppich für die hinteren Schlafzimmer anzuschaffen.«

»Ich weiß, was du meinst.«

»Ich meine, seit fünf Jahren bemühe ich mich, in ein Geschäft zu gehen, mir Teppichproben anzuschauen und über einen Teppich für die hinteren Schlafzimmer nachzudenken.«

»Was hattet ihr denn vorher?«, fragte Hazel, merkte dann aber, dass sie diese Frage besser nicht gestellt hätte, schließlich war es das Haus von Johns Eltern, und über den alten Teppich zu reden hieß, über seine tote Mutter und Gott weiß was zu reden.

»Ich meine, hattet ihr Linoleum oder Dielen oder was?«

»Ich konnte den Anblick nicht ertragen«, sagte Margaret. »Ich hab mich auf allen vieren niedergelassen und mir einen, du weißt schon, einen Klauenhammer genommen und sie hochgestemmt.«

Hazel beobachtete die lachenden Kinder, die hinter dem ebenfalls lachenden John herrannten.

»Dieser Dreck«, sagte Margaret.

»John!«, rief Hazel. »Essenszeit, wenn ich bitten darf.« Dann sagte sie zu ihrer Schwägerin: »Ein Freund von mir hat im Internet erstaunliches Zeug gefunden. Vorleger mit Streifen und Bildern drauf und was nicht noch.«

»Wirklich?«, antwortete Margaret und begann, eine Runde Butterbrote zu schmieren.

Johns Vater wandte sich ihnen zu und schüttelte entweder die Faust oder hob einfach nur die Hand – er zitterte so stark, dass es kaum zu unterscheiden war. Das war auch wieder so etwas, woraus Hazel nicht schlau wurde: Welcher Körperteil war denn nun durch Parkinson beeinträchtigt? Und war es überhaupt Parkinson? Redete er komisch? Um die Wahrheit zu sagen, verstand sie nicht ein Wort von dem, was er von sich gab.

»Haham se gegram?«

»Es sind doch Kinder, Daddy«, sagte Margaret, ohne mit der Wimper zu zucken – vielleicht lag es ja doch nur an Hazel selbst. Sie sahen ihm eine Weile zu, wie er mit seinem Stock in einem Blumenbeet herumstocherte.

»Seine Wicken entlang der Mauer da hat er immer geliebt«, sagte Margaret, als wäre der Mann bereits tot.

Hazel schwieg.

»Magst du was essen, lieber Daddy?« Aber er ignorierte sie ebenso wie alle anderen auch.

Plötzlich bekam Hazel ein schlechtes Gewissen wegen ihres kleinen Gartens in Lucan. Der Rasen hatte zu sprießen begonnen, und die Tulpen standen kurz vor der

Blüte. Sie hatte die Zwiebeln noch in derselben Woche gesteckt, in der ihnen die Schlüssel übergeben worden waren: Auf dem Gartenweg kniend, im siebten Monat schwanger, hatte sie mit der kleinen Kohlenschaufel vom Kaminbesteck in der Erde gegraben; vom Gartentor zur Haustür eine gerade Linie praller roter Tulpen von der Sorte, wie man sie in einem Park findet – »ein bisschen kommunal«, wie ihre Mutter gesagt hatte, als sie auf die Packung schielte –, Tulpen, die jetzt an den Spitzen flammrot waren, wie kleine Kelche grünen Feuers.

»Das gefällt mir so an dem Haus«, sagte sie. »Dieses wunderschöne Stück Garten.«

»Ja«, antwortete Margaret vorsichtig.

»John. Ich lasse mich scheiden! Auf der Stelle!«, schrie Hazel, und endlich brachte er die lachenden Kinder zum Tisch.

Der Kleine weinte nicht, als sie so schrie. Das hatte sie nicht gewusst: dass ihn Geschrei eigentlich nicht störte. Oder vielleicht störte es ihn, nur ihr Geschrei nicht.

So oder so, es war ein Fortschritt.

»Wer möchte Schinken?«, fragte Hazel die Kinder, belegte Brotscheiben, half aus.

»Ich mag keinen Schinken«, quengelte Stephanie, die fast vier war.

»Nein?«

»Nein, den mag ich nicht.«

»Ich mag keinen Schinken.« Jetzt sagten sie es alle, der große und der kleine Bruder. »Ich mag keinen Schinken.« Ein bisschen angestrengt und vorwurfsvoll das Ganze, dachte Hazel.

»Ich glaube, ihr verwechselt mich mit jemandem, dem das nicht scheißegal ist«, wollte sie sagen, ersetzte den Ausdruck aber natürlich in letzter Sekunde durch »der sich etwas daraus macht, ob ihr Schinken mögt oder nicht«.

John warf ihr einen kurzen Blick zu. Stephanie musterte sie aus ebenso ausdruckslosen wie weltklugen Augen.

»Vielleicht ein klein bisschen Schinken?«, fragte Hazel.

»Ich glaube nicht«, antwortete Stephanie.

»Dann lass es sein.«

John nahm einen Apfel von dem Haufen auf dem Tisch.

»A steht für?«, fragte er und hielt ihn hoch.

»Antwort«, sagte Stephanie. »A steht für A-A-Antwort.«

Und die Kinder lachten, obwohl sie nicht recht wussten, was daran witzig war. Sie lachten in einem fort, um dann noch eine Weile über den Klang ihres eigenen Gelächters zu lachen.

»Wie buchstabiert man ›falsch‹?«, fragte Kenneth, der Älteste.

»F-A-L-S-C-H«, antwortete Hazel.

»F steht für falsch«, sagte er. »F steht für falsche Antwort«, und da mussten sie wieder lachen; dieses erstaunliche, endlose, sinnlose Gelächter – und diesmal stimmte auch der Kleine ein.

Er war eingeschlafen, ehe sie noch das Hotel erreichten. Das Wetter war umgeschlagen, und sie mussten ihn über einen windgepeitschten Parkplatz tragen, er aber gab keinen Mucks von sich. Auch als Hazel ihn im Zimmer aus dem Kindersitz hob, wurde er nicht wach – und so legte sie ihn aufs Bett, wie er war: im Tiefschlaf, mit schmutziger Windel und milchverkrustetem Strampelhöschen.

»Er wird jeden Moment aufwachen«, sagte sie. »Er muss gestillt werden.« Doch das tat er nicht: nicht zum Stillen, nicht als John in die Bar hinunterging, um Drinks zu besorgen. Er verschlief den Rest eines Fernsehfilms und eine weitere Runde Drinks, und er verschlief den lautstarken Wortwechsel seiner Eltern, die sich zu beiden Seiten des Bettes, auf dem er lag, anbrüllten. Der Streit war ganz unvermittelt ausgebrochen.

»Und du kannst deiner beschissenen Schwester sagen, dass ich ihr beschissenes Haus nicht will.«

»Behauptet ja auch keiner, dass du es willst.«

»Mein Gott, manchmal denke ich, du tust nur so blöd, und manchmal denke ich, du bist es tatsächlich. Du kannst nicht über die Teppiche reden, ohne dass sie daran denkt, was du auf dem Boden auslegen wirst, falls du sie rausschmeißt, wenn der Alte gestorben ist.«

»Also, du bist«, sagte er mit zitternder Stimme. »Also, du bist wirklich ...«

»Darauf kannst du Gift nehmen.«

»Das hast du toll hingekriegt. Wirklich toll.«

»Ach, halt doch die Klappe.«

»Also um den Teppich geht es? Ich dachte, du redest von meinem Vater.«

»Was soll's.«

»Ich dachte, du hättest eben von meinem Vater geredet.«

»Nein, ich rede nicht von deinem Vater. Genau davon rede ich nicht. Du bist derjenige, der von deinem Vater redet. Wirklich. Oder der nicht von deinem Vater redet. Oder was immer in eurer beschissenen Familie als reden durchgeht.«

»Du bist vielleicht eine hochnäsige Fotze.«

»Ja, das bin ich. Ja, das bin ich, verdammt noch mal. Und ich will das fette Scheiß-Haus deiner Scheiß-Schwester nicht haben.«

»Es ist doch überhaupt nicht ihr Haus.«

»Wenn du nichts dagegen hast, möchte ich nicht darüber reden, wessen Haus es ist, wirklich nicht. Wir kriegen unser eigenes Haus.«

»Wir haben unser eigenes Haus.«

»Ein richtiges Haus, verdammt noch mal!!!«

Hazel war so wütend, dass sie Angst hatte, irgendetwas zu zerdeppern oder einen Prolaps zu erleiden; nach der Geburt des Babys war auf ihren Körper weniger Verlass. Unterdessen schlief der Grund, aus dem sie überhaupt ein Haus benötigten, ungerührt weiter. Der Wonneproppen atmete ein und aus. Sein Mund lächelte.

Das Baby schlief, als wüsste es, was es tat. Das Baby schlief, als verschlinge es den Schlaf geradezu, die Vorderseite steif von angetrockneter Nahrung, das Hinterteil weich von Kacke. Es schlief, als gebrüllt wurde und eine Haarbürste durchs Zimmer flog, und auch dann noch, als sein Vater in Richtung Hausbar stürmte. Es schlief, als sein Vater zwanzig Sekunden später wiederkam, um etwas sehr Ausgewogenes und sehr Aufschlussreiches von sich zu geben, und als seine Mutter ihn mit doppeltem Fauststoß wieder in den Gang hinausdrängte und schrie, er könne in der beschissenen Bar übernachten. Es schlief, als seine Mutter in Kummer und Tränen zerfloss, als das Wasser aus den Hähnen toste und ihr Körper sich traurig schwappend und tropfend in der Wanne bewegte. Erst als Hazel sich für einen Moment unter der Decke verkrochen hatte und eingeschlafen war, beschloss der Kleine, aufzuwachen und gellend zu schreien. Vielleicht hatte die Stille ihn aufgeweckt. Allerdings, dachte sie, hörte sich sein Gebrüll genauso an wie in anderen Nächten auch, sodass es unmöglich war festzustellen, welchen Schaden er durch all das davongetragen hatte: durch den völligen Zusammenbruch der Liebe, deren Resultat er war. Konnte Zorn ihm tatsächlich schaden, wenn er noch nie zuvor welchen gehört hatte?

Mit dem Fläschchen, das noch immer vergessen im Hotelkochtopf schwamm, machte Hazel seinem Geschrei ein Ende. Während er nuckelte, öffnete sie die Druckknöpfe an seinem Strampelhöschen und schälte ihn Gliedmaße für Gliedmaße heraus. Sie griff ihm zwischen die weichen Beine, um die Druckknöpfe seines Leibchens zu lösen, das hinten nass und braunfleckig war, und rollte es vorsichtig zusammen, damit die Kacke nicht herausrann. Als das Leibchen endlich ausgezogen war, stopfte sie zwei Babyfeuchttücher in die undichte Windel. All dies, während das Baby auf ihrem nackten Schoß saß, ihr in die Augen sah und sie mit der Linken das Fläschchen abstützte.

Das Baby wirkte riesig. Vielleicht weil es unbekleidet war, aber es kam ihr zweimal so groß vor wie beim letzten Mal, als sie es auf dem Arm gehalten hatte. Hazel hatte das Gefühl, dieses Kind dauernd zu verlieren und ein neues dafür zu bekommen. Wenn er doch nur eine Minute stillhalten würde, könnte ich mich in den Kleinen verlieben, dachte sie, aber er hielt nie still. Manchmal schien ihr, als umschlösse er sie ganz, als gäbe es in ihrer Welt nichts als den Kleinen, doch jedes Mal, wenn sie ihn direkt ansah oder doch versuchte, ihn direkt anzusehen ... was immer er war, er war einfach nicht da.

Jetzt sah sie den Kleinen an.

Dennoch hing sie an ihm, was immer er war. Sie hoffte noch immer und klammerte sich an ihn. War das genug? War das die rechte Art, ein Baby zu lieben?

Der Milchfluss hinein in den Sauger brach gluckernd und blubbernd ab, und das Baby begann, Luft zu nuckeln. *Plopp* – Hazel zog die leere Flasche heraus, hob das Baby über ihre Schulter und hielt es jetzt mit den Unterarmen fest, weil sie Angst hatte, Kacke an den Händen zu haben.

Das Baby war satt, sein Bauch prall. Sie würde abwarten, bis es sein Bäuerchen gemacht hatte, und es dann säubern. Unterdessen überkam Hazel ein undeutliches Wonnegefühl, als sie seine nackte Haut auf ihrer spürte. Sie rieb ihre Wange an seinem feinen Haar, und dann rülpste das Baby fantastisch und sabberte ihr über den Rücken.

»Ach! Wie gescheit«, sagte sie, setzte es ab und drehte es um. »Ach! Wie gescheit«, sagte sie, setzte es ab und drehte es wieder zurück. Das tat sie ein paarmal, einfach nur, um sein Gewicht und seine Körperhaltung zu spüren, hielt das fette Baby an ihre fette Brust und ließ ihre gekreuzten Hände unter seinem Po baumeln. Absetzen und umdrehen, absetzen und umdrehen. Die Wange des Babys nur einen Millimeter von ihrer Wange entfernt – eine Haaresbreite, so hieß das wohl. Eine Haaresbreite.

Der Wind draußen hatte zugenommen.

Schlaf, Kindchen, schlaf, sang sie im Flüsterton. *Dein Vater hüt' die Schaf. Die Mutter schüttelt's Bäumelein.*

Sie hatte kaum noch Babytücher. Sie hatte auch nicht den Mut, das Baby in die glitschige Wanne zu setzen. Sie würde ein Hotelhandtuch ins Waschbecken tunken und dieses verwenden, ganz gleich, wer es einsammeln oder wer es hinterher benutzen musste. Mein Gott, so ein Baby lässt einen doch ganz schön tief sinken, dachte sie und wandte sich mit einem Lächeln der Tür zu, die sich soeben öffnete.

Als sie zu Hause ankamen, waren sie vollkommen ermattet.

John fuhr, als könnte die Straße seine Reifen spüren, als könnten die Reifen die Straße spüren. Die ganze Welt kam ihnen so zärtlich vor wie sie selbst. In Monasterevin streckte er die Hand aus, um ihre Wange zu berühren, und sie drückte sie mit der flachen Hand an sich, während das Baby hinten im Auto weiterschlief.

Als sie in die Hauseinfahrt einbogen, sah Hazel, dass ihre Tulpenblüten zu Boden geweht worden waren – zumindest diejenigen, die sich als erste entfaltet hatten. Sie fragte sich, ob es wohl auch hier gestürmt hatte und wie stark der Wind überhaupt gewesen war – war das hier vielleicht normal? Was würde sie hier anpflanzen können? Sie überlegte, welche Nummer sie anrufen, welche Internetseite sie anklicken könnte, doch nirgends ließ sich herausfinden, was sie wissen wollte. Alles drehte sich immer nur um morgen: Man rechnete mit Warmfronten, Kälteeinbrüchen, Regenschauern. Niemand hielt je inne, um das Wetter von gestern zu beschreiben.

Alles, was du wünschst

Wenn ich drei Wünsche frei hätte, würde ich zusehen, drei weitere rauszuhandeln. »Hallo«, sagt der Engel, die Fee, sogar der Teufel. »Was wünschst du? Eins. Zwei. Drei.« Und ich antworte: »Nun, zunächst einmal möchte ich noch drei, bitte.« Und dann hat man fünf, mit denen man herumspielen kann, verstehen Sie, also zwei mehr, denn es gibt immer einen Haken.

Man könnte sagen: »Nun, mein erster Wunsch wäre ein schöner Körper.« »Simsalabim«, sagt der Engel, »hier ist dein schöner Körper.« Und wenn man an sich herabsieht, ist es noch immer das alte Gestell, und der Engel sagt: »Nun, er ist doch schön – die Art, wie ein Knochen sich zum anderen fügt, wie das Blut strömt, wie das Hirn arbeitet, und all das.« Mag ja sein – unter den allgemeinen Gegebenheiten –, aber man sagt: »Nein! Nein!«, und stößt etwas aus wie: »Ich will einen Körper wie Raquel Welch.« Die ist natürlich längst steinalt, sodass man nur einen Haufen Silikon und Arthritis erhält. Oder schlimmer noch: Man erbittet sich einen Körper wie den von Marilyn Monroe, die schon tot, um nicht zu sagen: verwest ist, oder man bittet um den Körper eines »Filmstars«, und der Engel schenkt einem den von Marlon Brando. Oder man bekommt den Körper eines derzeitigen Filmstars, sagen wir, den von Nicole Kidman, und sie reicht Klage ein – warum auch nicht? –, läuft sie doch in deinem alten Sack herum, und jeder sagt, der sei nur eine Prothese, wie die bescheuerte Nase, die sie getragen hat. Geschieht ihr recht.

Der dritte Wunsch muss also alles richten. Man denkt schwer nach und sagt ewig lange überhaupt nichts, um dann äußerst vorsichtig zu formulieren: »Ich möchte einen Körper wie Raquel Welch in *Eine Million Jahre vor unserer Zeit.*« Und: *Tadah!* – das komplette Ding, bis hin zum Fellbikini, nur das Gesicht bleibt unverändert. Man ist eine Art missgestaltete Alte mit einem Atombusen, wie diese Plastikdinger, die Männer beim Junggesellenabschied tragen. Oder das Gesicht verändert sich doch – weil das Gesicht natürlich Teil des Körpers ist –, und die Enkelkinder erkennen einen nicht wieder, niemand lässt einen mehr ins Haus, und man endet als eine Art Halbprostituierte, nur um sich das Fahrgeld für den Bus zu verdienen, der einen zu der Stelle bringt, wo der Engel im strahlend blauen Himmel verschwunden ist.

Alles nur eine Frage der Semantik, wie mein Sohn Jimmy sagen würde.

Man muss also zuerst um die drei zusätzlichen Wünsche bitten, sage ich, dann hat man genug, um es richtig zu machen. Und richtig macht man es, indem man natürlich um den Körper bittet, den man früher hatte, um den gleichen alten Knochenhaufen, der einen morgens in den Bus hievt, und danach hat man noch zwei Wünsche frei. Und beim nächsten Wunsch sagt man: »Ich hätte gern noch drei Wünsche frei, bitte.«

Verstehen Sie?

Verrückt. So was geht einem durch den Kopf bei dieser Arbeit, beim Kehren oder Wischen – eine Endlosschleife, Putzen. Kaum vorbei, wieder von vorn, kaum vorbei, wieder von vorn. Das Hirn beginnt, im Kreis zu laufen, und man muss sich schon für die richtige Strecke entscheiden, oder man endet als U-Bahn-Bombenleger, und alle, die man je geliebt hat, liegen im Leichenschauhaus. Ich schaffe es, von einem Zigarettenstummel auf den Großen Brand von London zu kommen, noch ehe ich den Aschenbecher gesäubert habe, was dazu führt, dass ich bis spät am Abend dableibe und dem Gesang lausche. Ich stehe hinten in der Dunkelheit des Ganges, denn man muss ja auf seinen Kopf achten und sich was Positives aussuchen, woran man denken kann, wie mein Sohn Jimmy mir erklärt, zum Beispiel an einen Lotteriegewinn, den er aber auch nicht gutheißen würde. Denn ich hatte meine Höhen und Tiefen im Leben.

Es hört nie auf. Putzen. Es hört nie auf. Los geht's, noch mal von vorn, putzen, was bereits geputzt ist, und es dann von Neuem putzen. Ich fange oben im Haus an und arbeite mich stetig nach unten vor, Logen, Sperrsitze, Parterre. Ich höre die anderen Frauen staubsaugen oder rufen, und auf der Treppe begegnen wir uns. Ich rauche nicht. Viele von den Frauen rauchen. Aber da kommen ganz schön viele Kilometer zusammen, wenn man dauernd rauf und runter muss, um zur Hintertür zu gelangen. Nein. Ich fange immer früh an – mit etwas Angenehmem: mit Messing oder Holz, ganz hinten, wo niemand hinkommt. Manchmal beginnen sie mit der Probe, bevor wir fertig sind, eigentlich nur Bruchstücke und einzelne Brocken, aber ich liebe den Gesang. Hin und wieder wird etwas Besonderes gegeben, und ehe man sich's versieht, rückt einem das Publikum auf die Pelle. Nicht dass die Leute Notiz von mir nehmen würden. Das tun sie nicht. Sie schauen, aber sie sehen nichts – soll mir recht sein. Ich bin die unsichtbare Frau, sage ich immer. Ich könnte auf allen vieren rückwärts über die Bühne rutschen, und niemanden würde es kümmern, solange ich mit dem Aufwischlappen zugange wäre. Alle sind so fein herausgeputzt, dass sie nichts sehen, sondern höchstens nach ihrem Spiegelbild in schicken Klamotten Ausschau halten.

Einmal hockte ich unten auf der Treppe zu den Rängen und versuchte, Kaugummi aus dem Teppich zu entfernen, fürchterliches Zeug, als ein Mann in voller Montur an mir vorbeigeht und zu mir sagt: »Sie singen ja!« Und ich sage: »Ach ja? Hab ich gar nicht gemerkt.« Und er sagt: »Ah! Sie sind Irin. Ist es nicht fabelhaft, wie die Iren bei der Arbeit immer singen?« Und ich sage: »Ja, nich'?«

Und wissen Sie was, wenn er noch mal vorbeikommt, weiß ich ungefähr sechzehn Dinge, die ich ihm sagen könnte. Zum Beispiel: »Oh, das bin nicht ich, das ist eine Kassette von Maria Callas, die ich im Hintern stecken habe.« Oder: »Ansehen ist erlaubt.« Das könnte ich sagen: »Ansehen ist erlaubt.«

Es ist mir erlaubt, Musik zu mögen. Mein Sohn Jimmy allerdings liebt sie. Er hat eine schöne Stimme, aber er hat ja auch nie eine Zigarette angerührt. Er könnte sogar hier auftauchen, aber er läuft nicht gern seiner alten Mutter über den Weg, wenn sie im Schrank neben der Bar nach dem Kehrblech sucht.

Ich mag Gefallen an der Oper finden, wissen Sie, meinem Sohn Jimmy aber gehört sie. Er hat all diese CDs in Schubern. Jimmy war sogar eine Weile schwul, dann war er's wieder nicht, und ich habe zu ihm gesagt, ich komm da nicht mit. Und ich glaube nicht, dass es ihm um Sex der einen oder anderen Sorte ging, er wollte was lernen. Und das hat er. Jetzt hat er alles, bis hin zu der Limettenscheibe in seinem Gin Tonic, und er gibt nie – nur sehr selten – etwas von sich preis.

Ah, gib nur acht, was du dir wünschst.

Geld habe ich nie gewollt – was für ein Glück. Denn wenn ich es gewollt hätte, hätte ich es vielleicht bekommen, und wäre das nicht ein entsetzliches Drama geworden, eine Gefährdung meiner Seele? Berühmt sein wollte ich auch nie. Ich wollte nur blödsinnige Sachen, zum Beispiel wissen, wie man sich zu einer Taufe angemessen anzieht oder dass meine Mutter nicht so früh stirbt oder dass mir jemand im Haushalt behilflich ist.

Und so wäre mein erster Wunsch vielleicht, dass meine Mutter noch am Leben wäre – allerdings in dem Alter, das sie hatte, bevor sie gestorben ist, nicht in dem Alter, das sie jetzt hätte, wenn sie nicht gestorben wäre, also ungefähr hundertundzwei. Im Vollbesitz ihrer geistigen Kräfte und ausgestattet mit dem Körper – da haben wir's wieder –, mit dem Körper einer Fünfzigjährigen. Einer gesunden Fünfzigjährigen. Einer gesunden fünfzigjährigen Frau. Im Gegensatz zu einem Mann. Oder einem Pferd.

»Ah, gib nur acht, was du dir wünschst.« Das hatte mir meine Mutter gesagt, als ich noch jung war und immer nur Séamas Molloy wollte. Als ich immer nur den Burschen mit dem weißesten Hemd in der Menge vor dem Tanzsaal wollte, an einem langen Sommerabend, der in die Nacht überging.

Und wenn mir auf der Treppe der Leibhaftige erschiene, wie der Mann im Smoking – »Sind die Iren nicht fabelhaft?«. Er sah gut aus, daran erinnere ich mich –, wenn also der alte Voland mit Frack und weißer Krawatte zu mir träte, mich aufs Dach führte und spräche: »Schau hinaus über die Stadt London – das alles will ich dir geben«, würde ich sagen, dass ich diesen Stuss schon mal gehört habe. Und zwar von dem Jungen mit dem weißesten Hemd, einem Hemd, das ich in den nächsten sechs Jahren meines Lebens weiß zu halten versucht habe. Von meinem strahlenden Jüngling.

Oder wenn er zu mir spräche: »Wirf dich hinab, und die Engel werden dich auf den Händen tragen, auf dass du deinen Fuß nicht an einen Stein stoßest.« Aber was für eine Versuchung wäre das denn? Da gibt man sich alle Mühe, sich umzubringen, und stirbt nicht einmal? Das nenne ich Schiebung. Außerdem hört es sich für mich so an, als würde man sich verlieben. Was Jesus nie getan hat, wenn man mal darüber nachdenkt. Im Gegensatz zu mir, idiotischerweise – denn meine Mutter hatte natürlich recht: Er war ein schrecklicher Chaot, dieser Séamas Molloy.

Die Aussicht von hier oben ist sehr schön – all die Lichter der Stadt London. Manchmal gehe ich hinauf, die letzte kleine Treppenflucht. Davon braucht niemand zu wissen.

Wir benötigten den Teufel nicht, Séamas und ich: Wir glaubten, die Stadt auch so in Besitz nehmen zu können. Nur, dass er sie natürlich ganz und gar nicht ertragen konnte. Er konnte es nicht ertragen, dass er nicht wusste, wer wer war; er konnte die Demütigung nicht ertragen, dass jedes Mal, wenn er den Mund aufmachte, sein Akzent zu hören war: Das passte ihm überhaupt nicht. Denn Séamas Molloy war ein großer Mann, er war der Mann mit dem weißesten Hemd, und schließlich musste ich ihn hinauswerfen, bevor das Baby Schaden nahm.

Ich habe schreckliche Angst, ihn irgendwann auf der

Straße zu finden, die schönen Augen blutunterlaufen, irgendwo dahinter die Erinnerung an mich und unsere Küsse. An einen Teil von mir, meine Hände oder meine Fesseln – sie sind noch immer schlank –, irgendein verräterisches Zeichen.

Aber der Suff löscht alles aus, sogar die Seele.

Nur zu, alter Voland, gib mir die Stadt London, kostenlosen Flugunterricht und – was war noch mal das Dritte? Steine in Brot verwandeln. Nennen wir's: das Frühstück auf dem Tablett serviert bekommen. Er hat nur versucht, Jesus dazu zu bewegen, seine Karten offenzulegen. »Mach schon«, sagte er. »Beweise es. Beweise es!« Aber Jesus bewies es nicht. Er hatte keinen Bock.

Manchmal weiß ich, was er gemeint hat. An einem Sommerabend oben auf dem Dach, die Stadt glitzert, und man spürt, dass man einfach die Augen schließen und alles wegpusten könnte. Mit einem mächtigen, heißen Atemstoß. Und wenn man die Augen wieder aufschlägt, ist alles nur noch Asche. Alle Lichter erloschen. Jedes elende Zimmer, in dem Baby Jimmy und ich geschlafen haben, nachdem sein Vater uns verlassen hatte. Jeder Flur, jedes Büro, jedes Wohnzimmer, in denen ich gefegt, Staub gesaugt, gebohnert und gewienert hatte. Schwupp! Weg.

Aber dann schlägt man die Augen auf, und alles ist noch da. Großartig. Vergiss den alten Voland.

Aus religiösen Gründen gehe ich schon lange nicht mehr zur Messe. Nur noch der Gesellschaft wegen. Ich bin abtrünnig geworden, habe Gott aufgegeben, aber dann habe ich mir gesagt, ich werde nicht auch noch jeden Sünder aufgeben, den ich kenne. Sie wissen es natürlich nicht – dass ich kein Wort glaube von dem, was der Priester sagt, dass ich mir ins Fäustchen lache über ihn und seinen Gott –, Sie würden's ziemlich blasphemisch finden. Aber das ist mir egal. Es gab Jahre, da waren diese Leute alles, was ich hatte.

Außer Jimmy natürlich. Den hatte ich immer.

Mit diesem Kind zu reden – das war meine Erziehung. Sein kleines Gesicht. Wenn Sie wissen wollen, was Sie wirklich denken, reden Sie mit einem Vierjährigen. Gibt es einen Himmel? Wohin kommen wir, wenn wir sterben? Warum schießen Menschen aufeinander? Warum passt Lila nicht zu Grün?

Da steht man nun, lügt das Blaue vom Himmel herunter und versucht zugleich, die Wahrheit zu sagen. Man zeigt ihnen die Welt, schlimmer als jeder Teufel. Man sagt: »Wenn du groß bist, mein Schatz, kannst du werden, was du willst, du kannst dein eigenes Geld verdienen und dir so viele Spielsachen und Schallplatten kaufen, wie du möchtest, und du kannst bis nach Timbuktu fliegen.« Heulend kommt er aus der Schule gerannt, weil Shane Fox ihn eine Schwuchtel genannt hat oder wie immer das damals hieß, und ich sage: »In zwanzig Jahren scherst du dich nicht drum, was Shane Fox gesagt hat.« Denn man braucht nur einen Blick auf dieses Kind zu werfen, und schon weiß man, was aus ihm werden wird. Und tatsächlich, die Zeit vergeht, Jimmy kriegt sein Geld und seine Spielsachen, und Shane Fox kriegt zehn Jahre wegen schwerer Körperverletzung. Mein erstaunlicher Sohn wechselt den Arbeitsplatz wie andere Männer das Hemd. Er nimmt sich ein Jahr Auszeit, reist durch Asien und Südamerika und findet einen neuen Arbeitsplatz mit noch mehr Geld. Mittlerweile hat er eine Frau, die richtig nett ist, und sie planen keine Kinder, sagt er, obwohl sie sich das leisten könnten und sie schon neununddreißig ist.

Ich weiß nicht.

Jimmy sagt, Lotterie sei Zeitverschwendung. Reiche Leute, sagt er, geben ihr Geld nicht aus, sondern investieren es. Und ich sage, dann sei es genauso gut, von vornherein keins zu haben – aber ich verstehe schon, was er meint, er meint, die einzige Art und Weise, sein Geld zusammenzu-halten, ist, so zu tun, als wär's gar nicht vorhanden. Er sagt, die Reichen lebten billig, sie seien die größten Geizkragen. Sie verbringen ihren Urlaub in den Sommerhäusern ande-rer Leute, gehen auf Spesen essen, eine Firma schickt ihnen Karten fürs Ballett oder für die Oper, und für sie fällt nur die Leihgebühr für den Anzug an. Dabei leihen sie sich gar keinen Anzug, sondern ziehen den von ihrem Opa an. Und so weiter. Jimmy wollte, dass ich meine Kreditkarte zer-schneide, das sei kein Plastikgeld, das seien Plastikschulden, und ich habe ihm gesagt, er höre sich an wie ein Sozialist, was nun wirklich das Letzte ist, was man von ihm behaup-ten kann, das Allerletzte. Als Kennedy seine Kuba-Rede hielt, hatte sein Vater das Radio angebrüllt und es in den Hinterhof geworfen. Aber Schulden habe ich nie gemacht.

Ich wollte nie besonders viel.

Jimmy allerdings wollte ich und bekam ihn auch. *Voilà!* Ich dachte, er könnte den Fluch des Ganzen irgendwie auf-heben. Ich dachte, mein Kind könnte sich Dinge wünschen und sie bekommen, alle auf einmal. Ich dachte, er könnte jemanden lieben und alles würde richtig laufen für ihn. Und es läuft ja auch alles richtig für ihn. Obwohl ich streng genommen gar nicht weiß, wen er liebt. Ich weiß nicht, ob Jimmy überhaupt schon mal jemanden geliebt hat.

Außer natürlich seine liebe, alte Mama.

Dann, am Abend vor seiner Hochzeit, hat er sich umgedreht und gesagt, als wäre alles meine Schuld: »Ich habe nie einen Vater gehabt.« Er hat es herausgeschrien: »Ich habe nie einen Vater gehabt.« »Umso besser«, sagte ich – und beide wussten wir, dass ich recht hatte. Aber trotzdem.

Also gut. Es ist ein Engel, es ist der Teufel, es ist, was immer man will. Es sind drei Wünsche. Und man muss aufpassen, denn es gibt einen Haken.

Wünschen Sie sich etwas Kleines. Sie wollen, dass das Knacken in den Knien und in der rechten Hüfte aufhört. Sie sagen: »Ich wünschte, mein Körper wäre zwanzig Jahre jünger.« Moment mal. Vorsicht. Vorsicht ist die Mutter der Porzellankiste. »Ich wünschte, mein Körper wäre zwanzig Jahre jünger – nicht aber mein Hirn, das muss so alt bleiben, wie es jetzt ist, damit es sich an sämtliche Erfahrungen erinnern kann.« Oder. Moment mal. »Nicht aber mein Hirn, das muss so alt bleiben, wie es jetzt ist, allerdings ohne Alzheimer, ohne den Alzheimer, der mich daran hindert, mich an den Geburtsnamen meiner eigenen Mutter zu erinnern.« Ist das jetzt *ein* Wunsch, oder sind es drei? Es klingt, als wären es sechs.

»Ah, gib nur acht, was du dir wünschst«, hatte meine Mutter gesagt. Deren Geburtsname Mary Kearney war, na bitte, es geht doch.

Das hier hätte ihr gefallen: die Oper. Der Prunk hätte ihr gefallen.

Also gut, ich sage Ihnen, was ich mir wünsche. »Ich wünsche mir einen kleinen Lotteriegewinn, einen kleinen nur, nur ein paar tausend, damit ich ein einziges Mal das Gefühl haben kann, *Glück* gehabt zu haben. Ich wünsche mir, dass mein Sohn mich auf dem Handy anruft, das er mir geschenkt hat und das nie, aber auch nie klingelt. Außerdem wünsche ich mir, dass er Sex mit den richtigen Personen hat, ich meine, mit weiblichen Personen, besonders mit der weiblichen Person, die seine Frau ist. Ich wünsche mir Enkelkinder. Mehr als alles andere wünsche ich mir Enkelkinder. Denn Enkelkinder sind einfach. Man wünscht sie sich, und man bekommt sie. Und es ist mir einerlei, ob sie sich meiner schämen. Ich wünsche mir, dass mein Sohn, der alles hat, endlich einmal *etwas* hat. Etwas Echtes. Ein Herz, das nicht verkümmert in seiner Brust. Jenes kurze Lächeln, wenn er mich ansieht.«

»Hallo, Mama.«

Und wenn der Mann im Smoking auf der Treppe zu den Rängen stehen bleibt, möchte ich zu ihm aufschauen. Ich möchte ihn der ganzen Länge nach genau unter die Lupe nehmen, ihm Auge in Auge gegenüberstehen. Dem alten Voland, meinem Freund. Ich möchte, dass er mich kennt und große Angst vor mir hat. Und ich möchte den Mund öffnen und singen.

Auf die Liebe

Ich bin neununddreißig. Meine Freunde erzählen mir, dass ihre Frauen nicht glücklich sind. Das heißt, meine männlichen Freunde – alte Exfreunde, zumindest einige davon. Ich treffe mich mit ihnen, wenn ich nach Hause fahre, oder sie besuchen mich, wenn sie durch Paris kommen. Es ist jenes Stadium in unserem Leben: Am Telefon sagen sie »Hallo, Fremde«, und wir treffen uns auf einen Kaffee, bringen uns auf den neuesten Stand, reden über neue Babys und Jobs und später im Gespräch oder am nächsten Abend, wenn wir uns auf einen schnellen Drink treffen, erzählen sie mir, dass ihre Frauen nicht glücklich sind.

Ich weiß nicht, wie ich damit umgehen soll.

Ich frage, wie es ihnen geht, und sie antworten, es gehe ihnen gut, und vielleicht sagen sie es sehr schwermütig, aber meistens glaube ich ihnen – dass sie zufrieden sind oder versuchen, zufrieden zu sein. Sie arbeiten, lieben ihre Kinder und interessieren sich für Dinge wie Wandern oder ein neues Haus – ein Zweithaus, das sie gern hätten und in dem sie die Wochenenden verbringen.

»Und wie geht es Maria?«, frage ich. Oder Annie oder Joyce.

»Ach. Mal besser, mal schlechter.«

So antwortete mein Freund Shay, den ich sieben Jahre nicht gesehen hatte und den ich sehr mag, aber nicht nur ihn, sondern auch einen kleinen Angeber namens Peter, dessen Frau es recht geschieht, wenn es ihr schlecht geht, und einen Typen, der auf den Namen Tommy hört – dieser seltsame, unmögliche Exfreund, der in Gott weiß was für einem Eheglück mit vier »fantastischen« Kindern endete: Selbst Tommy wirkt bei der Erwähnung des Namens seiner Frau unsicher, als könne er sich nicht recht daran erinnern, was sie derzeit mit ihrem Leben anfangen soll.

Es belastet mich ein wenig, dass die Frauen meiner Freunde so unglücklich sind. Sogar Shays Frau Maria, die ich damals wirklich nicht leiden konnte. Mich belastet die eifrige Traurigkeit seiner Liebe zu ihr. Und in gewisser Weise frage ich mich, warum er mir davon erzählt.

Natürlich ist es einfacher, Dinge wie diese mit jemandem zu bereden, den man nicht jeden Tag sieht. Und ich habe keine Kinder, was mich zu einer Art Neandertaler macht – ich bin immer noch »lebenslustig«. Ich bin immer noch so, wie wir mal waren.

Nun ja. Manchmal habe ich aber auch das Gefühl, als ginge mein Leben zu Ende. Mein Mann ist alt, sodass ich mich hin und wieder ebenfalls alt fühle. Er ist nicht reich. Er hat seine Frau nicht verlassen – seine Frau ist vor ein paar Jahren gestorben. Mein Mann hat schreckliche historische Ereignisse überlebt, und dann hat er mich gefunden.

»Also, wie geht's dir?«, fragt Shay. »Wie zum Teufel geht's dir?« Und mustert mich von oben bis unten – die meiste Zeit starrt er auf meine Brüste, der Arme.

»Gut, danke. Wirklich gut.«

Gewöhnlich sind es Männer, mit denen ich mal geschlafen habe, diese Typen aus meinem Heimatort, die mit den traurigen Frauen. Wenn ich ehrlich bin. Aber das ist nicht das Wichtige an ihnen. Um Sex habe ich nie großes

Aufheben gemacht. Was mir auf den Keks ging, war meist etwas anderes.

»Du siehst gut aus«, sagt er, womit er meint, dass ich nicht dick geworden bin und nicht neben der Spur. Ich bin noch immer ausgeglichen oder versuche es zu sein, während ich an dem kleinen Tisch sitze und den Kellner in ein langes Gespräch darüber verwickle, ob und wann wir essen werden.

Shay sieht mich dabei an. Ihm gefällt es auf eine Weise, die ich irritierend und angenehm zugleich finde. Er ist stolz auf meinen Sachverstand. Und als ich mir eine Zigarette anzünde, stößt er – die Iren rauchen nicht mehr – einen nostalgischen Seufzer aus, und ich sehe, wie sich seine Fingerspitzen begierig der Schachtel nähern.

»*Sláinte.*«

»Zum Wohl.«

Meinem Mann ist dieses mein soziales Ich egal; es kümmert ihn nicht, dass ich auf altmodische Weise irisch bin und neuerdings auch französisch angehaucht. Meine Strickjacke von Agnès B. und mein leicht hinterwäldlerisch wirkender Hermès-Schal sind gewiss nicht die Dinge, derentwegen er mich schön findet. Manchmal wünsche ich mir, er würde mich verstehen, sozusagen auf käufliche Weise, aber meistens bin ich zufrieden. Ich weiß nicht, warum mein Mann gerade mich liebt, aber ich weiß, für uns beide ist es ein großes romantisches Liebesabenteuer.

»Schön, dich zu sehen.«

»So schön, dich zu sehen!«

»Also, wie geht's?«, fragt Shay. »Was gibt's denn so?«

Es ist wunderbar, Shay zu sehen. Wir sind in Dublin

zusammen aufs College gegangen, vor allem aber kenne ich ihn von unserer gemeinsamen Arbeit in London. Eine Weile lang trafen wir uns immer, wie sich Exil-Iren halt so treffen, an Freitagabenden wurden immer ungeheure Mengen gesoffen – vermutlich, damit wir nicht zusammen im Bett endeten. Nicht dass das immer geklappt hätte. Das alles kommt mir heute wie ein anderes Leben vor, aber da sitzt er nun, ganz von sich eingenommen.

»Ach, weißt du, nicht viel.«

Was habe ich schon zu erzählen? Mein Mann ist dreiundsechzig. Er hat keine Arbeit. Er ist aus Saigon. Ich weiß genau, was er denkt, wenn ich ihm in die Augen schaue. Er wiederholt sich nie. Er hat mir einmal erzählt, was er alles durchgemacht hat – das hat er mir im Lauf einer einzigen langen Nacht in meinem alten Apartment im Marais erzählt, und selbst heute noch denke ich an jene Nacht, so wie man an einen Traum denkt.

Er hat einen jungen Mund. Das könnte ich erzählen.

Der Mund meines Mannes ist straff und weich wie eine sich öffnende Knospe. Was seine sexuellen Lüste angeht, ist er vorsichtig. Er sieht mich gern an, während ich durchs Zimmer laufe. Seine Berührungen sind stets genau platziert, wohlüberlegt und zärtlich. Wenn er mit mir schläft, zögert er kaum. Und obwohl wir nicht mehr so oft miteinander schlafen wie früher, sind wir stets »erfolgreich«, falls man hier von Erfolg reden kann.

Das ist es, was ich Shay erzählen möchte, denn ich fühle mich dem Vorwurf ausgesetzt – natürlich tue ich das –, ein Abkommen, einen Kompromiss mit meinem Begehren zu schließen. Aber mein Leben nahm eine unerwartete Wende, und jetzt denke ich unerwartete Gedanken. Zum

Beispiel denke ich, dass viele Paare glücklich sind im Bett – seltsame Paare in der Metro, die gar nicht zusammenpassen, auch hässliche. Welch ein großes Geheimnis! Und ich frage mich, ob der sexuelle Frust – diese moderne Malaise –, ich frage mich, ob das nicht eine große Lüge ist. Ich würde sagen, das ist die große kapitalistische Lüge, aber bei diesen Worten schließt mein Mann immer die Augen und schlägt sie lange nicht wieder auf.

Der Mann mit den geschlossenen Augen heißt Le Quang Hoa.

Er hat Narben am Körper. Manchmal schreckt er vor Dingen zurück – vor Hunden natürlich und vor plötzlichen Schatten, aber auch vor Dingen, die mir unbegreiflich sind: Beim Klirren des Eises in seinem Wasserglas zuckt er zusammen und ist einen kurzen Augenblick lang wie gelähmt. Auf solche Zeichen achte ich. Zwar halte ich nicht nach ihnen Ausschau und fürchte mich auch nicht vor ihnen, aber ich erkenne sie, und so stehe ich auf und nehme ihm das Glas aus der Hand. Das ist alles. Er ist darauf nicht angewiesen. Bevor er mich kennenlernte, hatte er viele Jahre lang in Paris allein gelebt.

Doch ich nehme ihm das Glas weg und stelle es ab. Ich frage mich, was dieses Klirren wohl in seinem Kopf auslöst. Und wenn wir miteinander schlafen, lasse ich mir nur selten etwas einfallen: Ich stoße keine Schreie aus und verursache ihm auch keine Schmerzen. Ich fische zum Beispiel nicht die Eiswürfel aus dem Glas neben dem Bett und lasse sie über sein Rückgrat gleiten.

Dergleichen passiert, wenn Liebe und Geschichte sich kreuzen. Das ist die Distanz, die man wahrt. Oder es ist die Distanz, die die Vietnamesen wahren. Oder alte Männer.

Oder es ist die Art, wie mein Mann und ich über Distanz und Zärtlichkeit denken – so sind wir einfach. Wer weiß? Wir werden keine Kinder haben. Wir sind sehr glücklich. Oder nein. Eigentlich sind wir nicht glücklich. Aber wir lieben einander sehr, und das verleiht unserem Leben Licht und Gestalt.

Seit ein paar Jahren leben wir in einer Nebenstraße der Rue Mouffetard. Wenn ich morgens zur Arbeit gehe, läuft mein Mann mit einem zusammengerollten Badetuch unter dem Arm um die Ecke zum städtischen Schwimmbad. Ich stelle ihn mir vor, wie er ohne einen Spritzer zu verursachen in dem modisch blauen Wasser umherschwimmt. Er gleicht den alten Damen, die man an der französischen Küste antrifft. Miteinander plaudernd, paddeln sie mit Sonnenbrille und frischer Frisur hinaus und wieder zurück, wie eine Horde Köpfe ohne Körper.

Shay gibt auf und stürzt sich auf die Marlboro-Light-Schachtel. Er schiebt sich eine Zigarette zwischen die Lippen und seufzt lang und tief auf. Nachdem er genug Buße getan hat, reißt er das Streichholz an.

»Schmeckt grauenhaft«, sagt er.

»Dann lass es doch.«

Aber er lässt es nicht. Und da der Abend nun in vollem Gange ist, frage ich ihn nach seiner Frau.

»Wie geht's Maria?«

»Ach. Mal besser, mal schlechter.«

»Aha.«

Denn »mal besser, mal schlechter« ist irisch für alles und jedes – von Tränen beim Abwasch bis zur voll ausgebildeten Psychose. Obwohl, wenn ich jetzt so darüber nachdenke, eine Psychotikerin ist man für gewöhnlich, wenn man »nicht ganz bei sich ist«.

»Ich weiß nicht«, antwortet er. »Die Umzieherei macht die Sache auch nicht besser. Wir sind nach Epsom gefahren, zum Stammhaus, und da war davon die Rede – nun, es war tatsächlich davon die Rede, ich könnte mich nach Deutschland versetzen lassen. Aber ich glaube nicht, dass sie das hinkriegen würde. War eine schwere Entscheidung, das Angebot auszuschlagen. Aber natürlich waren die Kinder ja auch gerade erst dabei, sich an ihre neue Schule zu gewöhnen.«

Ich streife die Asche von meiner Zigarette ab und nicke unablässig. Ich mag Shay. Er hatte schon immer ein großes und gebrochenes Herz. Er ist die Sorte Mann, die auf der Straße ihre Hosentaschen umstülpen würde, um zu zeigen, dass sie nichts mehr hat, was sie weggeben könnte. Und nun sitzt er wieder hier und breitet auf dem Tisch eines Cafés seine Seele vor mir aus – schleudert ihn hin, diesen alten Fetzen, weil er alles ist, was er hat.

»Ich weiß, es ist meine Schuld. Oder die meiner Firma. Aber ich liebe sie noch immer, weißt du.«

»Klar liebst du sie noch.«

»Sie möchte wieder singen.«

»Ach, wirklich?«

»Früher hat sie gesungen.«

Tatsächlich? Ich erinnere mich an Maria – eine zierliche, hübsche Frau –, wir sind uns einmal begegnet, und sie hasste mich auf den ersten Blick. Sie wollte mir, wenn ich mich recht entsinne, unbedingt von ihrer Ausbildung als Sportlehrerin erzählen, aber an eine Gesangsausbildung kann ich mich nicht erinnern. Ich bin mir sicher, dass Shay recht hat. Ich bin mir sicher, dass sie Sängerin ist. Ich bin mir sicher, dass sie eine berühmte Sängerin ist, die sich als Ehefrau tarnt, und dass an allem nur Shay schuld ist, weil er ihre Pläne durchkreuzt und sie in ihrer Entfaltung behindert. Ich erinnere mich an ihre Hochzeit – an ihre schmale, kompakte Taille unter seiner Pranke. Ich denke daran, wie sie als Neunjährige Rückwärtssaltos vollführte.

»Sie ist wirklich gut«, fährt er fort. »Sie ist glänzend, Aber so etwas kann man nicht einfach –«

Mitten im Satz bricht er ab.

Es ist fünf vor sechs. In unserem Apartment hat mein Mann gekocht, dekantiert und dann aufgewärmt, eine Rinderbrühe für eine Nudelsuppe. Er wird nicht auf mich warten. Bald wird er die Suppe schöpfen und hinunterschlürfen. Danach wird er, wenn ich immer noch nicht zurück bin, den Fernseher einschalten. Er liebt Science-Fiction, besonders *Xena*. Wenn es nichts gibt, was er sich ansehen könnte, wird er sich hinsetzen und in den Medizinbüchern lesen, die er besitzt, auch in den Werken irgendwelcher Quacksalber. Manchmal wird er eine Pause einlegen und auf irgendeinen Punkt auf seinem Bauch drücken oder mit den Zehen wackeln und diese untersuchen.

Fünf Straßen entfernt berühre ich Shays breiten Handrücken und sage: »So läuft's nun mal.«

Shay betrachtet meine vor ihm liegenden Fingerspitzen. Dann hebt er seinen großen Kopf und sieht mich an, als wolle er sagen: »Was weiß denn ich? Was versteh denn ich von ›So läuft's nun mal‹?«

»Dieses Gefühl, dass einem die Luft ausgeht. Frauen trifft es halt früher. Ich meine, wenn sie Kinder haben, trifft es sie. Das ist alles. Wenn sie Kinder haben.«

»Das mag ich so an dir«, sagt Shay. »Du sprichst aus, wie es ist. ›Man wird alt, man wird dick, alles ist scheiße, man stirbt.‹«

»Na ja.«

Dann bin ich also an allem schuld – schuld an der Tatsache, dass Shays Frau niemals ins Radio kommen wird, um ihren Studentenbudenjazz zu trällern. Ich bin diejenige, die ihr im Weg steht.

»Schon seltsam«, sagt er. »Die Träume eines anderen Menschen. Man hat keine Gewalt über sie.«

Mein Mann wurde 1943 geboren. Er hat die Invasionen der japanischen, der französischen und der amerikanischen Armee überlebt. Es ist anzunehmen, dass seine Familie diese Besatzungen nicht nur überlebt hat, sondern auch ziemlich gut dabei weggekommen ist. Hoa unterrichtete am französischen Lycée in Saigon. Während der Zeit, die wir den Vietnamkrieg nennen, war er verheiratet und hatte zwei Kinder. Einer seiner Söhne lebt auf der anderen Seite der Grenze, in Laos, der andere möchte seinen Vater nicht mehr sehen. Als junger Mann glaubte Hoa, Paris sei der Nabel der Welt. Nach drei Jahren in einem Umerziehungslager der Regierung dachte er überhaupt nicht mehr an Paris.

»Ich habe geheiratet«, sage ich plötzlich. »Hatte ich dir das mitgeteilt?«

»Du lieber Himmel!«, entfuhr es Shay. »Nein, das hast du mir nicht mitgeteilt, daran würde ich mich erinnern.«

Er sieht mich ganz aufgeregt an. Dann schwindet etwas aus seinen Augen.

Was Shay wirklich an mir mag – was sie alle an mir mochten –, ist, dass ich ihn beziehungsweise sie nicht heiraten wollte. Ich wollte mich nicht einmal in sie verlieben. Was mich anbelangte, so schlief man mit jemandem, oder man tat es nicht. Es war ganz einfach. Männer mögen das; oder sie bilden sich ein, es zu mögen. Doch der Einzige, der es wirklich verstanden hat, der es voll und ganz verstanden hat, ist mein Mann, der mich an einem ganz gewöhnlichen Abend bei der Hand nahm und mich ins Nebenzimmer führte.

»Wir haben es nur des Visums wegen getan.«

Das ist ein schrecklicher Verrat. Dabei ist es nicht einmal wahr.

»Dann erzähl«, fordert Shay. Dabei habe ich ihm schon viel zu viel erzählt. Also mache ich daraus eine kleine Geschichte: über meine Arbeit mit Flüchtlingen und wie wir uns erstmals an einem Tisch voller Fotos, Textausschnitte und Klebestifte begegnet waren. Ich könnte sagen, dass die Fotos auf dem Tisch dieses oder jenes Opfer zeigten, dass Hoa jedoch gar nichts von einem Opfer an sich hatte, obwohl ich, während ich neben ihm stand, seinen Schmerz spüren konnte und die Art, wie er diesen Schmerz überwand. Aber ich sage es nicht, weil Shay sonst denken wird, ich sei irgendwie pervers. Vielleicht bin ich das ja auch.

Jetzt sieht er mich an und lächelt leicht, ein Lächeln sozialen Abscheus. Er weiß nicht recht, was er sagen soll. Dann macht er ganz auf Irisch und fragt, was sie denn »zu Hause« darüber denken. Nun, ich denke, das geht sie überhaupt nichts an. Meine Mutter ist gestorben, als ich sechs Jahre alt war, was bedeutet, dass wir eine Familie sind, die noch kaputter, noch zurückhaltender ist als andere.

»Ich hab's ihnen nicht gesagt«, antworte ich.

»Nein?«

»Nein.«

»Na schön«, sagt mein Freund Shay, der eine traurige kleine Sportlehrerin liebt, die jeden Abend für ihn das Geschirr in die Spülmaschine räumt.

Ich frage mich, wie das wohl bei der Frau meines Mannes war; ob auch sie von der Beengtheit ihres Lebens enttäuscht war, bevor es plötzlich richtig eng wurde. Ich weiß es nicht. Ich weiß, dass ich manchmal eifersüchtig auf sie bin; eine Frau, die fünfundzwanzig Jahre vor mir geboren wurde und nun schon lange tot ist. Ich glaube, er hat sie mehr geliebt, als er mich liebt. Das sage ich ihm eines Morgens, als ich aufwache und er im Dämmerlicht am Fenster sitzt. Er blickt ein paar Sekunden zum Himmel auf.

»Sie war sehr liebenswürdig«, stimmt er mir zu und denkt eine Weile über sie nach.

»Ich kann mich nicht so gut an sie erinnern«, sagt er schließlich in seinem bedächtigen Singsang. »*Je ne me rappelle pas bien d'elle.*«

Ich stelle fest, dass ich gar keine Vorstellung davon habe, was es hieß, mitten im Krieg eine Frau in Saigon zu lieben – oder auch nur zu heiraten. Ich habe kaum eine Vorstellung davon, was es heißt, den Mann zu lieben, den ich jetzt liebe.

»Also dann erzähl mir mal«, sagt Shay, »was ihn hierhergeführt hat.«

»Was ihn hierhergeführt hat?«

Ich fange an zu lachen. Höre wieder auf.

Mein Mann schläft nachmittags. Wenn er aufwacht, faltet er die Bettdecke und legt sie ans Fußende des Bettes. Er ist ein Gewohnheitstier. Aber er schreit oder weint nicht, wenn die Bettdecke wieder unordentlich wird. Er hockt nicht da, wie vielleicht Shays Frau, und weint, weil das Haus in einem so schlechten Zustand ist und sich alle Träume zerschlagen haben.

»Nun«, sage ich mit Bedacht, »er hat Frankreich schon immer geliebt. Französisch ist seine Muttersprache.«

Ich erzähle noch ein wenig von ihm, und Shay beginnt zu begreifen, wie alt Hoa ist. Er tut das, was Männer tun, wenn sie meinen, ich kriege nicht den Beischlaf, der mir zusteht; amüsiert, aber auch überraschend perfide. Ich würde dich ficken.

Ich lächle.

Mein Mann hält jeden Nachmittag ein Schläfchen, ganz einfach. Manchmal spaziere ich hinein und wieder hinaus, ohne wahrzunehmen, dass er da ist. Ich höre seinen Atem nicht. Er könnte ebenso gut ein Blatt Papier sein – ein leeres Blatt Papier –, das auf dem Bett ausgebreitet ist. Dann schlägt er die Augen auf und sieht mich.

»Wie alt ist der Kerl eigentlich?«, fragt Shay. Mittlerweile sind wir betrunken. So weit ist es gekommen.

»Alt genug«, sage ich.

Daraufhin erhebt er sein Glas.

»Auf die Liebe«, sagt er.

Fünfzehn Minuten später macht er mit seiner dicken, großen Hand abgehackte Bewegungen auf dem Tisch. Er sagt, nicht alle unsere Partner können Flüchtlinge sein oder Krebs haben oder so etwas Ähnliches, damit will er andeuten, dass es eines Tages so kommen könnte und dass wir sie auf jeden Fall noch immer lieben, noch immer mit ihnen verheiratet sein werden. Dem kann ich nicht widersprechen. Gerade will ich das aussprechen, da sieht Shay in meinem Luftholen den Versuch eines Widerspruchs und ereifert sich weiter.

Inzwischen habe ich fast die Nase voll von Shay. Ich beobachte ihn und warte auf das Ende unserer Liebe – dieser profanen, gewöhnlichen Trinkerliebe, die wir immer füreinander empfunden haben. Jetzt wirkt er unerträglich grob; die Beschaffenheit seiner Haut, das große Mienenspiel in seinem großen Gesicht. Er sagt, er wisse nichts – nun, er weiß sehr wenig – von der ganzen Geschichte und was da vor sich geht, aber in all diesen Situationen, wie kompliziert und beschissen sie auch sein mögen, sei es wichtig zu wissen, wer was getan hat. Letzten Endes, sagt er, sei es wichtig zu wissen, *was der eigene Mann während des Krieges getrieben hat.*

Ich zünde mir eine weitere Zigarette an. Shay sieht meinen Gesichtsausdruck und beruhigt sich.

Danach folgen Aufsässigkeit, Bedauern, eine wortreiche bittere Entschuldigung – bei alldem muss ich ihn aufmuntern, denn schließlich ist das alles meine Schuld. Jetzt ist er niedergeschlagen. Die Vorwürfe gegen mich haben ihn erschöpft.

»Tut mir leid«, sage ich, denn ihn scheint das Ganze wirklich mitgenommen zu haben. Außerdem werde ich ihn nie loswerden, es sei denn, ich lege ein Geständnis ab, was auch immer: die namenlosen Fehler, die ich gemacht habe, meine Weigerung, in Epsom zu leben und zu trauern.

Das ist ja alles gut und schön, denke ich, als wir uns vor dem kleinen Café umarmen und trennen, um uns nie wiederzusehen. Das ist ja alles gut und schön, denke ich, als ich nach Hause gehe zu einem Mann, der an keinem

Schäferhund vorbeigehen kann, ohne sich in die Hose zu machen, zu einem Mann, dessen linker Fuß und Knöchel an fünfzehn verschiedenen Stellen gebrochen waren; einem einfachen alten Mann aus Vietnam, der mich manchmal anblafft, als wäre ich ein Dienstmädchen, und jeden Morgen zehn Minuten lang eine Kerze macht, um seine Hämorrhoiden zu heilen.

Das ist ja alles gut und schön.

Ich biege in die Rue Rataud ein und schaue wie immer auf halbem Wege an einem der Gebäude hoch. Einmal habe ich dort oben einen Mann mit einer Knarre gesehen. Er beugte sich über die Brüstung des kleinen Balkons in einem der Eck-Apartments und zielte mit dieser großen, hässlichen Pistole in die Querstraße. Dann drehte er sich um und zielte mit der Knarre auf mich. Oder an mir vorbei.

Diese Eck-Apartments sind so schön; so beneidenswerte Wohnungen. Ich meine, es war das fünfte Arrondissement. Es war der verkehrte Ort für einen solchen Vorfall – dabei bestand an dem Vorfall selbst kein Zweifel. Es war sehr real. Der Zeitpunkt war merkwürdig, außerdem gab es keinen Soundtrack, und alles daran war reichlich banal. Ich sah nicht noch einmal hinauf – vermutlich wollte ich seine Aufmerksamkeit nicht erregen –, und in wenigen Sekunden hatte ich ganz normal die Kreuzung überquert. Vom Bordstein über das Kopfsteinpflaster auf den gegenüberliegenden Bürgersteig. Ich blickte nicht hinter mich, um mich zu vergewissern, ob er das Ding inzwischen auf etwas anderes gerichtet hatte oder ob er verschwunden war.

Noch immer spaziere ich nahezu jeden Abend diese Straße entlang. Und jedes Mal denke ich an eine Kugel im Rücken – an die Tatsache, dass ich meistens davon verschont bleibe.

Ich gehe nach Hause zu Le Quang Hoa und stelle mir seinen Körper im Tode vor: schön ordentlich auf unserem Ehebett. Ich schließe die Tür auf und frage mich, ob Hoa real ist. Und ob er noch am Leben ist.

Wohnwagen

Es zischte, als sie die Wäsche auswrang, und aus dem Gewebe quollen kleine Bläschen hervor.

»Ich dachte, uns geht's angeblich gut?«, fragte sie.

»Was?«

Michelle war über die Duschwanne gebeugt. Dec stand direkt hinter ihr, am Herd.

»Ich dachte, uns geht's gut?«

»Uns geht's nicht gut«, antwortete er. »Uns geht's so einigermaßen.«

»Ha!«, rief sie. Falls er sich bückte, um unter dem Spülbecken eine Pfanne hervorzuholen, würden sie in der Tür des Duschbads mit dem Hintern zusammenstoßen. Le Blechkiste, nannte sie es. Oder Sardinenbüchse. Die Kinder alberten auf dem Hochbett herum, und über Michelles Kopf beulte sich die Wand aus, wenn sie gegen sie traten. Falls man sie überhaupt Wand nennen konnte. Eher glich sie einer hart gewordenen Tapete.

»Hört auf damit!«, sagte sie. »Sie sind wieder da«, sagte Dec und sah aus dem Heckfenster.

»Schluss jetzt!«, sagte Michelle. Sie musste sich ermahnen, nicht zu brüllen. »Oder ich werde den Hamster nicht abholen, wenn wir nach Hause kommen.«

Vollkommene Stille. Einen Schritt vom Spülbecken entfernt schnappte eine Autotür zu, und man konnte die Nachbarn hören – zwei süße kleine Mädchen und ihre perfekten Eltern –, die die Holzstufen zu der Veranda neben ihrem eigenen Wohnmobil hinaufstiegen.

Als Michelle sich aufrichtete, zwickte es furchtbar in ihrem Kreuz. O ja. Ein guter, altmodischer Schmerz. Die Waschmaschinen auf dem Campingplatz waren eine Katastrophe, sodass sie sich mit Wipp Express und der Plastikkiste begnügen musste, die sie für das Kinderspielzeug mitgenommen hatte. Sie hängte den Duschkopf in die Kiste und warf die Wäscheknäuel obenauf, damit er sich nicht drehte, wenn sie das Wasser anstellte. Sie sah zu, wie die Knäuel sich lösten, die Kleidungsstücke nach oben trieben und zu schwimmen begannen, dann beugte sie sich erneut vor, um die Wäsche ein zweites Mal durchzukneten, herumzuwirbeln und auszuwringen. Die Arbeit ging sogar recht angenehm von der Hand; sich um die Familie kümmern, wenn sie nicht da war und einen nervte; sie liebevoll behandeln in Gestalt ihrer Klamotten. Sie warf die Wäscheknäuel ins Spülbecken: Emmets blaue Baumwollshorts; Katys zerschlissenes Kätzchen-T-Shirt mit der Paillettenkrone; Decs Heavyweight-T-Shirt, das er trug, weil sie es mochte, obwohl er der Meinung war, alle T-Shirts sähen gleich aus. Schließlich war da noch ihr eigener verknitterter Rock, dem man es ansah, dass er nur ein billiges Baumwollding war. Es wird Zeit, dass es vorangeht, dachte sie. Zeit, so auszusehen wie die Leute, denen es »so einigermaßen« geht. Ganz zu schweigen von denen, denen es »gut« geht.

»Emmet! Katy!«, rief Dec. »Eure Freundinnen sind da.«

Man konnte den Luftzug spüren, als die Kinder vom Hochbett herunterkletterten. Als sie den Kopf aus dem Duschbad reckte, warteten sie bereits stocksteif an der

Eingangstür. Auf der Schwelle standen die beiden perfekten Mädchen in aufeinander abgestimmten pinkfarbenen Caprihosen und leuchtenden Turnschuhen.

Patt.

»Möchtet ihr nach draußen gehen und spielen?«, fragte sie.

Katy blickte über die Schulter, um sich bei ihrer Mutter abzusichern, doch Emmet ließ sich nicht ablenken. Er starrte weiterhin die Mädchen an. Dann sagte er großspurig: »Ich hab im Auto 'nen halben Donut gegessen.«

Die Mädchen dachten darüber nach. Und waren beeindruckt.

»Wo seid ihr denn Schönes gewesen?«, fragte Michelle.

»Wir waren unter der Brücke«, antwortete das größere Mädchen.

»Toll.« Und dann waren alle vier verschwunden. Sie hätte erleichtert aufatmen können, wie ihre Mutter früher, aber Michelle konnte nicht loslassen. Sie war es nicht gewohnt. Während sie die Wäsche wieder in die Plastikkiste warf, horchte sie nach den Stimmen draußen auf dem Weg, Katy war schüchtern, und Emmet erst drei: Sie waren noch nie allein draußen gewesen, und sollte Stille eintreten, würde sie sofort hinauseilen, um nachzusehen, wohin sie verschwunden waren. Besser wäre es allerdings, gleich hinauszugehen und so zu tun, als sei sie beschäftigt, oder sich tatsächlich mit etwas zu beschäftigen, so wie jetzt, als sie die kleinen Flecken Sonnenschein auf dem hölzernen Verandageländer jagte, in denen sie die Wäsche aufhängen musste, weil der Standplatz, den man ihnen zugewiesen hatte, im Schatten lag.

Auf der Sonnenseite der kleinen Straße saß eine Frau vor

ihrem Wohnmobil, in der Hand ein Glas Rosé. Die andere Hand ließ sie über die Lehne ihres weißen Plastikstuhls baumeln, das Gesicht der Sonne zugewandt. Eine Wohltat. Kein einziges Kind in Sicht. Sie hatte mindestens sechs, wenn nicht gar mehr – zwei von ihnen schliefen im Auto. Es war Dec, der es schließlich rauskriegte.

»Seine, ihre und die von ihnen beiden«, sagte er eines Abends, als er sie während des Abendessens beobachtete. Sie hielten beide inne und schauten noch einmal hin.

»Die ist gut in Schuss«, sagte Michelle.

»Meinst du?«

Die meisten Leute auf dem Campingplatz hatten zwei. Wie ihnen ging es den meisten Leuten »so einigermaßen«. Vermutlich ging es ihnen nicht »gut« – diese Frau hatte ihr Schwangerschaftsgewicht noch nicht verloren, und die Beine jenes Mannes nahmen sich etwas sonderbar aus in seinen Shorts – doch selbst »so einigermaßen« kostete ein verdammtes Vermögen.

Sie waren in der Vendée, im Grunde genommen das Gleiche wie die Grafschaft Louth. Flach. Ihrer Meinung nach war es die am wenigsten französische Gegend in ganz Frankreich, mit schmuddeligen kleinen Häusern und ohne jeden Stil. Das Schwimmbecken des Campingplatzes war überfüllt, und jeden zweiten Abend gab es Bingo, aber für die Kinder war es großartig, wie alle sagten. Für die Kinder war es großartig.

»Emmet! Katy!«

Schon waren sie nirgends mehr zu sehen. Michelle eilte den Weg zwischen den in zwei Reihen abgestellten Wohnmobilen entlang und bemühte sich, nicht laut nach ihnen zu rufen.

»Emmet! Sofort!«

Sie lief bis zum Ende und dann wieder zurück.

»Declan! Declan!«

Er trat auf die Veranda heraus.

»Was?«

»Wo stecken die Kinder?«

Er stand einen Moment da und lauschte. Dann antwortete er: »Die sind in der Hecke.«

Es fing an zu regnen.

Über ihrem Bemühen, die Kinder in den Wohnwagen zu schaffen, hatte Michelle ganz die Wäsche vergessen, und sie rannte wieder hinaus, nahm sie vom Holzgeländer und stolperte die Stufen hinab, um die wenigen an der Leine baumelnden Kleidungsstücke hereinzuholen. Sie blieben, nasser als zuvor, auf einem Haufen in der Duschwanne liegen, während sie sich um Katy kümmerte, die laut losplärrte, weil sie nicht in das Wohnmobil der perfekten Mädchen durfte.

»Es gibt eine Regel«, sagte Michelle. »Es gibt eine Regel. Und wie lautet die Regel? Ich muss euch sehen können. Ichmusseuchsehenkönnen.«

Dec sagte, er werde mit ihnen zum Schwimmbecken gehen. Das Geplärre verstummte.

»Im Regen?«, fragte Michelle.

»Warum nicht?«

Als sie die Badetasche fand, waren die Schwimmsachen feucht und muffelig vom Tag zuvor, und die Handtücher klebten vor Salz. Auch sie waren feucht.

»Das macht doch nichts«, wiederholte Dec immer wieder, als sie die Kinder in die stinkenden Sachen zwängte. »Das macht doch nichts.«

Sie beobachtete sie, wie sie den Weg hinuntergingen: ihre geraden und geschmeidigen Rücken, das köstliche Wackeln ihrer schönen Hintern, als sie mit ihrem Papa durch den warmen Regen liefen. Das Chlor, dachte sie, würde den Gestank überlagern.

Während sie sich am Schwimmbecken aufhielten, nahm Michelle die Wäsche aus der Duschwanne, wrang sie erneut aus und hängte sie im Wohnmobil auf. Die Handtücher drapierte sie über die Vorhangleiste und kleinere Kleidungsstücke über die Sprossen der Hochbettleiter. Die Sachen der Erwachsenen hängte sie auf Kleiderbügel und diese wiederum an das über der Eingangstür gespannte Drahtseil für den Plastikvorhang. Schließlich sah das Wohnwageninnere wie ein Secondhandladen nach der Sintflut aus.

Die Kinder kamen brüllend und mit einem Riesenkohldampf vom Schwimmbecken zurück, und so stopfte sie sie mit Schinken voll, noch ehe sie sich die Badesachen ausgezogen hatten. Sie aßen ihn aus der Packung, hüpften und tanzten vor der geöffneten Kühlschranktür herum.

»Ich dachte, wir würden essen gehen?«, sagte Dec.

»Hör mal«, zischte sie in einem plötzlichen Anfall von Wut. Dann bedeckte sie das Gesicht mit den Händen und ging in ihr Schlafzimmer. Dort konnte man nirgends stehen, und so setzte sie sich aufs Bett.

»Würdest du sie bitte anziehen?«, fragte sie leise durch die Wand.

Er tat es.

Die Zeit zum Schlafengehen war bereits lange vorbei, und die Kinder waren vollkommen aufgedreht, als sie endlich zur Crêperie kamen. Unmöglich. Es war, als redete man mit zwei Junkies.

»Ich will keine Crêpe! Ich will keine Crêpe, ich will nur das Eis!« Dec, der plötzlich ganz weiß um den Mund herum war, sagte: »Wollt ihr nach Hause? Wollt ihr auf der Stelle nach Hause?«

Natürlich machte das Eis sie wieder putzmunter, und es war zehn Uhr, bevor das Herumtollen ein Ende fand. Sie mussten eingefangen, mit Gewalt ausgezogen und in ihre Pyjamas gesteckt werden, wobei sie mal mit dem einen, dann mit dem anderen Bein strampelten. Es ging bereits auf elf Uhr zu, bis sie endlich aufhörten, sich in den Laken zu winden wie gepeinigte Seelen.

Frieden. Dec öffnete den Kühlschrank.

»Weißt du, wie viel das Bier gekostet hat?«

»Nein.«

»Rate mal.«

»Mach doch einfach die Flasche auf, ja?«

»Wie viel?«, fragte er und hielt eine Flasche Leffe hoch.

»Keine Ahnung«, erwiderte Michelle.

»Rate mal!«

»Lieber Gott, bitte gib mir Geduld«, sagte Michelle.

»Einen Euro neunundvierzig. Für eine Flasche belgisches Bier. Einen Euro neunundvierzig!« Nun, da sie gebührend beeindruckt war, riss er den Verschluss ab und schenkte ihr ein Glas ein.

»Wir hätten das Scrabble mitbringen sollen«, sagte sie.

Nach dem zweiten Bier gingen sie zu Bett und hatten Sex, vollkommen geräuschlos; zunächst lagen sie so eng umschlungen, dass Michelle dachte, sie müsse schreien, wenn er auch nur zwei Zentimeter von ihr abrückte. Sie schrie jedoch nicht, und als sie fertig waren, schliefen die Kinder noch immer.

»Herrgott«, sagte sie. »Wie war dein Name gleich noch mal? Herrgott!« Dann schleppte sie sich aus dem Bett in den Wohnbereich. Es war seltsam, in diesem kleinen Raum nackt zu sein – alles war zu nahe, die Decke sehr niedrig, und als sie ins Duschbad ging, saß ein Gespenst am Tisch. Zumindest nannte sie es im Vorübergehen so, obwohl ihr erst auf der Toilette einfiel, sich darüber zu verwundern. Ein Gespenst. Und als sie aufstand, war es verschwunden.

Am nächsten Tag kam morgens immer mal wieder die Sonne durch, sodass Michelle ein paar Kleidungsstücke draußen aufhängte, die noch immer nassen Badeklamotten einpackte und sie alle zum Strand gingen.

»Ich mag den Strand nicht«, sagte Emmet. »Ich mag den Strand nicht!«

Der Strand war wunderschön. Die Kinder rannten die Böschung hinunter und schleuderten dabei die Kleider von sich und wollten nicht stillhalten, um sich mit Sonnenschutzcreme einreiben zu lassen.

Michelle kam nicht dazu, in ihre Badeklamotten zu schlüpfen. Sie fragte sich, ob sie je wieder dazu kommen würde. Sie saß am Rand der Dünen und zog ihren Rock hoch, um sich die Beine zu bräunen.

»Die Sache ist die«, sagte sie zu Dec. »Von hier aus – verstehst du? –, von hier aus sehen sie ganz gut aus. So wie das Fett nach unten abfällt, kann ich es eigentlich gar nicht sehen. Ich meine, von hier aus betrachtet, sieht eigentlich alles ganz gut aus.«

»Dann bist du also gar nicht fett«, antwortete Dec. »Nur deine Augen sind am falschen Platz.«

»Ja, genau.«

»Komm, schwimm eine Runde.«

»Ach, ich weiß nicht.«

»Na los. Es wird dir guttun.«

»Gleich.«

Sie saß im Sand und sah ihren Kindern zu, die sich schwarz vor dem glitzernden Meer abzeichneten; Dec rannte mit einem Eimerchen zu den Wellenausläufern, um die Kinder mit Wasser zu bespritzen. Kreischend nahmen sie Reißaus. Alles war so herrlich: Katys Schulter, die sich vor dem Wasserguss wegbog, sodass dieser schwer auf dem Sand aufklatschte; alles glich so sehr dem Bild einer Familie, die Spaß hat, dass Michelle an das Wohnwagengespenst denken musste – weil es ebenfalls einem Bild glich; flach, fast ein wenig zerknittert. Eine Frau. Ob jung oder alt, ließ sich schwerlich bestimmen. Aber richtig gruselig. Erzürnt. Sie hatte auf der Sitzbank hinter dem kleinen Tisch gesessen, und Michelle wurde den Eindruck nicht los, dass sie sich nicht von der Stelle rühren konnte – dass sie festsaß.

Als sie vom Strand zurückkehrten, fand sich von ihr keine Spur. Sie waren vom Regen vertrieben worden, und die am Morgen aufgehängten Kleidungsstücke waren schon wieder nass. Michelle nahm sie ab und drapierte sie wieder über die Vorhangleisten und die Kleiderbügel, und während des Mittagessens stand sie auf, um ein paar Sachen an die Speichen des großen Schirms draußen zu hängen. Nichts war getrocknet, weder drinnen noch draußen. Sie sammelte die Kleider vom Vortag ein und warf sie in die Plastikkiste unter der Dusche.

Während sie sie rieb und auswrang, dachte Michelle, dass sie das Gespenst vielleicht damit angelockt hatte. Es war ein Handwaschgespenst — eine Frau, die ihr ganzes Leben lang Wäsche hatte auswringen müssen und sie von einer Stelle zur anderen schleppte, aber sie wurde einfach nicht trocken. Doch die Arbeit als solche machte Michelle nichts aus. An der Frau fiel ihr etwas anderes auf: der Ausdruck in ihrem Gesicht; und sie hatte etwas Abgewracktes, das Michelle noch nicht verstand.

Die Kinder tobten herum; sie zerrten die Kissen von der Sitzbank, schraubten den Plastikschnäpper der Toilettentür ab. Kinder verschafften sich überall Zutritt. Wie viele von ihnen wohl im Lauf der Jahre in diesem Wohnwagen gehaust hatten? Jeder Zentimeter war berührt, begrapscht und benutzt worden. Neben der feuchten Wäsche vom Vortag schaffte Michelle Platz für die neuen nassen Klamotten und arrangierte noch ein paar Kleiderbügel in der Dusche. Die Frau von gegenüber mit den sechs Kindern und den hübschen Beinen packte im Regen ihre Sachen zusammen.

Die perfekten Mädchen fanden sich ein. Sie setzten sich draußen unter den Schirm, und die Kinder spielten mit ihnen, sehr förmlich, wie Damen beim Tee. Michelle brachte ihnen weiße französische Pfirsiche und küsste ihre beiden Kinder, deren weiche Haut noch immer nach Meer duftete, auf die feste, runde Stirn. Artig schauten ihr die perfekten Mädchen dabei zu. Vielleicht wurden sie nicht oft geküsst. Vielleicht war das Michelles Problem — sie küsste zu viel —, vielleicht war es das, was sie falsch machte. Zehn Minuten später waren die perfekten Mädchen noch immer perfekt, wohingegen sich ihre eigenen Kinder von oben bis unten mit Pfirsichsaft bekleckert hatten, sodass sie erneut etwas Saubereres finden und sie ausziehen musste.

Gegen vier Uhr hellte der Himmel sich auf, und draußen schnappte sich Michelle die am wenigsten nassen Klamotten. Diese hängte sie in die Sonne und die nasseren in den Schatten. Dann fragte sie sich, ob sie es nicht genau umgekehrt hätte anstellen müssen – wollte sie nun ein paar trockene oder eine Menge feuchter Kleider? Wie viele Tage blieben ihnen überhaupt noch? Zum Zählen musste sie ihre Finger zu Hilfe nehmen. Sie stand vor dem Kleiderschrank der Kinder, berührte Shorts und Kleider, sagte: »Mittwoch, Donnerstag ...«, und fing wieder von vorn an.

Sie kam zu dem Schluss, dass das Gespenst eine Frau war, die im Wohnwagen gestorben war. Zu Tode erstarrt war. Beim Patiencelegen war sie stocksteif auf der Sitzbank gestorben. Absonderlicherweise war Michelle davon fest überzeugt. Sie spürte beinahe körperlich, wie die sandigen Karten beim Ablegen über die Tischplatte glitten.

»Was würdest du sagen, wie alt diese Dinger sind?«

Dec dachte nach. »Zehn Jahre? Keine Ahnung. Zwölf?«

Das war's. Sie war beim Kartenspiel gestorben, während ihre Kinder im Nebenzimmer schliefen, fast in Reichweite.

Klopf, klopf.

Michelle pochte gegen die dünne, kleine Wand.

Klopf, klopf.

Zum letzten Mal fuhren die Ehebrecher von der Sonnenseite des schmalen Weges mit ihrer gesamten Brut davon. Michelle war wie der Blitz zur Stelle und stahl das bisschen Sonnenschein, das sie zurückgelassen hatten. Die folgenden Minuten verbrachte sie damit, die übrigen Sachen hinüberzuschaffen, wobei sie prüfend zum Himmel schaute und Emmets Shorts wendete wie ein Stück Toast unterm Grill. Dabei dachte sie an die nächste Familie, die hierherkommen würde, und an die Familie danach; an die dicker werdenden Frauen, die standhaften Männer und all die hübschen Kinder; an all die Tausende im Regen wachsenden hübschen Kinder. Es dauerte eine Weile, bis sie merkte, dass sie ihre eigenen beiden Kinder nicht hören konnte, dass sie schon seit geraumer Zeit keinen Mucks mehr von ihnen vernommen hatte. Sie suchte den schmalen Weg ab und begann zu rennen.

Sie musste sie um ein Haar verpasst haben, denn als sie um die Ecke kam, sah sie, wie die beiden perfekten Mädchen unter ihren Wohnwagen spähten. Emmets mit Sandalen bekleidete Füße ragten reglos darunter hervor. Michelle stockte. Die Welt stockte. Das Gespenst am Fenster ihres Wohnwagens wandte sich um und schaute durch die Scheibe, in der sich der Himmel spiegelte.

Und dann bewegten sich seine kleinen Füße. Natürlich bewegten sie sich. Als sie heraneilte, sah Michelle, dass beide Kinder unter dem Wohnwagen lagen und sich bäuchlings durch den Dreck schlängelten.

»Du lieber Himmel!«

Der Vater der Mädchen steckte kurz seinen Kopf aus der Tür.

»Eine Muschi!«, rief Emmet. Vielleicht lag es an dem dummen Wort oder an den verschmutzten Kleidern, die sie erneut würde wechseln und waschen müssen, doch im nächsten Moment zerrte sie Katy rückwärts an einem Bein unter dem Wohnwagen hervor. Emmet robbte weiter ins

Dunkel, und sie fauchte ihn an, sofort herauszukommen, auf der Stelle herauszukommen.

Die beiden perfekten Mädchen waren angesichts dieser Szene nicht so sehr gekränkt als vielmehr betrübt, und als ihr Vater herauskam, grinste er nur und tröstete sie. Vermutlich hatte sie, wie sie Dec später erklärte, ihrem Kind gegenüber gar nicht den Ausdruck »Verfluchte Scheiße« verwendet, hatte also nicht »Verfluchte Scheiße, komm sofort da raus!« gesagt. Aber Katy hatte laut gejammert, sie habe sich das Knie aufgeschürft, und nachdem Michelle ein paarmal vergebens nach ihrem Sohn gegriffen hatte, musste sie aufstehen und sich umdrehen, bis er beschloss, von allein hervorzukriechen. Was er natürlich nicht deswegen getan hatte, weil sie so wütend gewesen war. Michelle stand da, sah nach oben und wünschte sich, eine andere Sorte Mutter zu sein – sofern es eine andere Sorte Mutter überhaupt gab –, während Katy immer lauter jammerte.

»Halt den Mund!«, sagte sie und zerrte das Kind am Oberarm, so wie eine Frau, die man irgendwo am Straßenrand sieht. Um ein volles Crescendo zu bewirken, entfernte sie sich mit schnellen Schritten, bis beide heulend und kreischend hinter ihr hergerannt kamen.

Ihre prächtigen Kinder. Ihr ganzer Stolz.

Drei Tage später reisten sie ab. Die Plastikkiste war mit Spielzeug vollgestopft, die nasse Wäsche gammelte in irgendeiner Tüte lustig vor sich hin; muffig riechend saßen sie in ihren ungewaschenen Klamotten im Auto und fuhren gen Norden.

Nach einem knappen Kilometer sagte Katy: »Das waren die absolut fantastischsten Ferien, die ich je gehabt habe.«

»Wirklich?«, fragte Michelle.

»Ja.«

»Was hat dir denn daran so gut gefallen?«

»Am besten?«

»Na schön, am besten.«

»Am besten hat mir unser Häuschen gefallen.«

»Ach ja?«

»Dir hat unser Häuschen gefallen?«

»Ich denke schon.«

Dec warf einen Blick nach hinten und lächelte kurz. Michelle war noch ganz benommen, denn bevor sie losfuhren, hatte sie geputzt. Irgendetwas hatte sie getrieben, jeden Zentimeter des Häuschens gründlich zu wischen, bis sie sich rücklings daraus zurückgezogen hatte. Sie war wie von Sinnen gewesen, und schließlich hatte sie das Putztuch in den Mülleimer vor der Eingangstür geworfen. Für die Küchenanrichte und für das Klobecken hatte sie dasselbe Tuch benutzt, und plötzlich überlegte sie, ob sie die richtige Reihenfolge eingehalten hatte. Sie überlegte, was sich im Kofferraum und was sich in der Dachbox befand – hatten sie irgendetwas vergessen? Hatte sie die richtige Anzahl Kinder auf dem Rücksitz, und brachten sie vielleicht zusätzlich eine Leiche mit nach Hause?

Bis zum Tod der jungen Frau

Die junge Frau starb.

Was ging mich das an? Die junge Frau starb. Und es hatte nichts mit uns zu tun, weder mit ihm noch mit mir. Sie starb auf eine ganz blöde Art, wie Leute eben sterben – bei einem Autounfall, in Italien. Wo sie vermutlich auf der falschen Straßenseite gefahren war.

Das Dummerchen.

Wäre die junge Frau nicht gestorben, hätte sich keiner für sie interessiert. Sie wäre bloß ein Seitensprung gewesen; mein Mann neigt nämlich zu solchen – in letzter Zeit weniger häufig, doch, ja, alle paar Jahre macht er seinen Seitensprung, etwa nach einer Büroparty oder auf einer Geschäftsreise. Ich glaube nicht, dass er Prostituierte aufsucht – ich meine, einige Männer tun das, es ist wie ein Zwang bei ihnen. Eigentlich sogar viele Männer – nicht jedoch mein Mann. Und ich weiß, ich weiß, das muss ich ja sagen, aber …

Im Lauf der Jahre habe ich viel darüber nachgedacht; in Artikeln oder Zeitschriften habe ich so einiges gelesen. Ich habe mich gefragt: Was treibt sie eigentlich dazu, und was hält sie zurück, was wollen sie eigentlich, die Männer? Es ist das große Rätsel, nicht wahr? Was Männer »wollen«. Und welchen Schaden sie bereit sind anzurichten, um es zu kriegen.

Die Dinge, von denen man in der Zeitung liest.

»Aber klar doch, sie sind alle gleich.« Hat das nicht immer Ihre Mutter gesagt? »Sie sind alle gleich.«

Dabei sind sie es gar nicht. Sie haben ihre Gründe, und sie haben ihre Grenzen. Herzen haben sie auch noch. Und ich kann ohne den Anflug eines Zweifels sagen, dass mein Mann nicht der Typ Mann ist, der sich Sex auf der Straße kauft. Er mag Vertrautheit. Danach sehnt er sich. Er ist der Typ Mann, der einem immer in die Augen sieht. Er liebt die Frauen – sogar ältere. Er redet gern mit ihnen, sorgt dafür, dass sie sich wohlfühlen, er ist ein großer Küsser und lebt gern ein bisschen gefährlich; er liebt das Schwermütige an alldem, kommt sich jung dabei vor. Und mich liebt er auch.

Er ist kein Mistkerl, das ist es, was ich damit sagen will. Ich will sagen, dass er ein fantastischer Mann ist. Mein Mann ist ein fantastischer Mann. Und bis zum Tod der jungen Frau, die in der Toskana in ihrem kleinen Renault Clio auf der falschen Straßenseite dahinflitzte, bis zum Tod dieser jungen Frau reichte mir das durchaus. Mit einem fantastischen Mann verheiratet zu sein, der mich liebte und alle Jubeljahre für einen kleinen Seitensprung anfällig war, verbunden mit jeder Menge katholischer Schuldgefühle. Ach, der verdammte Blumenstrauß und der neue Mantel vom Schlussverkauf bei Richard Allan. Ist es das nicht wert?, habe ich immer gesagt. Verdammt noch mal, ist es das nicht wert, wenn dabei ein Einkaufsbummel bei Brown Thomas und ein langes Wochenende mit den Kindern in Ballybunion herausspringt, winterliche Strandspaziergänge, ein paar Flaschen Wein und mehr eheliche Eskapaden, als man in unserem Alter haben sollte, mit meinem wunderbaren Mann, der nach seinem kleinen Seitensprung wieder zu Hause ist; ein Seitensprung mit irgendeiner überambitionierten jungen Frau, die: Bald. Gefeuert. Wird. Danke, Schatz, und, nein, ich weiß, du wirst es nie wieder tun.

Aber in Wahrheit hasste ich es. Es war, als lebte ich auf den Seiten irgendeiner grauenhaften Sonntagszeitung. Grauenhafte Leute. Grauenhafte Leute mit ihrem grauenhaften Sexualleben und ihrem grauenhaften Geld.

Nein.

Er arbeitet hart, mein Mann. Und ich war immer ein großer Gewinn für ihn. Und wir sind ganz gewöhnliche Leute. Auch darauf bin ich stolz.

Ke ... Sein Name kommt mir nicht über die Lippen. Ist das nicht komisch?

Es ist ein ganz gewöhnlicher Name, ich spreche ihn fünfzehnmal am Tag aus. Mich allerdings redet er nie mit Namen an. Das scheint normal zu sein, oder? Wie nennen Männer ihre Frauen? »Em ...« Als seien alle Frauen dieses Planeten auf den Namen Emily getauft.

»Em ... Ist das Hemd sauber?«

Die junge Frau hieß – Sie werden es kaum glauben – Samantha.

Nicht dass ich das schon damals gewusst hätte. Nicht dass ich damals überhaupt irgendetwas gewusst hätte.

Und »Samantha« hieß sie nur deswegen, weil sie starb. Wäre nicht der Autounfall passiert, wäre sie immer die Kleine aus der IT-Abteilung geblieben oder gar die IT-Schlampe. Auf der O'Connell Street mag es von Schlampen nur so wimmeln, aber wenn eine von denen besoffen in Minirock und Stöckelschuhen herumschlampt und über den Haufen gefahren wird, dann ist sie – was? –, dann ist sie eine hübsche junge Frau, die gern Weiß trug.

Es tut mir leid.

Aber.

Das arme Kind, das sich einbildete, es sei doch lustig, mal mit meinem Mann zu schlafen – und es ist lustig, ich habe ja weiß Gott selbst schon genug gelacht –, das arme Kind, das sich einbildete, es sei lustig, mit dem Vater meiner drei Kinder zu schlafen, hat etwas sehr viel Schlimmeres getan. Sie ist ihm einfach weggestorben. Sie ist uns allen einfach weggestorben.

Natürlich hatte ich davon keinen blassen Schimmer.

Er kam nach Hause – wenn ich darüber nachdenke, muss das der Tag gewesen sein, an dem er davon erfahren hatte – und setzte sich aufs Sofa, und zum ersten Mal seit der Beerdigung seiner Mutter fing er an zu weinen. Ich sah ihn weinen. Die Kinder sahen ihn weinen. Ich hatte keine Ahnung, warum er weinte. Mir war danach, einen Krankenwagen zu rufen. Dann zählte ich eins und eins zusammen, und mir wurde klar, dass er sich wieder einmal einen Seitensprung geleistet hatte, dass er sich mitten im Sprung befand. Und ich kriegte Panik.

Ich weiß es. Ich kriegte Panik. Eigentlich sieht mir das gar nicht ähnlich. Er hob den Kopf, um mir etwas mitzuteilen, aber ich sagte: »Ich will's nicht wissen.« Das war alles. »Ich will's nicht wissen.« Und ich sagte es richtig schnell, nur so dahin. Als geschähe das, was geschah, eigentlich gar nicht. Oder als müsste er dafür sorgen, dass es nicht geschah, weil ich den ganzen Mist nicht in meinem schönen, mühsam erworbenen Haus haben wollte. Er rieb sich das Gesicht, um die Tränen wegzuwischen – nicht etwa heiße Tränen, Tränen der Empörung oder des Kummers, nein, er weinte nur Rotz und Wasser, so wie sie einem manchmal übers Gesicht laufen, wenn man krank oder am Boden zerstört ist –, er wischte sich die Tränen weg und saß einfach nur da.

Mein fantastischer Mann.

Wenn ich mich recht erinnere, geschah es das erste Mal, als die Kinder noch klein waren. Ich steckte bis über beide Ohren in Windeln und Chaos und schlief schon ein, noch ehe mein Kopf das Kissen berührte, feist wie ein Narr. Wie auch immer. Sie fühlen sich »ausgeschlossen«, Väter; liest man das nicht immer wieder in den Zeitschriften? Die ganze Welt lastet auf ihren Schultern, und nach einer Weile – davon bin ich überzeugt – geht man ihnen auf die Nerven, vielleicht fangen sie sogar an, uns zu hassen. Eines Tages dann lieben sie uns wieder wie verrückt, und es dämmert uns – dämmert uns ganz langsam –, dass sie in irgendeinen Schlamassel geraten sind. Sie kriegen es mit der Angst zu tun. Sie kommen nach Hause gerannt.

Was ja auch schön ist. Irgendwie.

Ach, was soll's.

Als es das erste Mal passierte, war mein Vater gerade im Krankenhaus, um sich ein paar Tests zu unterziehen, und ich hatte viel zu viel zu tun, um meinen Mann anzubrüllen, seine Taschen zu durchwühlen oder an seiner Kleidung zu schnüffeln, bevor ich sie in die Waschmaschine stopfte. Ich hatte wichtigere Dinge im Kopf. Schließlich ging alles so gut aus, dass Papa nicht mal eine Chemo haben musste – und danach war ich viel zu erleichtert, um wieder kehrtzumachen und meinen Mann anzubrüllen oder an seiner Kleidung zu schnüffeln. Es war ja längst vorbei, und außerdem hatte ich etwas über mich selbst gelernt. Ich hatte gelernt, dass ich die Sorte Frau nicht bin – die Sorte, die schnüffelt, wütet und brüllt. Und das war ein seltsames Gefühl, muss ich sagen. Denn ich bin mit den gleichen Träumen aufgewachsen wie jedes andere Mädchen auch, aber wenn's hart auf hart kommt ... Wenn's hart auf hart kommt, halte ich den Kopf hoch.

Was sollte ich auch sonst tun?

Um ehrlich zu sein, ein Teil von mir dachte, er habe einen Urlaub verdient; wenn ich die Chance hätte, würde ich mir ebenfalls Urlaub nehmen. Ein anderer Teil von mir dachte: »Jemand muss sterben.« Ich habe wirklich gedacht, ich könnte jemanden umbringen deswegen. Ich könnte sie umbringen. Oder ich könnte ihn umbringen. Oder ich könnte sie gewähren lassen und mich umbringen. Aber das würde auch nichts nützen, oder? Die Dummheit, die *Zügellosigkeit* meines Mannes war viel zu nichtig, um sich darüber den Kopf zu zerbrechen. Und sie war viel zu gewichtig, als dass wir alle aufrecht stehen konnten; alle noch am Leben.

Aber vielleicht ging sie mir seit damals durch den Kopf. Mir und ihm. Die Vorstellung, dass jemand sterben musste.

Was also waren die Aussichten? Zwei, drei weitere Seitensprünge im Lauf der Jahre? Eine Streuung von »Unfällen«, und dann, eines Tages, dies hier, was immer es ist. Ein weinender Mann auf dem Sofa. Kummer.

Es war halb sechs. Die Kinder sahen vor dem Abendessen fern. Ich scheuchte sie hinaus – meine Tochter, Augapfel ihres Vaters, weinte selbst ein bisschen bei dem tragischen Anblick, den er bot: den Mantel abgeworfen, in der anderen Hand noch die Aktentasche.

Kinder vergraben solche Dinge sehr tief. Ich hätte es besser gefunden, wenn sie darüber geredet hätte, doch als ich sie eine Woche später nach ihrem auf dem Sofa weinenden Vater fragte, sah sie mich nur an, als wäre ich soeben aus dem Weltraum auf der Erde gelandet.

»Was für ein Sofa?«, fragte sie. »Welches Sofa?«

Das ist echt Shauna. Sie ist erst neun. Mit ihren Brüdern darüber zu reden, hat keinen Sinn, die sind längst in der Brummphase.

Dann wieder denke ich: Warum nicht? Warum nicht mit deinen Söhnen über Dinge reden? Warum nicht Männer großziehen, die sprechen können?

Weil dort, zusammengesunken auf dem hafermehlfarbenen Leinenmix, mein Mann hockt und seiner Sterblichkeit ins Auge blickt. Was noch? Seiner eigenen Armseligkeit. Er sah aus, als hätte er sie eigenhändig umgebracht, obwohl er sie gar nicht umgebracht, ja sie nicht einmal geliebt hatte. Er dachte (bilde ich mir ein) an irgendeinen schönen Körperteil von ihr, der von der Tür oder der Kühlerhaube zermalmt worden war und bereits zu Lehm wurde.

Und es gibt niemanden, mit dem er darüber reden kann. Überhaupt niemanden.

Denn solche Freunde haben Männer nicht – Typen, die man anrufen und zu denen man sagen könnte: »Geh mal was mit ihm trinken. Rede mit ihm darüber. Bau ihn wieder auf.« Nein. Der einzige Freund, den er hat, bin ich.

Und mir kann er es nicht sagen, weil ich es nun wirklich nicht wissen möchte.

All das natürlich im Nachhinein. Damals sah ich ihn an und dachte, unsere Ehe sei am Ende, oder er sei am Ende. Ich wollte mich längere Zeit krankschreiben lassen, und was dann? Mein auf dem Sofa weinender Mann war neunundvierzig Jahre alt. Und wenn Sie meinen, neunundvierzig sei ein schwieriges Alter, dann versuchen Sie's doch mal mit fünfundfünfzig.

Ich sah einer langen Zukunft mit einem Mann entgegen, der vergessen hatte, wozu er da war.

Als er sich mit der Hand die Tränen aus dem Gesicht wischt und den Kopf hebt, um mir alles zu beichten, gibt's also nur eins, was ich ihm sagen kann, und das ist:

»Ich will's nicht wissen.«

Wie wir durch die folgende Woche gekommen sind? Wie immer vermutlich. Völlig normal. Wir sind völlig normal durch die Woche gekommen. Während ich auf einen Hinweis oder einen Anhaltspunkt lauere. Die letzte Seite der Zeitung, die er zu intensiv und zu lange anstarrt. Und am Dienstagmorgen komme ich zurück – ich hatte die Kinder zur Schule gebracht –, und er ist immer noch da, hat seinen dunklen Anzug an und bindet sich seine Trauerkrawatte um.

»Wer ist denn gestorben?«

»Eine junge Frau«, sagt er.

»Was für eine junge Frau? Die Tochter von jemandem?«

Er antwortet nicht. Vor dem Spiegel bürstet er sich die Schultern ab.

Er sagt: »Wir bilden sie aus, und weg sind sie.«

»Sie hat's bestimmt nicht absichtlich gemacht.«

Er schlingt die Trauerkrawatte mehrfach durch den Knoten. Zieh sie fest und lockere sie dann ein bisschen. Gib deiner Frau einen Abschiedskuss.

»Willst du nicht, dass ich mitkomme?«, frage ich, denn inzwischen bin ich wütend. Ich weiß längst, was passiert ist. Ich möchte Salz in die Wunde streuen.

»Nein«, sagt er. »Ich habe sie kaum gekannt.«

»Bist du dir sicher?«

»Nein, nein.« Nimm die Aktentasche mit, zieh das Telefon vom Ladegerät ab, taste nach den Schlüsseln.

»Zum Abendessen zurück?«, frage ich.

»Was gibt's denn?«

»Ich dachte, ich grille uns Lachs.«

Vergiss, wo der gute Mantel aufbewahrt wird, öffne erst die eine Schranktür, dann die andere Schranktür, blick fragend deine Frau an, die sagt: »Er ist unter der Treppe.«

Schau deiner Frau in die Augen, als sie das sagt, und streck die Hand aus, um ihren Hals und ihr Haar zu berühren.

Sag: »Danke.« Dann geh davon.

Oh, ich weiß, wofür du mir dankst.

Die Haustür fällt hinter meinem Mann mit seiner Trauerkrawatte zu, und ich gehe nach unten, um die Frühstücksreste wegzuräumen und mir die übliche Tasse Kaffee zu machen. Ich fülle den Kessel und stöpsele den Stecker in die Steckdose. Ich stelle meinen Becher auf die Küchentheke. Noch bevor das Wasser kocht, stoße ich den Recyclingeimer um, und alles ergießt sich auf den Boden. Ich gehe die alten Zeitungen nach Todesanzeigen durch.

»Samantha ›Sammy‹ MacHale, tragischer Tod im Ausland.« Das war kinderleicht. Ich schnappe mir das Telefonbuch und gehe auch dieses durch.

Die Kirche ist in Walkinstown, dann müssen die MacHales in einer Nebenstraße der Cromwellsfort Road wohl die Richtigen sein. Vielleicht hat sie ja noch zu Hause gewohnt, mit vierundzwanzig – bei den Preisen heutzutage. Wenn ich wollte, könnte ich jetzt hinfahren. Könnte in meinem kleinen Auto hinfahren. Ich frage mich, ob ihre Eltern wohl wissen, was ihre Tochter so getrieben hat. Ich habe das beschämende Bedürfnis, es ihnen zu verraten – so stark, dass ich stillstehen muss, bis es nachlässt.

So eine bin ich nicht.

Nein.

Ich mache mir meine Tasse Kaffee und beruhige mich.

Trotzdem frage ich mich, wie sie wohl ausgesehen hat. Auf welche Schule ist sie gegangen? Hängen in den Korridoren aufgereiht Fotos von früheren Schülerinnen, Jahrgang – welches Jahr wird es gewesen sein? – 1998?

So jung.

Wer ist schon so jung?

Ich fülle den Geschirrspüler, hole den Staubsauger hervor, und während meiner morgendlichen Runde findet das Begräbnis in meinem Kopf statt. Aber ich werde nicht ins Auto springen und nach Walkinstown brettern. So eine bin ich nicht. Ich werde nicht in letzter Minute die Panik kriegen und auf dem Friedhof aufkreuzen, um die Gesichter am Grab zu studieren und hier und da ein paar Brocken aufzuschnappen, was für ein großartiges Mädchen sie gewesen ist, »unbezähmbar«, »immer zu Späßen aufgelegt«. Und wie sie das war: immer zu Späßen aufgelegt.

Oder auch nicht. Vielleicht war sie schüchtern, bescheiden. Leicht zu beeindrucken. Sie könnte eine ruhige junge Frau gewesen sein. Eine junge Frau, die darauf bedacht war zu gefallen.

Nein.

Das werde ich ebenso wenig herauszufinden versuchen wie alles andere. Denn das wäre obszön. Ich werde bei diesem letzten Tanz mit der Toten nicht auftauchen wie – was ist das Gegenteil von dem sprichwörtlichen Gespenst auf der Hochzeit? – wie eine leibhaftige Ehefrau.

Als er nach Hause kam, aßen wir den Lachs. Kartoffeln. Ein bisschen Spargel.

»Herrlich«, sagt mein Mann. »Köstlich.« Nach dem Essen steht er auf und macht sich ein Sandwich mit kalten Würstchen aus dem Kühlschrank. Mit Butter, Mayonnaise, allem Drum und Dran.

Und ich sage: »Warum schmierst du dir nicht noch ein bisschen Schweineschmalz drauf, wo du schon dabei bist?«

Das ist für lange Zeit der letzte richtige Satz, den ich zu ihm sage. *Wo ist die Gasrechnung hin wann wirst du zu Hause sein würdest du Shauna vom Ballett abholen?* Wir könnten ewig so weitermachen. Nach ein paar Wochen bekommt mein Mann einen nervösen Husten: Er sorgt sich, es könnte Lungenkrebs sein. Sein Zeh ist taub, ist das nicht ein Zeichen für MS? Und ich sage nur: »Lass dich untersuchen.« Denn die junge Frau ist tot. Ersparen wir uns doch all das Tamtam und Trara, wir könnten wieder zusammenkommen. Lass uns bloß nicht wieder damit anfangen. Diesmal nicht. Diesmal lass uns trauern.

Ich bin zu stolz. Das weiß ich. Und in meinem Stolz beobachtete ich ihn – meinen fantastischen, dummen Mann –, wie er durchs Leben eierte. Aber ich bot ihm nicht meine Hilfe an.

Wo ist der Schlüssel für den Schuppen wann wirst du zu Hause sein würdest du eine Packung Plastikklingen für den Flymo kaufen?

Die junge Frau war die ganze Zeit über bei uns. Tot oder lebendig. Sie stand an der Bushaltestelle an der Ecke, sie saß in unserem Wohnzimmer und sah sich *Big Brother* an, sie wurde Tag für Tag in den Abendnachrichten beerdigt.

Ich glaube die Milch ist sauer wann wirst du zu Hause sein ich will wirklich nicht dass die Kinder Fernseher in ihren Zimmern haben.

Nachdem ich das einen Monat lang durchgehalten hatte, betrachtete ich meinen Mann und stellte fest, dass er gealtert war. Es war nicht über Nacht geschehen; es war in dreißig Nächten oder so geschehen. Mein Mann hatte dem Tod die Hand geschüttelt. Und was noch? Er hatte darüber nachgedacht. Hatte gedacht, dass es im Grunde genommen gar nicht so schlecht wäre, tot zu sein. So wie sie.

Immer wenn ich nachts aufwachte, war auch er wach. Einmal hörte ich ihn wieder weinen; diesmal unter der Dusche. Er glaubte wohl, der Wasserlärm würde es übertönen. Ich lauschte, wie er schluchzte und in dem Wasserstrahl beinahe erstickt wäre, und mir wurde klar, dass es Zeit war, meinen Stolz hinunterzuschlucken. Es war Zeit, ihn heimzuholen.

Am Samstag nach dem Einkauf im Supermarkt zog ich meinen guten Mantel und meine Lederhandschuhe an. Und setzte sogar einen Hut auf – meinen Trauerhut. Und als mein Mann fragte: »Wohin fährst du?« – denn weiß Gott, ich fahre nie irgendwohin, ohne vorher eine Karte zu zeichnen –, antwortete ich: »Ich besuche ein Grab.«

Ich hatte einen wunderschönen Strauß weißer Lilien, alle in Cellophan eingewickelt. Den nahm ich von der Küchentheke und ging an meinem Mann vorbei, drückte die Lilien an meine Schulter und ging an meinem Mann vorbei, der gealtert war – und als ich zur Tür hinausging, drehte ich mich nicht um.

Sie war ihm nicht wichtig, das weiß ich. Ich weiß, dass sie ihm nicht wichtig war. So ging ich also zum Friedhof und suchte nach ihrem Grab. Ich lief zwischen den Grabsteinen umher, bis ich es fand. Die Lilien legte ich auf den Erdboden, unter dem sie ruhte, und sagte ihr, wie wichtig sie sei. Dann ging ich nach Hause und sagte zu meinem Mann. Dann ging ich nach Hause und sagte zu Kevin:

»Wollen wir Ostern nicht etwas unternehmen, was meinst du? Etwas Schönes. Wohin würdest du gern fahren?«

(Sie besitzt) Alles

Cathy lag oft falsch, das fand sie interessanter. Sie lag falsch beim Geschmack von Bananen. Sie lag falsch, wenn es um die Zukunft des Fünf-Pence-Stückes ging. Sie lag falsch bei ihrer eigenen Zukunft. Sie liebte Ecken, Überraschungen, Lichtwechsel.

Von allem, was aus ihr hätte werden können (eine alte Jungfer, eine Mörderin, eine Gelehrte, eine Heilige), entschied sie sich für das Schicksal einer Handtaschenverkäuferin in Dublin und für Urlaub an der Sonne.

Zehn Jahre lang lebte sie mit Handschuhen und neben Schirmen, deren Farben gedeckt und die ordentlich zusammengefaltet waren. Die Handtaschentheke bot alles, von Marineblau und Braun bis zu einem klassischen Schwarz. Gelbe, rote und weiße befanden sich sämtlich auf einer Seite, und alle Plastikmodelle befanden sich draußen in Ständern, damit sie der Kunde mitgehen lassen konnte.

Cathy konnte einem nicht sagen, was die Handtaschentheke ausmachte. Sie gehörte zu ihr. Sie roch wie ein lederner Traum. Irgendetwas an der Theke war immer nicht so, wie es sein sollte. Trotz der vertraulichen Umhüllung, die Handschuhe bieten, und der leeren Geräumigkeit der Handtaschen entzog sich das diskrete Durcheinander der Theke ihrer Kontrolle.

Sie verkaufte Etuitaschen, an die sich die Leute klammern konnten, gefaltete Tierhaut, in die keine Zigaretten-schachtel, kein Geld (es sei denn, es war Papiergeld) und auch kein Schlüsselbund passte. »Nur eine Kreditkarte und ein Kondom«, sagte eine junge Frau zu einer anderen, und Cathy fühlte schmerzlich, wie sich die Zeiten änderten.

Sie verkaufte die klassische Handtasche, glatt und grif-fig und überraschend geräumig – die Lieblingstasche, die zeitlos-elegante, mit Schnapp- oder Laschenverschluss und dem Geruch ihres besten Parfüms. Sie verkaufte Beutel an junge Frauen, aus Segeltuch oder Wildleder, und beutelig genug, um ein Leben darin unterzubringen, Unterwäsche zum Wechseln, einen Roman, ein Deodorantspray.

Während die Frauen ihre Wahl trafen, waren ihre Ge-sichter von richtungslosen Linien durchzogen und ange-spannt vor Überlegungen zum Leder, zum Preis, zum Ge-schmack, zur Farbe. Cathy suchte zu blauen Augen einen passenden blauen Besatz, zu einem unaufdringlichen Mund weiches, pflaumenfarbenes Wildleder. Zum Gekla-cker von Stöckelschuhen verkaufte sie Lackleder, drängte Frauen zu längst vergessenen, schicken, flotten Netztäsch-chen. In aller Ruhe wurde eine Kundin nach der anderen zur unvermeidlichen und überraschenden Wahl einer Ta-sche verleitet, die nicht die Frau zum Ausdruck brachte, sondern einen Schritt über ihre eigene Vorstellung von sich selbst hinausging.

Cathy wusste, wozu Handtaschen dienten. Sie selbst trug alles (viel war es nicht) in der einen oder in der ande-ren Tasche ihrer Kleidungsstücke bei sich.

Sie unterteilte ihre Frauen in zwei Kategorien: diejenigen, die konnten, und diejenigen, die nicht konnten.

Sie empfand wenig Zuneigung für diejenigen, die konnten, sie brauchten sie nicht und trafen oft die falsche Wahl. Ihr Geheimnis lag nicht in ihrer Klassenzugehörigkeit, obgleich diese zu helfen schien, sondern in einem Glauben, und wie bei allen Glaubensfragen gehörten dazu gewisse Rätsel. Wie, zum Beispiel, *glaubt* man an Marineblau?

Es gab auch die Frauen, die nicht konnten. Eine Frau etwa, die Blau NICHT tragen konnte. Eine Frau, die etwas Buntes tragen konnte, aber NICHT neben ihrem Gesicht. Eine Frau, die Perlen tragen konnte, der aber Ohrringe NICHT standen. Es gab die Frau mit einem geheimen Schuhleben, das zu exotisch für sie war, oder die, die weder an einem Parfümstand vorbeigehen noch ein Parfüm kaufen konnte, es sei denn, es war für jemand anderen gedacht. Eine Frau, die jedes Mal mit Gelée Royale nach Hause kam, wenn sie eine Bluse kaufen wollte.

Eine Frau, die in der Damenunterwäscheabteilung heult.

Eine Frau, die lacht, während sie Hüte aufprobiert.

Eine Frau, die zwei verschiedenfarbige Mäntel kauft.

Äußerst problematisch wurde es, wenn sie ihre Töchter zum Einkauf mitbrachten. Cathy konnte diese Paare geradezu aus der Küchenabteilung kommen sehen.

Cathy heiratete spät, und es war harte Arbeit. Sie musste einen Mann finden. Als sie dann einen gefunden hatte, stellte sie fest, dass die Stadt voller Männer war. Sie musste reden, lachen und zärtlich sein. Sie musste ihre Wahl treffen. Mochte sie große, starke Männer mit sanften braunen Augen? Mochte sie diesen blonden Mann mit den pathologisch blauen Augen? Was hielt sie von ihrem eigenen Gesicht, von den Furchen und Falten?

Sie ging den einfachen Weg, mit einem netten Lehrer aus Fairview und einer standesamtlichen Zeremonie. Sie stahl ihn sich von einer staksigen jungen Frau mit verlegenen Augen. Cathy hätte ihr eine gewirkte Gladstone-Tasche verkauft, eine, die zwar falsch war, aber dennoch zu ihr passte.

Sex war eine angenehme Überraschung. Es war eine eigenartige Aktivität, die sie zugleich in einen Zustand der Auflösung wie der Selbstbesinnung versetzte.

Eines Tages verliebte sich Cathy in eine lässige, hochgewachsene Frau, die auf ihren Verkaufstisch und ihr Lächeln zukam und sich mit der gleichen Leichtigkeit für sie zu entscheiden schien wie für eine argentinische kalbslederne Schultertasche in Tabakbraun, mit geflochtenen Ledereinsätzen, schweinsledernem Futter und einem Schnappverschluss. Es war ziemlich überraschend.

Die Frau, deren Augen mattblau waren, fragte Cathy nach ihrer Meinung, und Cathy hörte sich sagen: »Spring rein, Süße. Das Wasser ist genau richtig!« Die Formulierung musste sie beim Fernsehen aufgeschnappt haben. Die Frau verzog keine Miene. Sie fragte: »Haben Sie die in Schwarz?«

Braun war für diese Tasche die richtige Farbe. Cathy fühlte sich durch diesen Verrat enttäuscht. Die geflochtenen Ledereinsätze würden im Schwarz einfach untergehen, die Grundfarbe war alles. Cathy sagte: »Die braune ist es wirklich wert, auch wenn es neue Schuhe bedeutet. Es ist eine wunderschöne Tasche.« Die Frau kaufte jedoch weder die braune, noch verteidigte sie die schwarze. Sie rieb mit ihrem Daumenballen am Leder, als sie die Tasche weglegte. Sie schaute Cathy an. Sie verzweifelte. Sie drehte ihre breiten, sportlichen Schultern, ihr trockenes, gebleichtes Haar und ihre Höckernase herum, seufzte kurz und verließ das Geschäft.

Cathy dachte den Rest des Tages nach, nicht über ihre Hände mit den großen Fingergelenken, sondern über ihre weit auseinanderstehenden Brüste, die in zwei Richtungen schauten, eine zu den Schirmen, die andere zu den Schals. Sie fragte sich auch, ob Falten die Hüften dieser Frau schmückten, ob sie jemals von einer Frau berührt worden war, was sie wohl sagen und was Cathy antworten mochte. Ob ihre Fältchen und Wülstchen den ihren gleich oder aber so unterschiedlich waren wie eine Osterglocke und eine Narzisse. Es war ein sehr lyrischer Nachmittag.

Cathy irrte sich fortan häufiger. Ihr unterliefen Fehler. Sie verkaufte die falschen Taschen an die falschen Frauen, und sie verlor ihre Mundfertigkeit. Sie wartete darauf, dass eine andere Frau sich für die tabakbraune Tasche entschied, um zu sehen, was passieren würde. Sie verkaufte wahllos. Sie sah sich jede Frau an, die ihr begegnete, und wusste einfach nicht mehr weiter.

Sie hätte sich natürlich eine andere Arbeit suchen können. Sie hätte zum Beispiel als Schwesternhelferin in der kardiologischen Abteilung arbeiten können, eine Arbeit, die voller Gewissheiten war.

Frauen bekamen keine Herzanfälle. Sie kommen normalerweise zu den Besuchszeiten und reden zu viel oder sagen kein Wort. Sie würde herausfinden, wer einfach oder im Stillen liebte. Sie würde diejenigen erkennen, die ebenso gut hassen könnten. Sie würde vorurteilsfrei ihre Taschen betrachten, die die Frauen auf der Bettdecke abstellten oder öffneten, um ein Papiertaschentuch herauszuholen. Vielleicht würde sogar eine Träne hineintropfen.

Cathy plünderte ihr Bausparkonto und ging mit einer Plastiktüte voller Bargeld zur Hutabteilung. Sie sagte: »Ramona, ich möchte alle Hüte kaufen, die du hast.« Das Gleiche tat sie in der Schuhabteilung, wenn sie sich auch auf Größe fünfeinhalb festlegte. Sie machte keine Szene, als man ihr den Wunsch verweigerte. Sie stopfte die Kasse ihres eigenen Ladentisches mit Banknoten voll, rief ein Taxi und behängte ihren Hals und die Arme mit Taschen. Alle möglichen Leute starrten sie an. Dann legte sie sich eine Woche lang ins Bett und schämte sich ein wenig.

Die Schicksalstasche behielt sie, die braune aus Kalbsleder mit dem Schnappverschluss. Sie misshandelte sie. Sie benutzte sie sogar, um Dinge darin herumzutragen. Sie schlief sich fortan durch viele Betten.

Gleichgültigkeit

Der junge Mann in der Ecke war voller Mehl. Sein Mantel war weiß, seine Schuhe waren weiß, und auf seinem Kopf saß schief ein weißer Papierhut. Um seinen Mund und seine Nase herum, wo die Maske zum Schutz vor Staub gesessen hatte, verliefen rote Striemen auf der schweißnassen Haut. Der Rest von ihm war durchaus essbar und würde sich in Teig verwandeln, sobald er nach draußen in den Regen trat.

Sie taxierten sie, während sie in der Ecke saß, mit einem Glas Guinness und einer alten Zeitung, die jemand liegen gelassen hatte.

»Was meinst du?«, fragte der weiße Mann.

»Ich würde mich ihr nicht mal mit einer Tasche voller Pimmel nähern«, sagte sein Kumpan, der Linkshänder war – zumindest hielt er sein Bierglas mit der Linken. Er hatte das hagere Schurkengesicht aus einer Samstag-Matinee, eines Mannes, dem zuzutrauen ist, dass er junge Mädchen entführt und schließlich in ein Duell mit Errol Flynn gerät. Sie sah ihn aus Samtvorhängen hervorschwingen, Tische umstürzen und vom Kronleuchter springen, während er nicht mit einem Schwert, dafür aber mit einer Tasche aus grobem Sackzeug fuchtelt, aus der gedämpftes Glucksen und leise Protestschreie ertönen.

Errol Flynn verletzt ihn schwer und beugt sich über seine Kehle, entschlossen, sie ganz und gar nicht gentlemanlike aufzuschlitzen, als die Tasche mit den Pimmeln abhaut, ein paar Treppenstufen hinabrollt, sich zu dem schönen jungen Mädchen schleppt und zu wimmern anfängt. Sie löst den Knoten und lässt sie frei.

»Was für eine seltsame Sprache ihr sprecht«, sagte sie in Gedanken mit einem halben Lächeln und einem Kopfnicken, so als sei ihre eigene normal. »Normal« bedeutete amerikanisch. Ich bin Kanadierin, pflegte sie zu sagen, Kanada mag ein langweiliges Land sein, aber wer braucht schon Geschichte, wenn wir so viel Wetter haben?

Die Iren hatten überhaupt kein Wetter, abgesehen von unmerklichen Übergängen von feucht zu nass, und sie redeten über Geschichte, als ereigne sie sich ein Stückchen weiter die Straße hinunter. Sie sangen recht häufig und waren deprimierend ethnisch drauf. Sie fanden sie langweilig.

Natürlich bin ich langweilig, dachte sie. Ihr wärt auch langweilig, wenn ihr mit einer einzigen Benzinpumpe vor dem Haus und einem Blick aufgewachsen wärt, der um die halbe Welt reicht. Die Landschaft macht mich langweilig, Bären, die die Mülltonne durchwühlen, ließen meine Individualität verkümmern, genauso wie die Bremsenplage, der Dauerfrost, Brände und die wie eine Bombe untergehende Sonne. So viel Himmel macht einen konfus – das ist überhaupt die einzig richtige Art zu leben.

Sie mietete sich eine Wohnung in Rathmines, wo anscheinend die einzigen Schwarzen des Landes lebten und die Geschäfte die ganze Nacht geöffnet blieben. Das Haus war angemessen alt, aber die Trennwände beunruhigten sie ebenso wie die Tatsache, dass die Tür von ihrem Schlafzimmer zum Hausflur aus den Angeln gehoben worden war. Die Türöffnung machte ihr Angst beim Einschlafen, nicht weil irgendwas durch sie hereinkommen, sondern weil sie aus dem Bett schweben und durch die Öffnung nach Gottweißwohin verschwinden könnte. (Unter der Dusche sang sie »*Wie steh'n die Dinge in Glocca Morra?*« und »*Kehr zurück, Paddy Reilly, nach Ballyjamesduff*«.)

Der weiße Mann tauchte neben ihr auf, fragte, ob er in ihre Zeitung sehen dürfe, und setzte sich, um zu lesen.

»Los, frag sie, ob sie sich zu uns gesellen möchte«, rief der Matinee-Mann quer durch die leere Bar.

»Frag sie doch selbst.«

»Woher sind Sie?«, erkundigte sich der Matinee-Mann, schnappte sich die beiden Pints und begab sich zu ihrem Tisch.

»Donnerwetter, das sind ja tolle Schuhe, die Sie da tragen«, sagte er, während er ihre gesteppten Moonboots betrachtete. »Hier haben Sie die nicht gekauft.«

»Kanada«, sagte sie.

»Sie kann reden!«, sagte der Schurke. »Ich hab dir ja gesagt, dass sie reden kann.«

»Den kann man nirgendwohin mitnehmen«, sagte der weiße Mann, und sie beschloss, mit ihm zu schlafen. Warum nicht? Schließlich war sie schon lange aus Toronto fort.

»Möchten Sie einen Drink?«, fragte sie und war überrascht über die plötzliche Stille.

»Ich hau besser ab«, sagte der weiße Mann. »Ich bin auf dem Sprung. Ich drücke mich vor der Arbeit. Die schmeißen mich raus.« Sie schien noch immer nicht zu verstehen. »Schauen Sie«, sagte er und öffnete die Hände wie ein Heiliger, um ihr die dünnen Teigreste in den Linien seiner

Handflächen zu zeigen. »Ich arbeite dort drüben. In der Bäckerei.«

»Das habe ich vermutet«, antwortete sie. »Ich konnte das frische Brot riechen.«

Sie schrieb diese Geschichte in einem Brief an ihre Mitbewohnerin in Toronto. Es ist eine etwas stürmische Geschichte. Sie erzählt von stürmischem Sex in Durchgängen aus rotem Backstein. Sie hat ergreifende Momente, die mit Klassenunterschieden und verschieden ausgeprägter Ichbezogenheit zu tun haben. Leider trägt der fragliche Mann weder Leder, noch riecht er wie Marlon Brando. Er ist zu dünn. Sein Akzent stimmt nicht. Er ist nicht mit Öl und Schweiß bedeckt, sondern mit Schweiß und Mehl.

Der stürmische Sex überraschte ihn. Sie schaute den Mann an, der an der Wand auf seine Pobacken hinabrutschte, die Hände vor seinem Gesicht. Er hatte seinen Papierhut verloren. Auf ihrer Brust befand sich vom Regen verklebtes Mehl. »Das war was Neues für mich«, sagte er.

»Ja, für mich auch.«

»Ich meine, das war was völlig Neues für mich.«

»Mannomann!«

»Und ich bin gefeuert worden.« Also brachte sie ihn nach Hause.

»Erektionen. Dass ich nicht lache. Meine alte Tante Moragh ist auf dem Weg zum Friedhof aus dem Sarg gehüpft. Das werde ich nie vergessen. Man konnte ihr Gekrächze fast hören. Mein Cousin Shawn fuhr den Pick-up, als die Federung kaputtging. Nun war er etwas dumm – wenigstens hat er nie einen Ton gesagt, man wusste also nicht, was mit ihm war. Ihr Tod hatte ihn aber so sehr getroffen, dass er mit einer Hand steuerte und in die andere heulte und trotzdem weiterfuhr, obwohl er mit seinem Hintern auf der Straße saß. Ich schwöre, ich habe gesehen, wie die Moragh auf die Füße kam, als hinge sie an Angeln, als sei sie eine lose Fußbodendiele, die dir ins Gesicht knallt. Und sie schrie: ›Shawn! Komm gefälligst zurück!‹ Ich war erst sechs, aber ich blieb dabei, egal, wie sehr sie mich als Lügner abstempelten.«

In ihrem Bett lag ein dünner weißer Mann, und wenn er aufstand, um zur Toilette zu gehen, verschwand er im Türrahmen wie der Lichtschein bei einer sich schließenden Tür. Sie waren längst nicht mehr betrunken. Er blieb, weil er nicht wusste, was er sonst tun sollte. Er war zerbrechlich, wie ein entlassener Sträfling, der auf der Straße einem Wildfremden begegnet und lebenslange Freundschaft empfindet. Er machte große Augen, und sie hatte das Gefühl, als kämen ihm alle Geschichten, die sie in sich trug, wie ein Zuhause vor.

»Todd erzählt mir also von dieser Frau, die er liebt. Ich meine, das ist ja okay, aber warum müssen Männer sich erst ganz ausziehen, bevor sie dir von der Frau erzählen können, die sie lieben? Wir saßen also in der Mensa, und ich sage: ›Todd, bitte, es ist okay, ich werd's überleben, bitte zieh dich wieder an.‹«

»Egal, ich hätte den Rest meines Lebens mit ihm verbringen und schlechten Sex haben können. Ehrlich. Er behandelte mich wie ein Walross, wie irgendetwas Riesiges und Fremdes. Verbrachte eine halbe Stunde damit,

mit seiner Hand auf meiner linken Hinterbacke herumzu-
fummeln, die wohl der am wenigsten interessante, der ab-
wegigste Teil meines Körpers ist. Dann schummelte er sich
irgendwie hinein, als sei ich eine Gasse auf dem Weg zur
Schule. Ich wusste nicht, ob er gekommen oder ein Bild an
der Wand verrutscht war ... Wahre Liebe.«

Er blieb den nächsten Tag, und sie ging nicht zur Schule.
Sie öffnete eine gute Flasche Wein, um ihm etwas Bildung
zuteilwerden zu lassen, und sie vergaßen zu essen. Sie
schoben das Schlafzimmerfenster auf und waren vom Geruch der Luft überrascht. Er war so dünn, dass es ihr weh-
tat, und sein Lachen war sehr laut.

»Wir stießen auf diesen Swimmingpool im Wald, am
Arsch der Welt. Er war leer, und aus den zersprunge-
nen blauen Kacheln wuchs Unkraut. In einer Ecke führte
eine Metallleiter ins Nichts. Wir stiegen hinab und fühlten uns irgendwie, als befänden wir uns unter Wasser.
Als würden wir durch die Luft schwimmen. Dann stand
da dieser verrückte Kerl am Beckenrand und sagte, er
würde hineinspringen. Mein Gott, bekam ich es mit der
Angst. Ich sah schon seinen Schädel auf den Kacheln zer-
trümmern. Ich schrie, bis ich umkippte. Männer denken
immer, ich sei neurotisch, und vielleicht stimmt es ja
auch.«

»Bist du's?«

»Schon möglich.«

Er war dankbar, für was auch immer. Verglichen mit ihrem
Körper, war ihr Gemüt leicht zu verstehen. Es waren
Weinflecken auf den Laken, die er um sich schlang wie Cä-
sar. Er sang, lief durch das Zimmer und betrachtete seine

nackten Füße, die nicht länger hässlich waren. Der Rasierapparat in ihrem Badezimmer verwirrte ihn, und er fragte sie nach anderen Männern. Also trieb sie es am Waschbecken mit ihm, und er betrachtete sein Gesicht im Spiegel, als wäre er blind.

Sex erstaunte ihn nicht so sehr wie die Leute, die ständig Sex hatten, aber nie davon sprachen. Die nie etwas taten, außer ein falsches Lachen aufzusetzen. »Die machen das Tag und Nacht«, sagte er, »und man sieht es nicht. Gehen die Straße entlang, und man sollte meinen, dass sie anders aussehen. Du denkst, sie sollten es einander anmerken und sich zulächeln: ›Ich weiß es, und du weißt es.‹ Es ist wie ein Geheimnis, in das alle eingeweiht waren, nur ich nicht.«

Es dunkelte. »Wie ist es für eine Frau?«, fragte er.

»Wie soll ich das wissen?«, antwortete sie. »Wie ist es für einen Mann? Manchmal, nach einer Weile, ist es, als heule dein ganzer Körper, als sei selbst deine Leber traurig. Es ist eher angenehm, als dass es wehtäte. Hier drinnen. Und hier.«

»Wo?«

Ihre Berührung ging ihm durch und durch, und er musste sich ihr entziehen, damit nicht etwas Unaussprechliches geschehen würde. Was dann geschah.

Am nächsten Tag rief er den Matinee-Mann an, dessen Verwunderung von der anderen Seite des Raumes aus hörbar war. Er fragte nach Kleidungsstücken aus seiner Wohnung, schaute sie an und lachte, während die Fragen aus dem Telefonhörer sprudelten.

Der Matinee-Mann hieß Jim, und er betrat ihr Zuhause,

als wolle er sich vielmals entschuldigen. Kevin linste am Rahmen der offen stehenden Tür vorbei und erbat seine Klamotten. »Du Blödmann.« Sie gingen zusammen einen trinken.

Im Pub bemerkte sie, dass seine Augenlider verschwanden, wenn er sie anschaute, was ihn gewalttätig aussehen ließ. Sie konnte das meiste, wovon sie sprachen, nicht verstehen, und sie lachten fortwährend. Er trug einen Pullover aus Nylonmix, billige Bluejeans und schäbige Schuhe.

»Ich dachte, der Freund sei einer von diesen ach-so-interessanten Scheißkerlen«, hieß es in dem Brief, »mit diesem Glitzern im Blick, das mir durch und durch geht. Du kennst das ja: großes P. Primitiv, einer von der Sorte, die Blut auf dem Laken sehen wollen, sonst ist die Braut eine Schlampe. Was ich meine, ist … anziehend für einen Masochisten. Wie ihr wisst, bin ich diesem Club beigetreten und habe teuer bezahlt. Was ich brauche, ist ein romantischer irischer Bauer, der süß *und* ein Scheißkerl zugleich ist. Er glotzte uns jedenfalls an, als hätten wir gesündigt oder etwas ähnlich Katholisches verbrochen, und ich wollte ihm gerade gehörig die Meinung geigen. Da fragte er: ›Na, hattet ihr 'ne schöne Zeit?‹ Und ich erwiderte: ›Kevin ist der beste Fick auf dieser Seite des Atlantiks.‹ Doofi. ICH weiß ES! Und Kevin lachte, und es war … gebongt. Und dann sagte ich: ›Überrascht es dich etwa?‹ ›Nein, nicht im Geringsten‹, antwortete er. ›Das sagen in der Leeson Street alle.‹ Diese Straße ist so etwas wie ihre Bumsmeile. Und ich lachte und fuhr fort: ›Wohl kaum.‹ Das sagte ich, weil doch klar war, dass er es noch nie vorher gemacht hatte. Und dann herrschte Schweigen.«

Sie ging zur Toilette, und als sie zurückkam, war sein Freund gegangen.

»Warum hast du mich angebaggert, wenn ich dir nichts bedeute? Das willst du doch sagen, oder? Du sagst, ich hätte nicht bleiben sollen.«

»Mach dir nicht ins Hemd, du bist großartig. Irgendeiner Frau wirst du schon ein toller Liebhaber sein.«

»Du hättest Jim vögeln sollen. Der versteht etwas von solchen Dingen. Ihr beide habt euch verstanden, als sei ich ein Vollidiot.« »Tut mir leid«, sagte ich.

Er war nicht länger höflich. Er begleitete sie zu ihrer Wohnung, obwohl er hätte nach Hause gehen sollen.

»Willkommen zu aggressivem Sex«, sagte sie. »Hat mir Spaß gemacht.« Er hatte sie geknickt wie ein Streichholz.

»Du redest immer nur.«

Nach einer Weile drehte er sich zu ihr um und berührte ihren Körper von ihren Schultern bis zu den Hüften, strich ihr langsam und bedeutungsvoll über die Haut. Sie hatte ein Gefühl, als entschwebe sie dem Bett durch den schwarzen Raum, wo die Tür hätte sein sollen. Er schien sich in der Dunkelheit auszudehnen und das ganze Zimmer einzunehmen.

»Als ich noch ein Kind war, gab es einen Steinmetz auf dem örtlichen Friedhof, dessen Polierhütte mit Marmorstaub überzogen war. Der Tisch war weiß, der Boden war weiß und die Coladose ebenso. An der Wand stand ein alter Schrank, dessen Tür aus den Angeln hing, ein Stillleben, so, als sei alles aus Stein gehauen. Draußen stand dieser Felsbrocken mit der Inschrift ›Grabsteine nach Wunsch‹

gemeißelt, als handele es sich um einen Witz. Womit alles gesagt wäre.«

Nachdem er gegangen war, sah sie Mehlstaub auf dem Teppich, rund um die Stelle, an der seine Kleidungsstücke gelegen hatten, wie die Umrisse eines Leichnams, wenn die Spuren noch frisch sind.

Rache

Ich arbeite für eine Firma, die Gummihandschuhe herstellt. Es gibt viele Arten von Schutzhandschuhen, von den chirurgischen und (armlangen) veterinärärztlichen bis zu den in der Industrie, im Garten und im Haushalt gebräuchlichen Handschuhen. Sie sind alle schrecklich hübsch. Sie alle deuten auf Ekel hin. Der eine mag keine tote Maus ohne Gummihandschuhe anfassen, der andere kein Baby. Ich muss Ihnen nicht erzählen, dass Geschäfte in Soho Nonnenbekleidung aus Gummi verkaufen, dass manche ausgewachsene Männer sich nach den Gummiunterlagen aus Babytagen sehnen, dass Gummi die Menschheit retten kann. Gummi ist ein moralisch wie sexuell erregendes Material. Es gewährt uns allen eine elastische Amnestie, sei es für das Bettnässen, für das Aufheben toter Dinge, für sexuelle Praktiken, für das Nichtberühren von wem auch immer.

Ich arbeite mit einem Alltagsmaterial und verkaufe es, ich beantworte alltägliche Fragen über Dehnungsvermögen, Reißfestigkeit und Verhärtung. Ich habe von der Marktforschung in die Qualitätskontrolle gewechselt. Ich habe mehr Gummi zu meiner Zeit zerrissen etc., etc.

Mein Mann und ich gehören zu den Leuten, die kleine Kontaktanzeigen aufgeben, um andere Paare mit Interesse an einem diskreten Vergnügen kennenzulernen. Das provoziert ein paar banale Fragen: Wie *machen* die Leute das? Was *sagen* sie einander? Was *sagen* sie den Paaren, die sich melden? Die Antworten darauf sind: mühelos. Sehr wenig. »Wir müssen uns bald mal wieder treffen.«

Als ich noch ein Kind war, liebte ich Teppiche. Ich hätte Fußbodenverlegerin werden sollen. Im Esszimmer lag ein brauner Teppich mit schwarzen Einsprengseln, der die ganze Freude und der ganze Stolz meiner Eltern war. »Gib auf den Teppich acht!«, sagten sie, und ich gehorchte. Ich hockte die ganze Zeit auf ihm und gesellte mich zu den warmen schwarzen Tupfen. Dinge bedeuten mir viel.

Der Geruch von geschmolzenem Gummi verursacht mir Herzklopfen. Er beschert mir auch Ekzeme und einen schlimmen Husten. Auf meinen Mann wirkt er wie ein starkes Aphrodisiakum. Nicht einmal die Folgen versetzen ihn in Erregung, weil man nach sieben Jahren ohnehin nicht mehr weiß, wen man oder wen man nicht mehr berührt.

Mein Mann heißt Malachy, und ich habe ihn sehr gern gehabt. Er war mir untreu auf diese lässige Art von »Komm, es hat mir nichts bedeutet«. Ich war natürlich entgeistert, weil ich so erzogen worden bin. Man erwartet von mir, dass ich entgeistert reagiere. Man erwartet von mir, dass ich frage: »Was *ist* Liebe überhaupt? Was *ist* Sex?«

Wenn es einmal mit der Romantik zwischen zwei Leuten vorbei ist, dann, so sagt man, ist alles erlaubt, dann geht alles, so heißt es. Aber ich wollte nicht meine Ehe retten, sondern mich. Wisst ihr, mein Kopf ist ein Ballon an einem Faden, mein Inneres ist elastisch. Ich muss die Spannung zwischen drinnen und draußen halten, wenn ich nicht in mir zusammenfallen oder explodieren soll.

Es war also mehr als nur ein vorstädtischer Einfall, der mich darauf brachte, mit meinem Mann untreu zu werden, anstatt ihm. Es ging um mehr als um die Frage nach der Hypothek. Ich hatte auch meine Bedürfnisse: ein Bedürfnis, zusammengehalten zu werden, ausgefüllt zu sein, Verlangen nach Erleben. Ich wollte Rache und Gleichgewicht. Ich wollte eine Schrecklichkeit, die mir gehörte. Das war natürlich auch vorstädtisch. Wollt ihr wirklich unseren sexuellen Kummer kennenlernen? Wie wir unseren Halt verlieren, uns verpflichtet fühlen, uns zu kleiden, wie wir so aussehen sollen, als ob wir es genauso wollten.

Malachy und ich lachen im Bett, so kommen wir über das Problem mit der eigenen Überzeugung hinweg. Wir lachen auch beim Frühstück, an einem guten Tag, und manchmal lachen wir noch einmal beim Abendessen. Ein relativ ehrliches Lachen, wenn diese beiden Wörter in derselben Sprache vorkommen, woran ich zweifle. Hier ist eine der Unterhaltungen, die zu der Kontaktanzeige geführt hat:

»Ich glaube, wir sind immer noch gut im Bett.« (Gelächter) »Ich glaube, wir sind großartig im Bett.« (Gelächter)

»Ich glaube, wir sollten eine Anzeige aufgeben.« (Gelächter)

Hier ist eine weitere:

»Du kennst doch meinen Arbeitskollegen John Jo? Seine Frau ist gestern einunddreißig geworden.« Ich fragte: »Was hast du ihr denn zum Geburtstag geschenkt?« Er sagte: »Ich hab's ihr gegeben, für jedes Jahr einmal. Ist besser als Kerzen ausblasen.«

»Wirklich?« (Gelächter)

Ihr fragt euch vielleicht, wann der Spaß aufhörte und der Augenblick der Wahrheit kam? Als wüsstet ihr nicht, wie einsam das Zusammenleben mit jemandem sein kann.

Das bedruckte eigentliche Stück Papier hat nicht viel Bedeutung. John Jo setzte die Anzeige zum Spaß während einer Kaffeepause bei der Arbeit auf. Mein Mann hat versucht, sie ihm zu entreißen. Es gab eine Verfolgungsjagd.

Eine ähnliche Verfolgungsjagd ereignete sich eine Woche später, als Malachy mir das Magazin mit nach Hause brachte. Ich rollte es ein und schlug ihm damit auf den Kopf. Ich rannte ihm mit einer Tasse Wasser nach und durchnässte sein Hemd. Es herrschte ein großes Gefühl der Erleichterung, auf die ehrlicher Sex folgte. Ich sagte: »Ich frage mich, was wohl in den Briefen stehen wird.« Ich sagte: »Was für Paare *tun* so etwas? Was für Leute *antworten* auf solche Anzeigen?« Ich sagte auch: »Gott, wie abscheulich!«

Einigen Briefen waren Fotos beigelegt. »Das ist meine Frau.« Nichts ist unbegreiflich, wenn man weiß, dass das Leben traurig ist. Einen habe ich spaßeshalber beantwortet. Ich sagte zu Malachy: »Rat mal, wer zum Abendessen kommt?«

Als Erstes gab es Makrelen-Pâté, weil die Makrele ein aasfressender Fisch und gut fürs Herz ist. Danach würde ich Ossobuco servieren, aus Gründen, die ich nicht weiter erläutern muss, und zum Nachtisch einen gewürzten Feigenpudding mit Rumbutter. Beide Eier, die ich aufschlug, hatten jeweils zwei Dotter, was ich treffend fand.

Ich staubsaugte überall, wo man es sehen konnte. Unser Schlafzimmer ist besuchserprobt. Es ist eines dieser Schlafzimmer, in denen man sterben kann, ohne sich wegen der Leichenbestatter Gedanken zu machen. Der Teppich ist etwas interessanter als beige, die Tagesdecke ockerfarben, das Vorhangmuster verschwenderisch und unbekümmert. Eine Wand ist auf eine sanitäre Weise verspiegelt, mit kleinen Griffen für die Schranktüren.

»Ding-dong«, sagte die Türklingel. Malachy bat sie herein. Ich hörte, wie Mäntel abgelegt und Drinks angeboten wurden. Ich zog meine Schürze aus, warf einen kurzen Blick in den Spiegel und öffnete die Küchentür.

Ihr Haar ist übertrieben frisiert, dachte ich – zu viel Dauerwelle und zu viel Gel. Ihr Make-up war glänzend, ihre Augen klein. Ihre ganze Intelligenz lag in ihrem Mund, was ihrem »Hallo« einen ironischen Unterton verlieh. Es war ein großer Mund, sexy und selbstsüchtig. Malachy hielt ihr auf eine unbeholfene Weise einen Gin Tonic hin.

Ihr Mann konzentrierte sich auf das Eis in seinem Glas. Sein Anzug war von einem so dunklen Grün, dass er schwarz wirkte – sehr diskret, dachte ich, eine andere Liga als wir, mit Malachy in seinem billigen Polo und seinen Jeans. Ich wollte ihm nicht ins Gesicht sehen und er mir auch nicht. Als sich unsere Blicke kurz kreuzten, sah ich, dass er älter aussah, als er war.

Ich glaube, er war Alkoholiker. Er trank fortwährend beim Essen und war höflich. Ich hatte das Gefühl, dass er sich davon abhielt, gemein zu sein. Malachy hingegen war plump vertraulich. Er und die Frau lachten über schlechte Witze, und ihre Füße bildeten unter dem Tisch ein wirres Durcheinander. Der Mann fragte mich nach meinem Beruf, und ich erzählte ihm von meiner Maschine, mit der ich Gummivierecke teste und wie sie den Gummi mit hoher Geschwindigkeit auf vier verschiedene Arten auseinanderzieht. Ich tat so, als erzählte ich einen Witz oder so etwas Ähnliches. Er lachte.

Ich spürte langsam eine körperliche Erregung in mir, eine Art pornografische Panik. Ich hatte das Gefühl, als ob das Haus voller Ballons wäre, die sanft gegen die Decke drückten. Ich schaute den Mann an.

»Ist es das erste Mal für Sie?«

»Nein«, sagte er.

»Was für Leute *tun* so etwas?«, fragte ich, denn ich wusste es wirklich nicht.

»Nun, meistens bekommen wir nicht ein so gutes Essen, wenn überhaupt.« Ich fühlte mich ertappt. »Das hier hat viel mehr Stil«, sagte er. »Ich glaube, viele von ihnen sind normalerweise schon sehr weit fortgeschritten, bevor wir kommen. Im Normalfall.«

»Tut mir leid«, sagte ich, »ich trinke eigentlich nicht.«

»Also«, beugte er sich vor. »Ich saß mit einem Gin Tonic im Wohnzimmer von jemandem, und die Frau nahm Maria mit nach oben, damit sie sich die verdammte Verfugung oder was weiß ich im Bad anschaut, da kommt dieser Kerl zu mir, und ich stelle ungefähr sechs Minuten zu spät fest, dass er für Arsenal spielt, verflucht! Wenn Sie verstehen, was ich sagen will. Ein ganz normal aussehender Typ.«

»Man muss vorsichtig sein«, fügte er hinzu. »Aber seine Frau war ein Knaller.«

Als ich noch ein Kind war, starrte ich Dinge an, als wüssten sie etwas, was ich nicht wusste. Ich steckte sie in den Mund und kaute auf ihnen herum, um herauszufinden, worum es sich handelte. Nachts hatte ich drei Dinge unter meiner Bettdecke: ein Stück Holz, einen Türgriff aus Metall und ein Tuch. Statt an meinem Daumen habe ich an ihnen gelutscht.

Wir gingen nach Malachy und der Frau, die beide lachten, die Treppe hinauf. Malachy war unerreichbar, ich konnte ihn nicht berühren. Seine Augen hatten denselben Blick wie nach einem Hurling-Match, wenn die richtige Mannschaft gewonnen hatte.

Der Mann sprach mit leiser, beharrlicher Stimme, der ich mich nicht entziehen konnte. Ich erinnere mich, dass ich auf den Teppich schaute, der mir einmal so viel bedeutet hatte. Alle wussten anscheinend, was sie taten.

Ich dachte, wir müssten am Ende alle zusammen sein, um selbst etwas zu machen und zuzusehen und so weiter. Ich war an der Energie interessiert, die es mir für das Frühstück geben würde, aber die Verlegenheit wollte ich nicht. Ich finde es schon schwierig genug, mit den Gliedmaßen von nur einem anderen klarzukommen. Ich wüsste nicht, was ich mit denen von drei Leuten anfangen sollte. Vielleicht würden wir mit ein oder zwei Lachern die Peinlichkeit überwinden, aber im Grunde meines Herzens fand ich die Vorstellung, mit einer nackten Frau zusammen zu sein, nicht komisch. Worüber würden wir Witze machen? Müssten wir etwas Bestimmtes tun?

Was ich wirklich sehen wollte, war Malachys Untreue. Ich wollte, dass alle seine Wampe sehen würden, seinen Gesichtsausdruck, seinen in die Luft ragenden Hintern. *Das* wäre komisch.

Ich erwartete nicht, durch den Flur in das Gästezimmer geführt zu werden. Ich erwartete nicht, mit einem betrunkenen und gut aussehenden Fremden, der einen gemeinen Blick hatte, allein zu bleiben. Ich erwartete nicht, etwas zu fühlen.

Ich wollte, dass er mich küsste. Er beugte sich vor und versuchte, seine Schuhe auszuziehen. Er sagte: »Mein Gott, wie ich diese Frau hasse. Haben Sie sie gesehen? Wie sie lacht, und dann diese ganze verdammte Lippenpomade. Haben Sie die gesehen? Sie sieht aus, als wäre sie aus Plastik. Ich kann sie nicht anfassen, ohne auf irgendeiner Körpermilch auszurutschen, die nach Benzin und toten Tieren muffelt.« Er hatte seine Schuhe ausgezogen und schwang seine Beine aufs Bett. »Sie ändert sich nie, wissen Sie.« Er versuchte, sich seine Hose auszuziehen. »Klar, sie ist sexy. Ich meine, Sie haben sie ja gesehen. Sie ist sexy. Sie ist sexy. Ich habe es nur lieber, wenn es jemand anderes macht. Wenn es Ihnen nichts ausmacht.« Ich wollte immer noch, dass er mich küsste. Aus dem anderen Zimmer drang Gelächter.

Ich rollte von dem feuchten Fleck weg und legte mich auf den Boden, die Wange auf dem Teppich, der warm, rau und freundlich war. Ich sollte Fußbodenverlegerin werden.

Ich erinnere mich, wenn ich als Kind ins Bett machte. Erst war es warm, dann wurde es kalt. Ich ging dann in das Schlafzimmer meiner Eltern mit seinem Geruch und fing an zu heulen. Meine Mutter steht auf. Sie ist schlaftrunken, aber sie ist mir nicht böse. Sie ist unförmig. Sie zieht das nasse Laken ab und entfernt die Gummiunterlage, die mit einem dumpfen Geräusch auf den Boden fällt. Sie legt eine Lage Zeitungspapier auf die Matratze und zieht das andere Laken auf. Sie sagt, ich solle meinen nassen Pyjama ausziehen. Ich schlafe nackt zwischen dem oberen Laken und der rauen Wolldecke, und wenn ich mich herumdrehe, knistert die warme Zeitung unter mir.

Das Haus der Liebesgeschichte
mit einem Architekten

Ich trank, um das Haus zum Einsturz zu bringen, weil ich ein paar Risse in der Wand sah. Aber die Wahrheit ist kein Erdbeben, sondern nur ein Riss in der Wand, und das Haus kann durchaus noch weitere hundert Jahre überdauern.

»Soll es doch einstürzen«, sagte ich, vielleicht ein wenig zu laut. »Soll es doch einstürzen.« Die anderen wussten, was ich meinte, aber das Haus blieb stehen.

Ich habe mit alldem aufgehört. Jeder von uns hat seine eigenen Methoden. Ich habe eine gute Hand bei der Innenausstattung. Ich trinke einen Gin Tonic vor dem Abendessen und betrachte die Tapete. Ich bin nur dort betrunken, wo es kein Aufsehen erregt. Ich liebe nur, wenn die Liebe von Dauer ist. Das heißt nicht, dass ich höflich bin.

Vor drei Jahren habe ich auf der Entbindungsstation eine Krankenschwester geschlagen, weil ich entschuldigt war. Im Dunkeln gebe ich Hausfrauenlaute von mir, damit du eine Gänsehaut bekommst. Ich bin froh, dass er mir ein Kind gemacht hat, damit ich es ertränken und damit zeigen kann, wie ernst ich es meine.

Ich übertreibe natürlich.

Von all den verschiedenen Liebesgeschichten wähle ich die eines Architekten, mit starken Säulen und wohlüberlegten Spannungslinien, einem witzigen Eingang und ausgefallenen Treppenstufen. In dem Haus, in dem die Liebesgeschichte eines Architekten spielt, ist das Licht ständig in Bewegung, die Luft lichterfüllt. Von außen gesehen ist das Haus der Liebesgeschichte mit einem Architekten eine neopalladianische Villa, drinnen aber gibt es Ecken, Keller, Speicher, Toiletten, ein Zimmer voller Bücher mit einer leeren Lampenfassung. Es gibt Kämmerchen, die nach feuchten Nachmittagen riechen. Es gibt Gewölbe, eine Sakristei, ein Büro mit Fenstern, die bis zum Boden reichen. Es gibt ein himmelblaues Kinderzimmer, in dem das Schaukelpferd geformt ist wie eine Fledermaus und an einem Balken hängt. Und in der Mitte des Ganzen befindet sich ein Erkerfenster, durch welches das Sonnenlicht hereinflutet.

Das Haus ist uns allen vertraut. Mir zumindest war es vertraut, schon als ich es das erste Mal betrat, weil es der Ort meiner Träume war und außerdem die Wände lauter Risse aufwiesen.

Das erste Mal, als ich nicht mit dem Architekten schlief, war rein geselliger Natur. Wir waren auf einer Party, um den neuen Anbau eines Freundes zu feiern. Es hatte davor natürlich schon Verbindungen gegeben, wir gehörten beide zum gleichen Klüngel. Wollte ich jemals einen Anbau haben, würde auch ich mich an ihn wenden.

Ich stellte ihm Fragen zu Terrakottafliesen, und wir diskutierten das Wort »Putz«. Ich ärgerte mich über den leichten Ausdruck von Belustigung in seinem Gesicht, als ich sagte, Weiß sei die einzige Farbe für ein Waschbecken im Bad. »Ich bin der perfekte Architekt«, sagte er, »ich habe keinen persönlichen Geschmack. Ich zeige mich nur meinen Kunden zuliebe belustigt. Sie erwarten, dass sie unrecht haben.« In seiner Stimme schwang ein leichtes Bedauern mit, das all den Kathedralen galt, die er hätte bauen sollen, und wir sprachen eine Zeit lang darüber.

Das zweite Mal, als ich nicht mit dem Architekten schlief, war in meinem eigenen Haus. Ich hätte ihn nicht einladen sollen, aber das schlechte Gewissen plagte mich. Ich wollte, dass er meinen Ehemann kennenlernte und dann in aller Ruhe wieder wegginge, aber er durchmaß den Raum und prüfte das Bodengefälle. Er klopfte auch an die Wände, um herauszufinden, welche davon Zwischenwände sind, rümpfte vor meinem Lieblingsbild leicht die Nase und erklärte mir, das Schlafzimmer sei voll daneben. »Ich weiß, was Sie meinen«, erwiderte ich ausweichend. Ich sagte, ich könne auch in einem Erdloch neben der Straße leben, solange es warm sei. »Denken Sie jemals an etwas anderes«, fragte ich, »als an Hausschwamm?« Wir verstanden uns prächtig. Dennoch gab es in jenem ersten Jahr viele Gelegenheiten, bei denen wir nicht miteinander schliefen.

Die Gründe dafür waren schwerwiegend und sollten nicht mit fehlendem Begehren verwechselt werden. Der Architekt und ich hatten beide unser Leben mit viel Überlegung gestaltet. Das Bedürfnis, alles seinen Gang gehen zu lassen, alles »einstürzen zu lassen«, war schon lange verloren gegangen. Wir verstanden die Risiken gut. Wir brauchten es zu sehr. Und dann gab es auch noch meinen Mann und ein Kind.

Es ist ein ruhiges rothaariges Kind. Es ist aus dem langweiligen Alter heraus, rennt von Zimmer zu Zimmer und beansprucht meine Zeit. Es wäre falsch, wenn ich sagen würde, dass ich es liebe. Ich *bin* dieses Kind. Wenn es mich anschaut, fühle ich mich bösartig, so sehr brauchen wir einander, und ich empfinde Bösartigkeit gegenüber der Welt, weil sie die Person bedroht, die ich liebe. Andererseits verstehe ich die Frauen nicht, die ihren Männern treu sind, weil sie in ihren Nachkömmling vernarrt sind. Mit den eigenen Kindern hat man keinen Sex.

Ich veruntreue das Geld meines Mannes – eine sehr viel angenehmere Beschäftigung. Mein Leben wird überflutet von Klempnern und Elektrikern, und ich ersetze zweimal pro Jahr alle Aschenbecher durch neue. Ich beobachte Frauen in Ankleidekabinen, die Art und Weise, wie sie hässlich ihre Lippen vorschieben, wenn sie in den Spiegel schauen. Ich frage mich, für wen sie sich kleiden und wer zahlt.

Mein Mann verdient vierzigtausend Pfund im Jahr und fährt einen Firmenwagen. Das war eines der ersten Dinge, die er mir erzählte. Ich habe mich aber dennoch in ihn verliebt.

Nachdem ich ein paarmal nicht mit dem Architekten geschlafen hatte, begann ich, Bus zu fahren, als handele es sich um die U-Bahn von New York. Ich seufzte, wenn die Hydraulikbremsen traurig ächzten, und setzte mich im Oberdeck ganz nach vorn, wo ich zum Fahren meine Hände nicht brauchte. Ich wurde süchtig nach Rolltreppen wie eine Frau bei einem Nervenzusammenbruch. Treppen waren zum Sitzen da, mit dem Kind auf dem Schoß. Aus diesem Grund wurde ich Mitglied bei der örtlichen Bibliothek.

All das waren Dinge, von denen ich träumte, lange bevor ich den Architekten kennenlernte, wodurch diese Geschichte in gewisser Weise unehrlich wird. Als Entschuldigung für das Herumsitzen auf Bibliothekstreppen könnte ich außerdem anführen: schlichte Ermüdung, den ausbleibenden Lotteriegewinn, die Abneigung gegen die Farbe Blau. Als Entschuldigung für das Töten eines Babys könnte ich vorbringen: Ich mag keine Babys, mich selbst nicht und den Architekten auch nicht. Suchen Sie sich eine aus.

Ich möchte nicht kalt klingen. Dies sind Dinge, die ich langsam vorbringen muss, Dinge, wegen derer ich den Raum durchmessen und das Bodengefälle prüfen muss. Also. Der Architekt heißt Paul, wenn Sie das unbedingt interessiert. Seine Eltern tauften ihn Paul, weil sie zu den Leuten gehörten, die sich nicht entscheiden konnten, welche die richtige Tapete sei. Paul hat einen Verstand, der so groß ist wie ein Haus, ein Herz von der Größe einer Tür und einen Pimmel, an dem du deinen Hut aufhängen könntest. Er hat nie geheiratet, war zu wählerisch, zu zögerlich, sich der Wichtigkeit von Dingen zu sehr bewusst. Ich wollte mir die Welt seines Frühstücks aneignen. Ich wollte Panik und Last spüren. Da war wie immer diese Sache mit seinem Geruch und wo ich ihn gern gehabt hätte. (Ich spürte, wie er seinen Körper dicht gegen meinen presste. Seine Augen öffneten sich so langsam, dass ich dachte, er habe Schmerzen. »O Sylvia«, hauchte er, ein Versprechen gegen meine Haut. Die grüne Flamme seines Auges züngelte über meinen Mund, meinen Hals, meine Brust.) Ich höre mich aber wieder kalt an. Der Geruch des Architekten wäre spiralförmig aus mir herausgeströmt und hätte unzählige Kubikmeter gefüllt. Ich liebte ihn.

Es rettete meine Ehe ein wenig, dass ich nicht mit dem Architekten schlief. Ich entdeckte alle möglichen verborgenen Winkel in meinem Mann und kleine Gärten in seinem Kopf. Ich war mir extrem bewusst, wie wertvoll er als Mensch war, welche Präsenz er in einem Raum hatte, mit welcher Güte er mir sein Leben, sein Gehalt und seinen Firmenwagen anvertraut hatte. Ich war ihm dankbar, dass er mich immer noch stundenlang küsste, als ob der Rhythmus unseres Liebeslebens noch nicht vollkommen wäre. (Sex mit meinem Architekten wäre furchtbar direkt gewesen, nichts zu sagen und nichts zu verbergen.)

Eines Morgens kam mein Mann mit zitternden Händen zum Frühstück. Er sagte: »Sieh mal, was ich angerichtet habe.« Er hielt einen Brief in den Händen, den er im Hausflur aufgehoben hatte. »Ich habe ihn zerrissen«, sagte er, »er war an dich adressiert, es tut mir leid.« Er war sehr bestürzt.

In Kriegszeiten hätten wir uns aneinanderklammern und die Möbel verbrennen, den Feind mit unterirdischen Tunneln täuschen und Bomben aus Zucker bauen können. So aber fuhr ich Bus, er arbeitete, und wir liebten einander einigermaßen.

Die Idee mit dem Haus wurde Teil unseres Ehelebens. Ich weiß nicht, wer es letzten Endes vorgeschlagen hat, aber ich rief Paul an und sagte: »Aidan möchte, dass du dir über ein paar Pläne Gedanken machst. Wir wollen bauen. Ja, endlich. Ist das nicht aufregend?« So hallte meine Stimme durch das Telefon.

Ich brauchte dieses Haus, um seine Liebe zu bewahren, in ihr zu leben. Natürlich würde es schwierig sein. Es gäbe eine Menge Treffen bei angelehnter Tür, wenn über

Feuchtigkeitsdämmung gesprochen würde. Die Diskussion darüber, wo die Wände sein sollen, würde zu viel Raum einnehmen. Ich würde den großen Einfällen des Architekten und seinem großen Herzen lauschen und seine Schuhe betrachten. Seine Stimme würde wehtun und brechen. Die grüne Flamme seines Auges würde ziemlich an mir züngeln. Gleichwohl würde ich mein Leben nicht seinem anvertrauen und sagen, dass er mir etwas schulde (das tat er, das wusste er), gilt doch heutzutage Verantwortung als unhöflich, selbst bei Eltern, die ein Kind bekommen und bluten und all das. Außerdem schuldete er mir lediglich einen Fick und was immer das mit einschloss. Ich hatte, nebenbei bemerkt, siebzehnmal nicht mit dem Architekten geschlafen.

Ich suchte den Bauplatz aus, auf einem grünen Feld, so nahe bei einer Klippe, wie ich ihn finden konnte – damit das Haus etwas hätte, wovon es runterspringen konnte. Wir würden Risiken eingehen. Von vorne würde es wie ein Cottage aussehen, die Rückseite aber würde bergabwärts fallen, mit vorspringenden Ecken und Überraschungen im Hausinneren.

Natürlich war er gut in seinem Fach. Das Haus wuchs im Nu in die Höhe. Seine Fundamente wurden ausgehoben, sein Gerüst aufgestellt, und um den Rest legte sich eine Haut aus Backstein. Es wurde verkabelt, verputzt, es wurden Rohre verlegt. So ähnlich wie bei mir, als ich das erste Mal mit dem Architekten schlief.

Es geschah in dem fertiggestellten Haus. Wir gingen durch das leere Gebäude und schmiedeten Pläne, wie es ausgefüllt werden könnte. Ich scherzte die meiste Zeit. Es würde kein Treppengeländer geben. Die Toilette im

Erdgeschoss, sagte ich, sollte weimarbraun und von dem Metallgrau der Gewehre sein, mit einer großen Drucktaste im Boden für die Spülung. Im eigentlichen Badezimmer würde es eine mit Wasser und Fischen gefüllte Glasverkleidung geben. Das Hauptschlafzimmer wäre in dunklem Stahlblau gehalten, und LOVE würde wie ein Neonschild über der Tür prangen. Ein *Trompe-l'œil* war zwar nicht mehr in Mode, sollte aber in das Esszimmer, und zwar aus Nahrungsmitteln geformte Wälder und Tiere. Die Wände des Arbeitszimmers würde ich mit dunkelbraunem Leder verkleiden und an der Decke eine Kuh grasen lassen.

»Es ist doch nur ein Haus, ein recht schönes Haus, aber eben doch nur ein Haus«, sagte er, als er mich durch die variablen geräumigen Zimmer führte, die er für mich gebaut hatte. Es war mir alles so vertraut wie meine Träume: die Küche, in der wir nicht miteinander geschlafen haben und in der in den Wänden Kabel und Rohre warteten; das Esszimmer, in dem er mich nicht verschlang; das Empfangszimmer, in dem er mich nicht empfing, die Schlafzimmer, in denen er mich nicht schlafen legte.

Ich sollte Ihnen erzählen, wer den ersten Schritt tat und was gesagt wurde. Ich sollte davon erzählen, wie ich mich auf die Treppe setzte und wie sein großes, zauderndes Herz unter der Anspannung zersprang.

Wir machten es also auf dem ersten Treppenabsatz, und es war hemmungslos, ausschweifend, *bemerkenswert* aufregend und traurig. Ich dachte, das Haus würde krachend über uns zusammenstürzen, es blieb aber stehen, wo es war.

Die Begleichung von Schulden ist nie angenehm. Alles, was er mir schuldete, war ein Fick und was immer das mit einschloss. In diesem Fall ist es ein Kind. Ich liebte den Architekten, und der Architekt liebte mich. Sie werden annehmen, dass das einen Unterschied macht.

In meinem Kinderbuch über Heilige befanden sich Bilder von Leuten mit Pflugscharen zu ihren Füßen und Kathedralen in den Händen. Das ist die von der heiligen Katharina gebaute Kirche. Würde ich mich heute selbst porträtieren, malte ich anstelle meines Bauches einen verschwommenen runden Raum mit einer Kathedrale darin. Dieses Baby ist ein gotisches Meisterwerk. Ich spürte, wie die Bogen unter meinen Rippen, in dem prächtigen und komplizierten Raum, emporwachsen.

Ich spüre, wie es meine Herzkammern erreicht und mein Blut zu ihm pulsiert wie Kinder, die in die Schule strömen. Wir haben dieselben Gedanken.

In der Geschichte haben Frauen ihre Kinder häufiger umgebracht, als wir es heute gewohnt sind; die Kindstötung war einer der Gründe für den Wohlfahrtsstaat. Sie ist ein »unnatürlicher Akt«. Als sei Geld Natur und könne so alles geradebiegen. Geld ist nicht Natur. Ich habe viel Geld.

Ich möchte nicht etwas so Fades wie eine Abtreibung. Wenn du etwas in dir tötest, ist das nicht das Gleiche, das tun wir ohnehin ständig. Seien Sie nicht schockiert. Vielleicht werde ich es ja auch lieben. Vielleicht werde ich es niemals herausfinden, was drinnen und was draußen ist und was mir selbst gehört.

Wir hatten Paul zu unserem Einweihungsdiner in unser neues Haus mit dem avocadofarbenen Badezimmer, dem Schlafzimmer in Glockenblumenweiß, der butterblumengelben Küche, dem apfelgrünen Esszimmer und dem Blau, Blau, Blau des Es-wird-ein-Junge-Kinderzimmers mit den Wölkchen an der Wand eingeladen. Ich war eine schöne Gastgeberin mit der Sanftheit der Schwangeren, umgeben und ganz erfüllt von den Männern, die ich liebe. Aidan ist ein neuer Mann. Haus und Kind hätten, wäre es notwendig gewesen, unsere Ehe gerettet. »Soll es doch einstürzen«, sage ich, aber das Haus ist sowohl in meinem Kopf als auch drum herum, und genauso verhält es sich mit den Rissen in der Wand.

Möge das Glück eine Dame sein

Der Bus zur Bingospielhalle (VZE 26) hielt am oberen Ende der Straße, und Frau Maguire (Nr. 18), Frau Power (Nr. 9) und Frau Hanratty (Nr. 27) stiegen ein und setzten sich mit den 33 anderen Frauen und 0 Männern, die die Dienstagsgruppe bildeten, auf ihre Plätze.

»Wenn heute Abend nichts passiert …«, sagte Frau Maguire, und die Art, wie sie Frau Hanratty anschaute, ließ es wie eine Frage klingen.

»Diese Schuhe machen mich fertig«, sagte Frau Hanratty, »ich werde nie wieder Plastik kaufen.«

»Haben Sie doch nicht«, sagte Frau Power und wischte teilnahmslos über das Fenster.

»Ich weiß«, sagte Frau Hanratty. »Ich glaube, ich bin nicht ganz richtig im Kopf. Den Kindern würde ich das nie erlauben.«

Nichts in ihrem Tonfall verriet, dass Frau Hanratty sich darüber im Klaren war, dass sie die unbeliebteste Frau im Bus war. Sie drehte pedantisch 1 Fuß und drückte ihre Zigarette in den Glimmerkunststoffboden.

Als Frau Hanratty 7 war und Maeve gerufen wurde, warf sie ihre Clarks-Schuhe aus solidem Leder, mit soliden Absätzen und Laschenverschluss vor ein fahrendes Auto, was diese unbeschadet überlebten. Der Abschluss dieses Aktes der Rebellion ereignete sich im Alter von 55 Jahren mit Schuhen aus Lackimitat und einem Absatz, der ihre Krampfadern blau anlaufen ließ. Sie pulsierten hinter ihrem Knie, verschwanden im Fett ihrer Schenkel, verliefen sich an ihren Kaiserschnittnarben und tröpfelten in ihr verhärtendes Herz, das vergessen hinter zwei dicken Brüsten hockte, die jeweils so groß wie ihr Kopf waren. Sie hatte immer noch schöne Füße.

Sie pflegte ihr Äußeres. Ihr silbernes Haar war dünn und steif vor unsichtbaren Lockenwicklern, und sie trug glitzernden Ohrschmuck. Sie gehörte zu den Frauen, die sich mit ihren Töchtern in Ankleidekabinen quetschen, um sie zum Kauf des cremefarbenen Rocks zu überreden, auch wenn der fleckenempfindlich ist. Sie brachte ihren Mann einmal am Tag zum Lachen, aus Prinzip, und ihre Söhne waren entweder noch jungfräulich oder konnten sich mit einem guten Job herausreden.

Maeve Hanratty war großzügig, genügsam und geistreich. Ihre Kinder hatten Erfolg oder scheiterten auf einfache Weise, und sie genehmigte sich gelegentlich einen. Sie war eine angenehme Frau und bedauerte die Tatsache, dass die Nachbarn (mit Ausnahme vielleicht von Frau Power) sie so gar nicht leiden konnten. »Das wird vorübergehen«, sagte sie zu ihrem Mann. »Mit ein wenig Glück werde ich irgendwann keines mehr haben.«

Im Alter von 54 gelangte sie durch ein 5-minütiges Radiointerview zu Berühmtheit, weil sie versuchte, dem Gerücht entgegenzutreten, dass keine andere Frau in Dublin so viel Glück habe wie sie. »Ihr werdet es noch schaffen, dass man mir Hausverbot für die Spielhalle erteilt«, sagte sie.

»Und es ist nur Bingo?«

»Nur Bingo.«

»Keine Pferde?«

»Mein Vater setzte auf Pferde«, sagte sie, »ich habe immer die Finger davon gelassen.«

»Nun sagen Sie mir doch mal, wissen Sie es stets im Voraus?«

»Aber ich bitte Sie, wie denn?«, log sie – und lenkte die Aufmerksamkeit von 126 578 Leuten auf die 3 Entsafter, 14 Kohleneimer, 7 Wochenendausflüge, 6725 Pfund in Banknoten und die 111 Teddybären, die sie in den letzten 4 Jahren gewonnen hatte.

»Wenn Sie mal einen Teddybären möchten!«

»Maeve …«, sagte sie, während sie den Telefonhörer auflegte. »O, Maeve.« Frau Power war in ihrem Schlafrock über die Straße gerannt, klopfte nun an die Küchentür und winkte durch die Scheibe. Mit keiner Miene gab sie zu verstehen, dass Frau (Maeve) Hanratty sich lächerlich gemacht und der Welt ihre Krankheit offenbart hatte. Irgendwie schien sich niemand darüber zu wundern, dass sie sich an all die schönen Dinge erinnert und sie aufgezählt hatte. Man hielt es für normal, dass sie ihre Glückssträhnen zählte.

Sie hätte allerdings auch andere Statistiken anführen können, nicht aus Wut, sondern weil sie sich so schämte. Sie hätte sagen können: »Wissen Sie was, ich hatte in meinem Leben 1332-mal Geschlechtsverkehr. Ist das viel? 65 Prozent davon ereigneten sich in den ersten 8 Jahren meiner Ehe, und ich war 48 dieser 96 Monate schwanger. Ist das viel? Ich bin seit etwas mehr als 33 Jahren verheiratet, das sind 12 140 Tage. Dies ergibt einen Durchschnitt von einem Mal alle 9,09 Tage. Bei 1332 habe ich aufgehört zu zählen, und zwar aus keinem anderen Grund als dem, dass ich mich grundlos vor der Zahl 1333 fürchte. Vielleicht ist das traurig.« Das war natürlich nicht das, was sie jedem erzählte, nicht einmal ihrem Priester, obwohl sie sich mit all ihrer Zählerei ein wenig sündig fühlte. Frau Hanratty wusste, seit wie vielen Sekunden sie lebte. Das war der Grund, warum sie Glück mit Zahlen hatte.

Nicht dass sie eine Farbe oder einen Geruch gehabt hätten, aber Zahlen fühlten sich an wie Leute, sobald man ihre Anwesenheit in einem Raum spürt. Frau Hanratty glaubte, dass sie gewusst hätte, wäre sie in Auschwitz gewesen, wer überleben und wer sterben würde, indem sie sich einfach die Unterarme angesehen hätte. Es war eine Gabe, die schmerzte, und sie versuchte, keine Teddybären mehr zu gewinnen, aber die Dinge entwickelten sich einfach zu gut, und etwas trieb sie aufgelöst aus dem Haus in das eintönige Bingovergnügen und zu einem weiteren verdammten Kohleneimer.

Sie war die Nummer 11, die aus dem Bus stieg, was schon mal gut war. Das Nummernschild des davor geparkten Autos trug die Zahl 779. Es würde ein gelungener Abend werden.

Sie spielte Patience, wenn sie nervös war, und an Montagnachmittagen ebenfalls, auch wenn sie dann nicht nervös war. Tarot rührte sie nicht an. In den Karten steckte die Erinnerung an feuchte Tage am Meer und an Sand in den Ritzen der Tischplatte, wodurch sie beim Legen über den Tisch schabten und rutschten. Ihre Urlaubsunterkunft war ein alter, an den Rand des Strandes gespülter Doppeldeckerbus mit Zementblöcken anstelle der Räder und einem Gaskocher, der jeden Augenblick neben dem Fahrersitz in die Luft fliegen konnte. Es waren zahlenlose Tage mit Wolken, die ineinandergetrieben wurden, und einer Million Wellen, die am Ufer verendeten. Die Kinder versteckten sich den ganzen Tag im Meer oder spielten im Farn, und übers Wochenende kam Jim aus Dublin.

»So ist das also, wenn man glücklich ist«, dachte sie und schüttete den Inhalt des Nachttopfes über den Strandweizen oder trottete zum Laden. Sie fing an, die Wellen zu zählen, um einschlafen zu können.

Sie wusste, bevor es ihr klar wurde. Sie wusste es ohne Heimsuchung, ohne Lichtstrahl auf dem Wasser. Es gab keine Erleuchtung, keine Offenbarung, kein Innehalten am Treppenfuß. Vielleicht lächelte sie, als sie die Wäscheklammern aus dem Mund nahm und der Wind ihr die Wäsche entgegenwehte, aber sie vergaß es schon, bevor es geschah. Sie spielte einfach den ganzen Tag Patience auf dem alten Klapptisch in einem klapprigen Bus und sah, wie die Karten einen Sinn ergaben.

Mit 55 hatte sie die Kartenlegerei aufgegeben. Sie fand die Karten zu offensichtlich und unzuverlässig – sie wollten einem zu viel und auf die falsche Weise mitteilen. Der Pikbube ruhte auf der Herzkönigin, und die Kreuze hämmerten in einer Reihe. Arbeit, Liebe, Geld, Schmerz; Kreuz, Herz, Karo, Pik, sie alle machten Versprechen, die zu groß waren, als dass man sie hätte einlösen können. Die Art, wie die Zahlen zu ihr sprachen, war sehr viel verblüffender und einfacher. Selbst Bingo erregte oder enttäuschte sie nicht, es beruhigte sie. Es ließ sie einfach im Voraus wissen.

5 Rosen: dasselbe wie

5-mal Händeschütteln am Bahnhof: dasselbe wie

5 Frauen, die sich umdrehen, wenn eine Milchflasche im Laden zerspringt: dasselbe wie

5 Kinder: dasselbe wie

5 verschiedene Socken in einem Korb

5 Tomaten auf der Fensterbank

5-mal, die sie zur Toilette geht, bevor sie einschlafen kann

Und all das ist anders als

4 Rosen, 4-mal Händeschütteln, 4 Frauen, die sich umwenden, 4 Kinder, 4 verschiedene Socken, 4 Tomaten in der Sonne, 4-mal, die sie zur Toilette geht und wach liegt und an das 5. Mal denkt.

Die Zahlen flogen in Reihen an ihr vorbei, und ihre Richtigkeit stellte sich immer vor dem Ende des jeweiligen Tages heraus. Sie feierten um sie herum eine Party, sprachen, verteilten oder vervielfältigten sich oder saßen allein in der Ecke des Raumes. Sie rauchte sie, hängte sie zum Trocknen nach draußen auf die Leine, sie schwatzten aus dem TV mit ihr. Sie trommelten auf die Tischplatte und lachten auf ihre bekannte, synkopische Weise. Sie waren Musik.

Sie behielt das Geheimnis für sich und legte Leuten die Karten, wenn sie darum gebeten wurde. Es war sehr genau, wenn sie an dem Tag locker genug war, aber ihr Mann mochte es nicht. Bingo konnte er auch nicht leiden, und wer hätte ihm das verübeln wollen?

»Wann ist endlich Schluss damit?«, fragte er, oder er sagte: »Das Geld ist okay, dagegen habe ich nichts.«

»Mit ein wenig Glück«, sagte sie, »werde ich irgendwann keines mehr haben.«

Mittwochabends ging sie mit Frau Power ins Pub, weil es dort kein Bingo gab. Sie setzten sich in die Lounge im ersten Stock, wo die Stammgäste sich aufhielten, weg von den Leuten, die zu jung waren, um überhaupt im Pub zu sein. Herr Finn nahm den Hocker in der Ecke, Herr Byrne den vorne in der Mitte. In der Ecke rechts saß Herr Slevin und kommentierte das Fußballspiel, das sich in seinem Kopf abspielte. Die anderen Frauen saßen auf ihren Plätzen an den Wänden. Kein Mensch ließ sich anmerken, dass er betrunken war. Pat, der Barmann, wusste, wer was wollte und welche Mannschaft ins Finale einziehen würde. Am Ende des Tresens benahm sich Pauline in aller Stille daneben, ganz allein und geschwätzig.

»Seine Tage sind gezählt ...«, sagte eine Stimme am Tresen, und Frau Hanratty lauschte, wie ihr Blut schneller zirkulierte. »Die Tage dieses Burschen sind *gezählt*.« Ein Mann mittleren Alters wollte seine Bestellung aufgeben und stand da wie ein zurückgekehrter Yank in einem schäbigen Anzug und mit einer dicken Brieftasche. Er war betrunken und stolz darauf. »Diese Art von Mensch kenn ich«, sagte er und zählte das Kleingeld aus seiner Hosentasche ordentlich in 10-, 2- und 5-Pence-Stücken auf den Tresen, und der Barmann häufte all die Münzen zu einem Durcheinander auf und verteilte sie in die Kasse. Frau Hanratty nippte kräftiger als sonst an ihrem Wodka mit Orange.

»Selbstverständlich ist keiner von uns«, kommentierte er, obwohl der Barmann sich ans andere Ende des Tresens verzogen hatte, »davon ausgenommen.«

Es dauerte zwei Wochen, bevor er hinüber zu ihrem Tisch wanderte, seinen Drink abstellte und sich erst setzte, als er darum gebeten wurde. »Ich war überall«, erzählte er ihnen. »Egal was, ich hab's getan. Alles.« Er fing an, irgendwas über Alaska zu erzählen. Es musste gelogen sein.

»Kanada«, legte er los. »In den Rockies gibt es eine Stadt, die trägt den Namen Hope. Einfach so. Und eine elendere Aneinanderreihung von Hamburgerfilialen und -buden könnt ihr euch nicht vorstellen. Du hebst die Augen um 30 Grad und siehst die Dämmerung über den Bergen, und die Luft ist so dünn, dass du denkst, die Welt sei voll von ... ja wovon? Ich wollte sagen, ›hübschen Damen‹, aber schaut euch die beiden an meiner Seite an.« Sie spürten den Wunsch Frau Powers, sich zu verabschieden, als sei dieser Wunsch so groß und von der Gestalt eines Pferdes, das neben ihr auf dem Teppich stand.

Er rieb sich mit der Hand seinen Schenkel, besann sich dann eines Besseren und trommelte mit 3 ausgestreckten Fingern auf die Tische. Einen 4ten gab es nicht. »Seht euch das an«, rief er aus, und Frau Power gab ein kurzes Wiehern von sich. »Ich könnte euch eine Geschichte erzählen, wie ich ihn verloren habe, aber wisst ihr was? Es war das Einfachste von der Welt in der Grafschaft Meath, wo ich als Kind lebte. Das Einfachste von der Welt. Ein schmutziger Schnitt, und er schwoll so stark an, dass ich von Glück sagen kann, dass ich die Hand behalten habe. Ist das nicht eine gute Geschichte? In der Prärie von Iowa habe ich einen Mähdrescher gefahren, und ihr glaubt ja nicht, in was für Raufereien ich als junger Bursche geraten bin, weit weg in ... Singapur – *das* könnt ihr mir glauben oder auch nicht. Nur ein schmutziger Schnitt in der Grafschaft Meath.« Und er umfasste mit den 3 Fingern sein Glas und prostete ihnen schweigend zu. An jenem Abend wusste Maeve Hanratty zum ersten Mal in ihrem Leben nicht mehr, wie viele Wodkas sie getrunken hatte.

Sie wollte ihn. So einfach war das. Eine Frau von 55, eine Frau mit 5 Kindern und 1 Gatten, die 1332-mal in ihrem Leben Geschlechtsverkehr hatte und 14 Kohleneimer besaß, wollte den 3-fingrigen Mann, weil er 3 und nicht 4 Finger hatte.

Es war eine triviale Schwäche, und eine, der sie nicht nachgab. Ihre Tochter kam heulend vom Tanzen, ihr Mann (und nicht ihr Vater) verlor das Bingogeld bei Pferdewetten. Das Haus war voll von zerrissenen Wettscheinen und alten Lippenstiftstummeln. Frau Hanratty ging zum Bingo und gewann und gewann und gewann.

Obwohl sie nichts gemacht hatte, sagte sie leise zu ihm: »Nun, jetzt bist du dran, ich bin mit allem fertig.« Und 3 Wochen hintereinander saß er am Ende des Tresens und sprach mit Pauline, die zu viel lachte. »Wenn er das will, kann er es haben«, sagte Frau Hanratty, die sowohl an Würde als auch an Zahlen glaubte.

Die Zahlen ließen sie im Stich. Ihr täglicher Gang in die Geschäfte geriet zu einem Durcheinander beschädigter Nummernschilder, die einstelligen Zahlen kippten zur Seite, oder Bestandteile wurden abgetrennt. Die 6 wurde zu einer 0, die 7 zu einer 1. Sie addierte die restlichen Zahlen, 555 666, 616, 707, 906, 888, die Zahlen für Trennung, Kummer, den Beginn des Kummers, für das Vergessen, für Unfälle und für den Hass, der durch Geld entsteht.

Am folgenden Mittwochabend sprach er freimütig und in voller Lautstärke. Er erzählte von seinem Glück, das ihn eines Tages in Ottawa verließ, als er einer Witwe aus dem

Holzhandel alles versprach. Die ganze Bar hörte zu, und Frau Hanratty spürte so deutlich, als hätte sie einen drogenabhängigen Sohn oder ihren Vorgarten in schlampigem Zustand, dass alle über sie Bescheid wussten. Er ging zu dem Kasten mit den Plastikpflanzen und rupfte die Veilchen heraus, die er ihr mit einer Pseudoverbeugung überreichte. Wie viele waren es? 3 vielleicht oder 4? Aber der Strauß zerfiel vor ihr, und alles, was Frau Hanratty sehen konnte, waren die purpurnen Plastikformen und sein Lächeln.

Sie begab sich ins Bett vor Scham, während eine Trilliarde eine Trillion eine Milliarde eine Million Zahlen sich vor ihr auftürmten und die Zahlen nicht bei 6 oder 7 oder 8 blieben. Sie spürte, wie zerbrechlich die Welt war, in der so viel geschah, und beschränkte sich auf die Primzahlen, die ihr Eigenleben führten, außer der 1.

»Das Großartige an Bingo ist, dass niemand verliert«, hatte Frau Power ihm über ihre Dienstag- und Mittwochabende erklärt. Frau Hanratty fühlte sich in die Ecke geprügelt, während sie ihm und seinem Geprahle lauschte. Ihr Glück zerrann in den Sitz, als er fragte, ob er sich zu ihr setzen dürfe, um – wie er sich ausdrückte – nicht mehr zu trinken. Er hatte nichts anderes zu tun.

Der Bus trug das Kennzeichen NIE 133. Frau Maguire, Frau Power und Frau Hanratty kletterten an Bord und setzten sich mit den 33 anderen Frauen und dem 1 Mann, die diese Donnerstagsgruppe bildeten, auf ihre Plätze. Er saß hinten und rief, sie sollten sich zu ihm gesellen, und die Frauenschar vorne johlte. Er kam stattdessen den Gang entlang und plumpste in einer Kurve auf den Sitz neben

Frau Hanratty. Sie wurde kopfüber zwischen die Sitze gedrückt und fuchtelte mit ihrer Hand auf dem Boden herum, suchte 1 Ohrring, den sie vielleicht bereits vor dem Einstieg verloren hatte.

Er verschränkte mit übertriebener Feierlichkeit die Arme, und nicht einmal das Ungestüm, mit dem der Bus in die Kurven ging, konnte Frau Hanratty davon überzeugen, dass er nicht immer wieder mit seinen 3 Fingern ihre Hand tätschelte.

»Ich bin eine 55 Jahre alte Frau, die 1332-mal in ihrem Leben Sex hatte, und ich werde von einem Mann belästigt, mit dem ich gar nicht erst hätte sprechen sollen.« Seine Hand bewegte sich höflich und unaufdringlich, und Frau Hanratty nahm an der Sicherheit seiner Geste Anstoß und wurde mehr als wütend.

Bei dem vor der Bingohalle geparkten Auto waren alle Zahlen entfernt außer der 0, was gut war – es war die 1zige Zahl, die ihr noch geblieben war. Frau Hanratty spürte, dass es nur zu gerecht war, wenn sie sich dadurch auch so einsam fühlte. Sie hatte ihr eigenes Denken verraten, und ihre Freunde verhielten sich ihr gegenüber seltsam. Mit ihrem Glück war es vorbei.

Der 3-fingrige Mann stieg als Letzter aus dem Bus aus und rief sie zurück. »Ich habe deinen Ohrring! Maeve!« Sie lauschte, ließ die anderen vorbei und drehte sich um.

Sein Gesicht war ein Zahlenwirrwarr, als er die Hand zu einem falschen Gruß erhob. Aus dem Chaos nahm sie: seine 3 Finger; die gewölbte, lachende 3 seiner Augenbrauen; die sanfte 3 seiner Oberlippe und die 1 seines Mundes, der sich zu einer 0 öffnete, wenn er sprach.

»Du hast gedacht, du hättest ihn verloren!« Er drückte ihr den Glitzerohrring in die Hand.

»Ja, das dachte ich.«

Er lächelte, und die Zahlen in seinem Gesicht zerstreuten sich und verschwanden. Sein Lachen breitete sich um sie herum aus wie ein Netz.

»Und was wirst du heute Abend gewinnen?«

»Nichts. Dich.«

»0.«

Die tragbare Jungfrau

Trau dich, schlampig zu sein! Das ist mein Motto, denn irgendwann trifft es uns alle – die schmutzigen Acrylpullover und die Pisse, die fein unsere Stützstrümpfe hinabtröpfelt. Auch sie wird es treffen.

Sie war eine von diesen Frauen, die ihre Haut wie ein Lächeln tragen, als fürchte sie, ihr Gesicht könne abfallen, wenn die Anspannung aus ihren Augen wich.

Als Ben mit ihr schlief, wusste ich, dass der Gedanke, sie könne zerbrechen, ihn noch härter zur Sache gehen ließ. Ich dagegen bin wie ein altes Sofa, einladend, vertraut, wohlgestaltet.

Dies ist eine der üblichen Betrugsgeschichten, wie Sie bereits vermutet haben werden – das Wort »Sofa« hat es verraten. Das Wort »Sofa« öffnete Zimmer voll mit schlafenden Kindern und alten Hochzeitsfotos, ironischen Blicken auf Kristallweingläser; BBC-Miniserien, in denen Judi Dench das verlassene Möbel spielt und sich traurig ein bisschen amüsiert.

Es ist keine Geschichte über bezahlte Handjobs auf Toiletten, bei Partys, bei denen jeder im Lkw-Verleih tätig ist. Es ist keine Geschichte, in der Satan rotiert wie ein Rechtsanwalt im Drehstuhl. Es gibt keine Tauben, keine Prostituierten, keine Bahnhöfe, keine Male auf der Haut. Da war ich also und strickte an einer Bolerojacke, als ich eine Masche fallen ließ. Ärgerlich. Und da war Ben mit einem Gin Tonic, der neben dem Telefon sanft die Beine übereinanderschlug.

»Völlig fertig?«, fragte ich, und er verschüttete seinen Drink.

Ben ist über die Jahre von mir infiziert worden. Er hat meinen Hang zu Ironie, oder ich vielleicht seinen. Im Bett stimmen unsere Tonlagen überein, und manchmal überrascht er mich in den Läden, indem er mir aus dem Mund hüpft.

»Völlig«, sagte er, wischte über die nassen Flecken auf seiner Hose und schnippte Gintropfen von seinen Fingerspitzen.

Im Zimmer hingen unangemessenes Begehren und seltsame Beschreibungskunst, als ich ihr sprödes blondes Haar, ihren großen angespannten Mund entblößte. Eine Frau voll abgeänderter Adjektive, von Männern ruiniert, ihr Körper so unnatürlich dünn geschnitten, dass man beinahe die Messerspuren sehen konnte. Intelligent? Nein. Lustig? Nein. Reich, mit einem ansteckenden Lachen und spitzen Absätzen? Nein. Glücklich? Ganz bestimmt nicht. Nur wenn er da war. Ben macht mich zu traurig, um zu reden. Ich strickte die Reihe fertig, legte die Nadeln weg und ging zu Bett.

Judi Dench tauchte aus der Versenkung auf und beschloss, dass es an der Zeit wäre, selbst eine Affäre zu haben. Sie würde im Gartenschuppen ein kleines Geschäft eröffnen und ihre Twinsets hinter sich lassen. Und in dem Augenblick, in dem ihr bewusst würde, dass *auch sie* ein menschliches Wesen war – attraktiv, großzügig und geistreich (obgleich in der Art eines Sofas) –, würde ein netter Mann des Weges kommen und ihrer Meinung sein.

Frau Rochester schlug ein Loch in die Decke und schaute Ben an, der am Ende des Bettes saß, verstümmelt und blind. Sie flüsterte einen langen und sehr vernünftigen Monolog, der so eindringlich war, dass die Matratze schwelte, und wir lachten beide herzlich darüber.

Karen … Sharon … Teresa … alles gute Namen für Frauen, die sich die Haare färben. Suzy … Jacintha … Patti …

»Wie lautet ihr Name?«, fragte ich.
   »Mary«, antwortete er.

Mein armer, gestörter Mann hat im Fond unseres Autos Sex mit einer armen, gestörten Frau, die einen akademischen Grad in Jura und die Tendenz hat, sich zu sehr aufzuputzen. Sie arbeitet für einen Lkw-Verleih. Man sollte meinen, dass sie ihnen wenigstens ein Auto mit einem größeren Rücksitz besorgen könnte.

Wegen des Schwunges, den diese Begegnungen unserem Liebesleben verschafft haben, ist mein armer, gestörter Mann ernsthaft in Gefahr, seine Gesundheit zu ruinieren. Und während er sich auf seinem heiß geliebten Sofa auf und ab bewegt, kommt Satan um die Ecke gesaust wie ein

Rechtsanwalt in seinem Drehstuhl und sagt: »Nur weiter so, nur weiter so, du wirst noch die Kinder aufwecken.« (Oder bin ich das?)

Sie ist das Schweigen am anderen Ende der Telefonleitung. Sie ist das Lächeln, das er anfängt, aber nicht zu Ende führt. Sie ist die Frau, die mit billigem Nagellack und durchstochenen Ohren oben an der Straße wartet. Sie ist das Mädchen, das mit Ringellöckchen, weißen Knien und roten Augen vor der Klasse steht.

Die Anrufe werden häufiger. Es wird entweder ernst, oder die Sache geht dem Ende entgegen. Er ist immer gleich ins Badezimmer gegangen, wenn er nach Hause kam, um seinen Schwanz ins Waschbecken zu hängen. Dann hörte er durch Zufall damit auf und ging stattdessen in ihre Wohnung mit der (natürlich) stark parfümierten Seife. Soll ich es ihr sagen, wenn sie das nächste Mal anruft? Sollen wir über Pears-Seife ins Plaudern kommen, uns bei Palmolive völlig einig sein? Wir könnten eine Agentur anrufen und einen Werbespot mit einem in der Mitte geteilten Bildschirm gestalten. »Marys Seife riecht, aber *Mary* benutzt X – so mild, dass ihr Mann sie nie verlassen wird.« Natürlich haben wir den gleichen Namen, das gehört zu Bens Sinn für Ironie, und wir alle wissen, wo er den herhat.

Ben hat genug von der Liebe. Ben will traurigen Sex im Fond von Autos. Ben möchte den Arsch einer Frau begehren, die es nie schaffen wird, authentisch zu sein.

»Dabei dachte ich, sie *bedeutet* etwas!«, kreischt die Ehefrau und schleudert ihr kristallenes Flitterwochenweinglas aus Sevilla gegen die magnolienmatt gestrichene Wand.

So alt bin ich noch nicht. Rache ist nicht ausgeschlossen. Ich habe Geld im Portemonnaie und eine verlorene Jugend, aus der nie etwas wurde.

Ich sitze auf dem Stuhl in einem der teuersten Frisiersalons der Grafton Street, und ein junger Mann, den ich nicht sehen kann, zieht meinen Kopf nach hinten in das Waschbecken und salbt (Verzeihung!) mir den Kopf mit Shampoo. So berührt zu werden, ist interessant; Friseure werden – wie Ärzte – mit jedem Tag jünger. Meine Stylistin heißt Alison. Sie wirft einen Blick auf meine aus dem blauen Nylonumhang ragenden Schuhe und sucht nach einem Anhaltspunkt.

»Ich möchte einen schicken Pagenkopf«, sage ich. »Aber ich weiß nicht, was ich mit dieser Strähne machen soll.«

»Ich verstehe«, antwortet sie, »die nervt Sie. Darum ist das Haar dort so dünn, Sie streifen es immer wieder aus den Augen.«

Ich bin eine Frau, deren Haar ausfällt, meine Füllung löst sich.

»Schauen Sie, wir haben es gleich geschafft«, beginnt sie mit ihrer Schere (wie bei einer Segnung) über meinem Kopf herumzufuchteln.

»Wann haben Sie sich das letzte Mal die Haare schneiden lassen?«

»Vor ungefähr zehn Wochen.«

»Genau«, sagt sie, »denn wir kriegen mit all diesen gespaltenen Spitzen keine vernünftige Länge hin, oder?«

»Ich möchte blond sein«, sagt die nasse und nackte Figur im Spiegel, während die Schere auf halbem Weg innehält.

»Es ist sehr dünn …«

»Ich weiß, ich möchte, dass es kaputt aussieht. Ich möchte es blond.«

»Nun …« Meine Stylistin ist schockiert. Ich habe es geschafft, endlich etwas wirklich Obszönes zu sagen.

Die scheußliche Metamorphose wird von einem anderen jungen Mann herbeigeführt, dessen Haar genauso lang ist wie seine Kinnstoppeln. Er hat bemerkenswerte, anziehend blaue Augen, die im Preis inbegriffen sind. »Wir« beginnen mit einer Gummikappe, die er mit einer scheußlichen Häkelnadel durchbohrt und dann mein armes, dünnes Haar durch die Löcher zupft. Ich sehe »verboten« aus. Alle Frauen um mich herum sehen »verboten« aus. Mary sitzt rechts und links von mir. Sie ist vom Hals an abwärts blau, liest in einem Magazin, ihr Haar stinkt, und ihre Haut wird von der Gummitonsur auf ihrem Kopf zu einem Lächeln verzogen. Zu ihren Füßen steht eine Handtasche, deren Inneres mit verstäubtem Rouge überzogen ist. In den Taschen befinden sich Rechnungen, Kugelschreiber, Bonbonpapiere, Diaphragmen und Adressbücher voll von Leuten, die sie nicht mehr kennt. Das weiß ich, weil ich eine gestohlen habe, als ich den Laden verließ.

Ich sitze am Dollymount Strand und wühle in Marys Handtasche, benutze ihren kleinen Spiegel und trage als Lidschatten das »Wine Rose and Gentlelight Colourize Powder Shadow Trio« auf, ihren »Plumsilk«-Lippenstift, ihr »Venetian Brocade«-Rouge und ihre tränenfeste (Gott sei Dank!) Wimperntusche.

Bald wird mir langweilig sein. Ich werde die Frau langsam in einem Schwimmbecken ertränken und die Polizei die Kleiderfetzen herausangeln lassen, damit sie trocknen können, sobald sie die Tasche am Strand aufgelesen haben. Es bereitet mir eine gewisse Befriedigung, wenn ich mir vorstelle, wie sie im Friseursalon steht, ohne ihren Nylonumhang und frisch gestylt und ohne Geld.

Meine Rache blickt mich aus dem Spiegel an. Die neue optische Täuschung kommt mir doppelt so echt vor wie die alte. Unter meinen Kleidern sind meine Brüste fühlbar geworden, mein Beckenkamm ist fleckig und schmerzt. Zwischen meinen Beinen baumelt ein Dreieck aus Luft, das mit Sex nichts zu tun hat, während meine Hände danach greifen. Eigentlich war es immer umgekehrt.

Ich wühle in der Tasche, suche nach einer Vergangenheit. Auf dem Boden finde ich eine von »Wine Rose und Gentlelight« verfärbte, kleine tragbare Jungfrau. Sie ist aus transparentem Plastik, außer ihrem Mantel, der blau ist. »Ein Geschenk aus Lourdes«, steht auf der Kugel zu ihren Füßen, unter ihrer Ferse und der Schlange. Maria ist voller Überraschungen. Ihre kleine blaue Krone ist ein Schraubverschluss, und ihr Körper ist mit Weihwasser gefüllt, das ich trinke.

Unten am Wasser lege ich sie auf den Rücken und lasse sie zu Ben schwimmen, der in solchen Dingen sentimental ist. Dann folge ich ihr in seine Geschichte mit den Tauben und Prostituierten, Bahnhöfen und Malen auf der Haut. Ich weiß nicht, wohin ich sonst gehen soll. Ich liebe diesen Mann.

Männer und Engel

Der Uhrmacher und seine Frau leben in einem kleinen Städtchen in Holland. Seine Sehkraft lässt nach.

Er ist der Erfinder einer Vorrichtung, die nach ihm benannt ist, nämlich die »Huygenssche Endloskette«, ein System, das die Uhr weiterticken lässt, während sie aufgezogen wird. Es ist nicht perfekt, es funktioniert nicht, wenn die Uhr schlägt. Dennoch ist Huygens stolz auf seine Erfindung, weil in ganz Europa Uhren mit einem kleinen Teil ausgestattet sind, das seinen Namen trägt.

Das Räderwerk ist durch eine Kette verbunden, an der ein großes und ein kleines Gewicht hängt. Die Uhr wird aufgezogen, indem an dem kleinen Gewicht gezogen wird, wodurch das große Gewicht emporsteigt. Mit dem Vergehen der Stunden lässt der langsame Zug bei seinem Hinabsinken die Uhr ticken.

Das kleine Gewicht wird manchmal durch einen Ring ersetzt, was daher kommt, dass Huygens, als er sein Originalmodell baute, sich in seiner Ungeduld den Ehering seiner Frau borgte, um ihn an die Kette zu hängen. Der Ring sorgte für ein perfektes Gleichgewicht, und Huygens beließ ihn, wo er war. Er baute den ganzen Mechanismus unter Glas und stellte ihn auf den Kaminsims, wo seine Frau sehen konnte, wie der Ring langsam nach oben stieg, während die Zeit verging, und wieder hinabsank, wenn die Uhr aufgezogen wurde.

Trotz der Poesie des Ringes, der sich bewegte, und trotz des Patentes, durch das sie alle stets mit Brot und Kleidung versorgt waren, überwand Huygens' Frau die Scham nicht, die sie wegen ihrer nackten Hände empfand. Sie schickte das Dienstmädchen auf Botengänge, die der Dame des Hauses besser zu Gesicht gestanden hätten, und wurde wegen des zunehmenden Stolzes des Mädchens immer autokratischer. Sie kleidete sich dunkler und matronenhafter, und am Gürtel trug sie einen Schlüsselbund.

Jeden Abend hob Huygens die Glasglocke hoch, zog den Ring seiner Frau so weit nach unten wie möglich, bis die Uhr über dem Kamin tickte.

Huygens' Frau war – wie Eva – gewarnt worden. Am Ring darf nicht gezogen werden, wenn die Uhr zur vollen Stunde schlägt. Im besten Fall würde sie so nur das Glockenspiel zerstören, im schlimmsten Fall würde die Endloskette reißen, und die Gewichte würden herabfallen.

Ihr Fehler ereignete sich fünf Jahre später, eines Abends, als Huygens nicht zu Hause war. Zumindest sagte sie, er sei weg gewesen, wenngleich er in jenem Moment im Hausflur seine Stiefel auszog. Er wurde an der Tür von der Uhr begrüßt, die gerade Mitternacht schlug, ein Klang, der ihn stets mit Liebe und Stolz erfüllte. Die Uhr schlug fünfmal und hielt dann inne.

Es gibt viele Gründe, warum Huygens' Frau in jenem Augenblick an dem Ring zog. Er führte die Tat auf die Torheit von Frauen zurück. Sie war zu jener Zeit schwanger und nicht ganz sie selbst. Wegen ihres Zustands und der Tränen, die sie vergoss, ließ er die Uhr unangetastet, und die restlichen Monate ihrer Schwangerschaft waren durch das Ausbleiben des stündlichen Glockenschlags gekennzeichnet.

Der Junge wurde geboren, und Huygens' Frau lag mit Kindbettfieber danieder. Wie ein Kind, das die Blütenblätter von einem Gänseblümchen zupft, wiederholte sie in ihrem Fieberwahn (es war dies noch eine Zeit, in der Frauen wahnsinnig wurden) immer wieder nur dasselbe: »Ich werde sterben. Er wird sterben. Ich werde sterben. Er wird sterben. Ich werde ZUERST sterben.« Es waren stets fünf Blütenblätter, und Huygens, in dessen Kopf es fortwährend tickte, verglich ihre Litanei mit dem Schlagen einer Uhr.

(Bevor Sie sich in die Geschichte hineinsteigern, wiederhole ich, dass es viele Gründe gab, warum Huygens' Frau ihren Finger in den Ring schob und an der Kette zog.)

Als seine erste Frau starb, saß Sir David Brewster am Schreibtisch seines Studierzimmers und sah auf den Schnee hinaus. Vor ihm lag ein Blatt Papier, sehr weiß, das an ihren Vater adressiert war. Darauf stand: »Ihr Leben war voll Licht und Anmut. Ihre Güte strahlte auf alle aus, die sie kannten oder ihre Hilfe suchten. Unser Engel ist tot. Wir sind ein weiteres Mal der Finsternis überlassen.«

In Sir Davids Hand befand sich ein trüber Kristall, den er in den Raum zwischen seinem Blick und dem glitzernden Licht des Schnees hielt. Als der Abend anbrach, spiegelten sich das Feuer hinter ihm und sein eigener Schatten im Fenster wider, etwas, das Sir David nicht sehen konnte, bis er schließlich die Linse fallen ließ und den Kopf in die Hände stützte.

Doch gab es zwischen dem Feuer, Sir David und dem Schnee draußen mehr als nur Glas.

Ein kristallines, leicht spaltbares und nicht glänzendes

Mineral namens Isländischer Doppelspat befand sich zwischen dem Feuer, Sir David und dem Schnee, das dem Licht seinen Glanz nahm. Es war Sir Davids Lebenswerk, Licht zu brechen und zu polarisieren, und er war ein Meister seines Faches. Daher gab es keine Reflexion in seinen Fenstern, daher das stumpfe, matte Weiß des Bodens draußen.

Von seiner Frau wissen wir recht wenig. Sie hieß MacPherson und war die Tochter eines (zu Lebzeiten) berühmten literarischen Schwindlers. MacPherson senior war der Übersetzer der Verse von Ossian, einem Sohn Fingals. Der schottische Barde des dritten Jahrhunderts existierte nur, weil das Zeitalter es als notwendig erachtete, ihn zu erfinden. Kilt ahoi, die silbergeschmückte Ledertasche und den Dolch poetisch schwingend, streifte Ossian mit einer Jammermiene durch die Highlands, während MacPherson seiner Mutter vor dem Kamin Passagen aus der Bibel vorlas. MacPherson sollte später einen Platz im Unterhaus erlangen.

Dennoch muss seine Familie angesichts der Lügen, die er in die Welt setzte, Empfindsamkeit als Belastung empfunden haben. Ich habe keinen Grund, daran zu zweifeln, dass seine Töchter auf seinem Schoß saßen oder an seinem Schnurrbart herumspielten, Shakespeare zum Frühstück lasen, allerdings ohne die schmutzigen Stellen, und hervorragende Nadelspitze schufen, die sie hinter seinem Rücken verkauften. Das Problem ist weder MacPherson mit seinen Lügen noch Brewster und seine Optik. Das Problem ist, dass sie an ein Leben ohne Namen rührten, das an den äußersten Rand menschlicher Unternehmung gedrängt war. Das Problem ist eines des Gefühls. Frau Mac-

Pherson war mit dem Mann verheiratet, der das Kaleidoskop erfand.

Kal eidos kop: Schönbildschauer. Es ist das einfachste und
zauberischste Spielzeug, hergestellt aus einer Röhre, zwei
Spiegeln und ein paar bunten Glassteinchen.

In der *British Cyclopaedia* wird die Erfindung 1833 beschrieben. »Legt man ein Objekt, wie hässlich oder un-
regelmäßig es auch sein mag, (in es) hinein … wird jedes
Abbild davon eine mathematisch symmetrische Form annehmen und das Auge aufs Höchste erfreuen. Wird das
Objekt bewegt, bewegt sich auch die Reihe der Abbilder,
und es entstehen nacheinander neue Formen, die völlig
verschieden voneinander, aber ebenso symmetrisch sind,
mal in der Mitte verschwinden oder aus ihr entstehen und
sich mal spielerisch verdoppeln oder entgegengesetzt zusammenfügen.«

Die beiden Spiegel in einem Kaleidoskop reflektieren
sich gegenseitig nicht unendlich. Sie sind in einem bestimmten Winkel angebracht, sodass ihre Reflexionen sich
wie eine Blume öffnen, am Boden treffen und sich überlagern.

Wenn sie damit spielt, versteht ihre Hand nicht, was das
Auge sehen kann. Es kann die geheimnisvolle Größe nicht
bewahren, die durch die Spiegel entsteht.

Sie kam zur Ballsaison nach London und traf einen jungen Mann, der ihr die Geheimnisse von Glas offenbarte.
Der Ballsaal war vom glitzernden Licht eines Kronleuch-
ters erfüllt, der wie ein Tränenbündel über den Tanzpaa-
ren hing und Glanz auf sie herabtröpfeln ließ. In diesem

gebrochenen Licht und in ihrem einfachen weißen Kleid sah sie natürlich schön aus.

Er erklärte ihr, dass Glas aus Sand besteht, der in einem weiß glühenden Tiegel geschmolzen wird: weißer Sand, Silbersand, Perlasche, Quarzpulver. Er erwähnte Glaskraut, die Pflanze, aus der Pottasche gewonnen wird; das rote Blei- und das schwarze Manganoxid. Er erläuterte, dass dem Tafelglas Arsen zugesetzt wird, um ihm Transparenz zu verleihen, und wie es durch ein weißes Gift klar wird.

Die wissenschaftliche Konversation war zu jener Zeit natürlich in Mode und Langeweile höflich, aber ein Funke aus dem Auge des jungen Mädchens sprang auf David Brewster über und verwandelte all diese trockenen Fakten in rot glühende Herzensflüssigkeit.

Er erklärte ihr, dass Glas gekühlt werden muss, da es sonst bei der leichtesten Berührung explodiert.

Nach ihrem ersten Treffen schickte er ihr in einem mit Samt ausgeschlagenen Kästlein Lacrymae vitreae oder Prinz-Ruperts-Tropfen: in Wasser getröpfelte Glastränen. In einer Begleitnotiz erklärte er, dass die erstaunliche Eigenschaft dieser Tränen darin bestehe, dass deren dickes Ende allen möglichen Gewalteinwirkungen standhalte, sie sich aber in feinen Staub auflösten, wenn am dünnen Ende ein Stückchen abbräche. Er drängte sie, sie sicher aufzubewahren.

Herrn MacPhersons Tochter und Dr. (und Sir in spe) David Brewster waren verliebt.

Es gibt einen Unterschied zwischen Reflexion und Lichtbrechung, es ist etwas anderes, ob Licht zurückgeworfen oder gebrochen wird, ob man es ungebündelt und freilässt oder seine Richtung verändert und es flach macht. Wie bereits erwähnt, bestand Sir Davids Lebensaufgabe darin, dem Licht seinen Glanz zu nehmen, was er denn auch zum Ruhme des Menschen und zum Ruhme Gottes tat. Trotz der Art, wie ihre Augen funkelten, wenn sie lächelte, und trotz seines geschmolzenen Herzens, war Sir Davids Arbeit anstrengend, glanzlos und schwer. Er verbrachte Stunden damit, Winkel zu berechnen, den Regenbogen zu zerlegen.

Stellen Sie sich den Mann der Wissenschaft und seine junge Braut in ihrer Hochzeitsnacht vor, wie sie vor dem Spiegel sitzt und ihr Haar kämmt und das Kerzenlicht in den Schatten ihres Gesichtes spielt. Vielleicht ist der Frisiertisch mit zwei Spiegeln ausgestattet, und sie wird zweimal reflektiert. Vielleicht war es nicht notwendig, dass es zwei gab, damit Sir David just in diesem Augenblick oder etwas früher oder später die Idee mit dem Kaleidoskop kam, denn in ihrem Hochzeitsbett entstanden nacheinander neue Formen, die völlig unterschiedlich, aber ebenso symmetrisch waren, manchmal in der Mitte verschwanden oder aus ihr entstanden und sich manchmal spielerisch verdoppelten oder entgegengesetzt zusammenfügten.

(Besonders schön an dem Kaleidoskop ist natürlich, dass es innen größer ist. Ein einfacher Trick, der mit Spiegeln ausgeführt wird.)

Vielleicht hatten diese Leute wegen ihrer Lebensweise eine seltsame Furcht davor, lebendig begraben zu werden. Das führte zu einer modischen Vorrichtung, die an die Hinterbliebenen vermietet wurde. Auf der Brust des Leichnams ruhte eine Glaskugel, die mit einer Reihe von

Gegengewichten, Rollen und Hebeln mit der Luft über ihm verbunden war. Sollte der Körper anfangen zu atmen, würde durch die Bewegung ein Mechanismus in Gang gesetzt und eine weiße Fahne über dem Grab gehisst werden. Weiß als Farbe der Kapitulation ließ es so aussehen, als habe der Tod die Belagerung verhängt und sei besiegt worden.

Der Tod belagerte früh das Bett von Sir David Brewster und seiner Frau. Sie sollte dessen angemessen sterben; bleich und entkräftet lag sie in den Kissen und hielt in ihrer durchscheinenden Hand ein blutbeflecktes Taschentuch. Zu jener Zeit brauchten die Menschen lange zum Sterben, besonders die jungen.

Es ist schwer zu sagen, was sie sterben ließ, eine beifällige Bemerkung über den Regenbogen vielleicht, als sie draußen ihren täglichen Spaziergang unternahmen und er ihr die Bedeutung eines Winkels von zweiundvierzig Grad erläuterte. Oder die Tasse Milch, die sie, das Buch ihres Vaters auf dem Schoß, trank und deren Haut sie in ihrem Mund spürte. Oder als sie eines Tages in den Spiegel schaute und an ihm leckte.

Während sie im Sterben lag, stieß Sir David zufällig auf das Kaleidoskop. Er erinnerte sich daran, wie er im Ballsaal das erste Mal ein Auge auf sie geworfen hatte. Er stellte sie sich vor dem Spiegel vor. Er baute ihr ein Spielzeug, um sie in ihren letzten Tagen zum Lächeln zu bewegen.

Wenn sie damit spielt, bewegt sich ihre Iris und weitet sich vor Freude.

Weil sie sich so sehr davor fürchtete, bei lebendigem Leib begraben zu werden, hat Sir David sie vielleicht heimlich eingeäschert. Aus der Asche ließ er eine Glasschale mit schimmernder weißer Oberfläche blasen. In die Schale legte er die Lacrymae vitreae, die Glastränen, sein erstes Geschenk. Denn es war eine schlichte Tatsache, dass Sir David Brewsters Frau nicht glücklich war. Sie hatte keinen Grund, es zu sein.

Sir David saß in seinem Studierzimmer, in dem das Feuer auf dem Rost erlosch, seine Linsen aus Isländischem Doppelspat hatte er neben sich abgelegt. Er stellte überrascht fest, dass er geweint hatte, und hob langsam den Kopf aus seinen Händen, um sich die Tränen abzuwischen. In diesem Augenblick erschien ihm der Geist seiner Frau, der ebenfalls weinte.

Sie stand zwischen ihm, dem Fenster und dem Schnee draußen. Sie streckte ihm die Hände entgegen, und das Bild bewegte sich, als er zu sprechen versuchte. In seiner Panik bemerkte er, dass sie nicht in der Scheibe wahrnehmbar war, obwohl er sich selbst darin sah. Auch im Spiegel war sie nicht zu sehen, genauso, wie es in den Geschichten überliefert ist. Er entdeckte leichte Farbschimmer am Umriss der Erscheinung, die wahrhaftig »spektraler« Natur und in Bändern angeordnet waren. Nachdem der Geist verschwunden war, nahm er im Zimmer einen Hauch von Ingwer wahr.

Sir David sah in dieser Heimsuchung ein Versprechen und ein Zeichen. In der Stille des Nachdenkens bedauerte er, dass er das Spektrallicht nicht durch seine Polarisationslinse hatte sehen können. Dieses Versehen hielt ihn allerdings nicht davon ab, in einem Aufsatz, den er über das Thema schrieb, dasselbe zu behaupten. Sir David war weder ein unehrlicher Mann, noch war er kaltherzig. Er betrachtete seine These als eine der wichtigsten Lügen seines Lebens. Es war ein Zeitalter der Geister wie der Wissenschaft, und der heute längst vergessene Aufsatz wurde eifrig von Hand zu Hand weitergereicht.

Ruths Mutter war taub, ihr Mund hing leicht schief. Als Ruth klein war, presste ihre Mutter die Lippen auf ihre Wange und verursachte einen kleinen, unanständigen Schmatzer. Sie redete mit ihrem ganzen Körper, und ihre Stimme kam von einem falschen Ort. Sie brachte Ruth die Zeichensprache bei und wie man von den Lippen abliest. Als Kind träumte Ruth von Tönen als Formen.

Manchmal lauschte ihre Mutter ihr durch den Tisch, ihr Gesicht flach gegen das Holz gepresst. Sie kaufte ihr ein Klavier und hörte mit der Hand zu, wie sie darauf spielte. Sie konnte mit jedem Teil ihres Körpers hören.

Natürlich war sie ein Wunderkind, klug und schüchtern. Ihre Ohren wurden untersucht, und der Arzt sagte: »Dieses Kind könnte das Gras wachsen hören, Frau Rooney.« Ihrer Mutter war das egal. Soweit sie wusste, war das Gras laut wie Trompeten.

Ruths Mutter sagte, sie solle sich keine Sorgen machen, in ihren Träumen könne sie alles hören. Aber in Ruths Träumen herrschte Stille. Vielleicht war das der wahre Unterschied zwischen ihnen.

Als Ruth größer wurde, begann sie, Formen zu schaffen, die sämtlich mit Tönen zu tun hatten. Sie flocht die Noten der Tonleiter zu farbigen Bändern. Sie verwandelte Dauer in Dichte und Töne in Schattierungen. Sie überlagerte die Violinen und die Oboe und verwandelte den Trommelwirbel in eine Woge.

Ruth hatte den Eindruck, je schöner ein Musikstück war, desto schöner war auch die Form, die daraus entstand. Sie war eine erfolgreiche Bildhauerin, die all ihre Werke nach Hause zu ihrer Mutter brachte und sagte: »Träume hiervon, Mama. Beethovens Neunte.«

Natürlich funktionierte es in beide Richtungen. Sie konnte Formen wieder in die Welt der Töne zurückführen. Sie ließ Gegenstände auf einer Computermatrix rotieren und verwandelte sie in eine Partitur. Das ist der komplizierte Ton meiner Mutter, wenn sie sitzt. Das ist der Ton, wenn sie den Arm hebt. Es wurde in der Albert Hall aufgeführt. Ihre Mutter hörte alles durch das Holz ihres Stuhles.

Was andere Menschen betraf, Freunde, Liebhaber und der ganze Rest, so hörte sie zu, wie sie in unterschiedlichen Farben sprachen. Sie stellte sie vor die Frage, ob ihre Stimmen und Münder dasselbe ausdrückten wie ihre Worte oder etwas anderes. Die ganze Botschaft war plötzlich kompliziert, unfreiwillig und weise.

Andererseits blieben Männer nicht lange bei ihr. Sie ließ ihre Körpergeräusche im Radio spielen, was irgendwie schmeichelhaft war. Sie konnten es aber nicht ertragen, dass sie nicht einmal zuhörte, was sie sagten. Sätze wie: »Hast du den Wecker kaputt gemacht?« »Warum hast du den Spiegel in den Trockenschrank gelegt?« »Wo ist mein Schuh?«

»Der Rest ist Schweigen.«

Als Ruths Mutter im Sterben lag, sagte sie: »Im Himmel werde ich hören können.« Leider wusste Ruth, dass es keinen Himmel gab. Sie schloss ihrer Mutter Augen und

Mund und wurde von der Angst überwältigt, dass ihre Welt eines Tages stumm sein würde. Sie hatte keine Angst davor, taub zu werden. Wäre sie taub, würde sie in ihren Träumen hören können. Sie fürchtete, dass ihre Formen ihre Bedeutung, ihre Matrix den Sinn, ihre Farben das öffentliche Interesse verlieren würden. Als der leblose Körper neben ihr nicht mehr sang, dachte sie, sie könne ihn ebenso gut heiraten oder sterben.

Sie war wirklich ein egozentrisches Scheusal (wie es von Männern und Engeln heißt).

Historische Briefe

I.

Also. Ich würde die Bettlaken nicht wie bei einer billigen Liebesaffäre à la El Paso waschen, wenn du gegangen bist. In El Paso ist niemand unglücklich. Im Leitungswasser ist Lithium. Alles riecht noch nach dir, und um vier Uhr morgens stinkt's, um fünf Uhr zirpt die Wüste, und die ganze Decke hängt voller Zikaden. Weil du unterwegs bist.

Ich bin nicht hysterisch. Wir haben Mäuse – das passt zu all der Hitze und Armut und zum Geschäft mit der Lust, zu den zwei Frauen mit ordentlichen Gehältern und einem Leben, dem sie hinterherrennen. Es ist wirklich heiß, und ich hasse es. Wenn ich Wetter will, bezahle ich dafür, und nebenbei bemerkt, die Sonne ist nur für dich hervorgekommen. Und außerdem, es ist wirklich etwas im Leitungswasser.

Ich habe Greifzehen, weil du mich meine Füße hast klammern lassen wie eine Babyfaust. So etwas vergisst man nicht so leicht.

Du hingegen vergisst – leicht und ständig. Das bewundere ich. Du erfindest keine kleinen Geschichten zur Erinnerung. Das bedeutet, dass die ganzen Jahre auf mir lasten, die du durchlebt hast und übergehst. Ich habe sie natürlich im Griff, mit meinen ausgezeichneten Synapsen, die keinen Schmerz empfinden.

Du hast etwas an dir, das mich an das Jahrhundert erinnert. Du redest, als sei es sowohl vorher wie nachher gewesen, und du reist, damit du besser denken kannst – als lebten wir alle immer noch im Jahre 1965. An dir ist nichts Besonderes, Sonnenschein, außer wie sanft du bist. Und du sprichst, als wäre neunzehnhundertvierundsiebzig. »Führe ein ruhiges Leben, sei treu, versuche, ehrlich zu sein. Arbeite, tu keinem weh.« Das alles sagtest du, während du ganz langsam deine Socken anzogst, die flaschengrün waren.

Mit dir schlafen ist so, als beobachtete ich einen Mann in einem nassen Anzug, der Fenster putzt und gut mit den Ottern auf der anderen Seite kann.

Alles, was ich sagen will, bevor du in deinem Jahrzehnt verschwindest, alles, was ich sagen will, ist, wie wichtig Dinge wurden, wie gut die Zuckerdose auf dem Tisch steht, wie das Holz zuzustimmen scheint.

Es ist aber ein Geschenk wie Schnee. Die perfekte Art, in der die Zuckerdose auf dem Tisch steht, ist ein Geschenk. Es ist ein Geschenk, wie alles, du eingeschlossen, durch eine Zeitlücke hinausgeschoben wurde. Husch! Ich kann meine Hand von der Dose über eine Gabel zu meiner eigenen blauen Tasse führen, und die jeweilige Entfernung dazwischen stellt mich zufrieden.

2.

Du hingegen magst erwidern, dass ich ein Wassermädchen bin, eine Art Unterwassergestalt. Seit du fort bist, verbringe ich die meiste Zeit gewissermaßen auf dem Rücken. An der Schlafzimmerdecke kann ich in einem Lichtfächer die Straße sehen. Wenn jemand vorbeiläuft, zeichnet sich ein Schatten ab, wie der Zeiger einer Uhr. Autos lassen alles erzittern.

Ich erinnere mich an fast alles, was du gesagt hast und was ich gesagt habe. Ich verstehe deine Landschaft nicht, leer und voller Ängste, so ohne Uhr. Dein ganzes Leid kommt mir vor wie 1967. Ich gehöre zu der Generation, die nie Drogen genommen hat, zu der Generation, die erwachsen geworden ist. Ich bin eine Frau, die 1962 zur Welt kam.

Und du weißt, was das bedeutet.

Trotz der Tatsache, dass ich 1962 geboren wurde, laufe ich im Haus umher und spreche Wörter aus, als wären sie neu, als sei das ganze Problem der Wörter frisch wie Paris. Du hast mich mit den Fifties infiziert, *une femme d'un certain âge,* die weiß, wie man sich kleidet, aber nicht, wie man spricht. Schätzchen.

Sprich. Wann war der Spanische Bürgerkrieg? Bist du etwa dort? Führst eine ernste Diskussion über Reifikation und Blut, über das Einreiben mit Alkohol und die Zukunft. Ich wette, dass die Leute, die du triffst, ihre Geschichten, Perplexitäten und slawische Züge haben.

Als ich zehn war, rannte ein Pferd gegen den Schulbus und starb. Ich sah das Blut aus den Nüstern quellen.

1989 solltest du nach Berlin gehen, anlässlich des Falls der Mauer. Vielleicht könntest du das Kabarett und die Juden zurückbringen. Ich sitze da und sehe mir alles im Fernsehen an und verstehe alles falsch. Ich blicke bei Fernsehern mit Fernbedienung nicht durch, nicht bei Jeans und bei Geschichte im Allgemeinen. Ich kann dir nicht sagen, wo die Party stattfindet. Ich habe keine demokratische Gesinnung, aber wenn ich mir den richtigen Film anschaue, stirbt das Pferd jedes Mal. (Warum ist es stets weiß?)

Ich soll also hier mit dem Finger in meiner Möse dasitzen, bis du zurückkommst – aus Moskau im Jahr 1937, wo du entdeckst, was Musik wirklich ist. Aus New Orleans im Jahr 1926, wo du Artischockenherzen isst. Aus Dublin im Jahr 1941, wo du völlig eingebildet am Strand entlangspazierst. Wo ich doch gerade meine Kreditkarte bekommen habe, das Zeichen einer Frau, die weiß, was sie will.

Geschichte ist, was dich betrifft, lediglich ein Schmutzfleck auf der Realität. Du kratzt ihn weg.

Hör zu.

Als de Valera starb, war es mir völlig gleichgültig, aber ein Mädchen aus meiner Klasse war erfreut, weil ihre Oma eine halbe Stunde vor ihm beerdigt wurde und die Soldaten entlang der Straße salutierten, als sie vorbeifuhren.

Ich sah sie auf dem Mond landen, aber meine Mutter ließ sich davon nicht aus der Ruhe bringen. Sie wollte das

Geschirr fertig abtrocknen und sagte: »Klar kann ich den Mond sehen, genau hier im Fenster.«

Als ich zehn war, rannte ein Pferd gegen den Schulbus und starb. Ich sah das Blut aus den Nüstern quellen.

Genau das will ich sagen. Ich wurde nicht an den Strand deines Lebens gespült wie Venus mit der Flut. Ich kenne die Entfernung zwischen der Tasse und der Dose. Ich habe Berlin gesehen. Ich habe den Mond gesehen. Ich werde herausfinden, wie ich wieder sprechen kann, und die Bettlaken wechseln, denn etwas muss sich ändern, sage ich, der Freude wegen.

Vergiss das Pferd.

Was sind Zikaden?

Kalte Frauen, die Autos fahren, als wäre die Kupplung ein Flüstern und die Gangschaltung ein Spiel. Sie fahren an Tankstellen vor, lassen ihre Schlüssel aus dem Fenster baumeln und sagen »Volltanken!« zum Tankwart, der nach Träumen von Amerika riecht. Sie leben auf Haziendas, hinter denen es nach Legehennen stinkt, und ihre Männer sind alt. Sie verbringen ihre Ferien auf Kreta, betrinken sich, stürzen sich Hals über Kopf in das weiße Hemd des Kellners und rufen »Ich liebe dich, Stavros!«, obwohl er Paul heißt. Sie fahren aufs Land, wo es mehr Hecken als Felder gibt, und fürchten sich vor der Lebhaftigkeit ihrer Träume.

Lassen Sie uns, während das Auto davongleitet, beim Tankwart verweilen, bei seiner weinenden Zapfpistole, aus der stille Demütigung auf den Zement tropft, beim Geruch von wolkenlosen, klaren Himmeln, Benzin und Dung. Während er prüfend erst in die eine, dann in die andere Ecke sieht, verbindet sich die Tankstelle hinter ihm zu drei sich dicht beieinander drehenden Dreiecken. Ein alter Auspuff liegt auf einem Regal an der Wand, eine Baseballmütze hängt steif von Spinnweben in dem schwarzen Hohlraum über der Tür. Im Boden ist ein Grab ausgehoben, in dem der Boss mit einer Sturmlampe steht und sich an den Unterböden von Autos zu schaffen macht. Im grellen, weißen Lichtkegel, der vom Fenster ausgeht, sind in regelmäßigem Abstand Ringe in Stein eingelassen, an denen Kühe angebunden waren, die schon lange tot sind.

Er hat ein Transistorradio. Er hat einen Kugelschreiber aus Spanien mit einer Señorita im Schaft, die an einem Torero und einem Stier vorbeigleitet, bis sie beim Klicken zum Stillstand kommt und auf seinen Daumen wartet. Er hat einen Hut, den er nur in seinem Zimmer trägt.

Er ist ein sensibler junger Mann.

Was sind Zikaden? Sind sie die Töne, die in der Dunkelheit zu hören sind, während sich ein Ventilator dreht und in den Schatten an der Mauer ein Mord verübt wird? Oder blühen sie? Laufen Leute durch Wälder und geben sich der Natur hin, während Zikaden überall ihr Purpur und Rot trompeten?

Es ist eine Frage, die er an seinen Vater richtet, dessen Stimme nach Sterben riecht, wie seine Mutter nach Kummer und Brot riecht.

Sie schlagen im Wörterbuch nach. »Zikatrieren«, sagt mein Vater, der immer die falschen Fragen beantwortet, »heilen; mit Narben versehen. Ich dachte immer, es gäbe nur ein Wort, das Gegensätze einschließt, nämlich …? Kleben. Jemandem eine kleben oder aneinanderkleben, wie bei treuen Freunden. Wärest du älter, könnten wir über ›klebrig‹ diskutieren und darüber, ob das Glas halb leer oder halb voll ist. Aber vielleicht können wir auch endlich unseren Kuchen essen.«

Als er noch ein Kind war, fragte er, was eine Kennmelodie ist. »Eine Kennmelodie«, antwortete sein Vater, »ist ein junger Schwanengesang – genau wie du. Schau ihn dir an.«

Er suchte im Spiegel nach einem Anhaltspunkt. Aber seine Augen sahen wie seine eigenen Augen aus, es gab keine Bezeichnung dafür, wie etwa glücklich oder traurig.

»Warum haben Kohlköpfe keine Nerven?«

»Eine gute Frage.« Sein Vater glaubte an die gute Frage, wenn auch die Antwort ein offenes Spiel war.

Wenn er gefragt wurde, wo sein Gram anfing oder worüber er sich grämte, wirkte er überrascht. Gram war dieses Haus, der undichte Zapfhahn, die Art, wie seine Mutter lächelte. Er ging durch Gram. Es war nicht der seine.

Er las heimlich Gedichte und dachte, er drehe durch. Die Abenddämmerung legte sich wie ein Strick um seinen Hals. Die Señorita glitt in ihrem eigenen Tempo an Mann und Stier vorüber, und er würde sie durch nichts davon abbringen können.

»Komm und schneide am Mittwochnachmittag die Hecken«, sagte eine Frau und reichte ihm die Schlüssel durch das Fenster.

Dann donnerte er durch die Hecken davon, der Auspuff wie eine Beleidigung. Das Auto war voll teurer Düfte, Plastik und Parfüm, Haarspray, die Sonne auf dem Armaturenbrett. Die Falten um ihre Augen glänzten und waren cremeweich. Ihre Haut erinnerte ihn an das um teure Süßigkeiten gewickelte Reispapier, wenn es im Mund feucht wird.

Er probte in seinem Zimmer, bis er so weit war, dann kam er und verrichtete seine Arbeit. Er hasste sie wegen ihres Lachens an der Tür. »Es ist bloß Geld«, sagte sie, »das beißt nicht.«

In späteren Jahren würde er behaupten, er hätte eine ideale Kindheit gehabt, voll frischer Luft und Würde, mit Kochgeruch, Hagebutten und Teufelsabbiss im Graben. Samstagabends stritten seine Schwestern miteinander um den Spiegel neben der Tür und brachten ihn mit ihrem Gequatsche auf die Palme, nur so zum Spaß.

»Der Ort war voller Geheimnisse, du glaubst es kaum. Und die Leute schämten sich gar nicht. Kinder, die schwerfällig waren, oder Onkel, die nie die Hände aus ihren Hosen nahmen, in ihrem eigenen Dreck hockten, das Geld unter dem Bett horteten und vergaßen, wie man überhaupt mit jemandem redet. Es war nicht so, dass es ihnen nichts ausgemacht hätte, aber Dreck war schließlich nur Dreck. Es war die Art, wie sie ihn als den eigenen ansahen. Hinter verschlossenen Türen ging es nicht gesittet zu, war alles egal und ohne Bedeutung.«

Um die Wahrheit zu sagen: Er ging nicht zurück, um das Geld zu holen, obwohl er den Unterschied zwischen einer Pfundnote und gar nichts kannte. Sein Stolz und die Worte des Mannes mit Hut in seinem Zimmer hielten ihn zurück. »Gib ihr, was sie möchte.«

Auf der Wiese spielte ein kleines Mädchen Fußball, nur um ihn zu ärgern. Sie kannten einander aus der Schule. »Dein

Vater ist eine Schande«, sagte sie mit einer erwachsenen Stimme. »Eine Schande, in dieser alten Jacke.« Dann suchte sie im Haus nach ihrer Mutter und rannte davon. Die Frau saß strickend in der Sonne und beobachtete ihn den ganzen Nachmittag. Ihr Rücken war kerzengerade und ihre Hände waren schnell. Sie ließ das Fenster offen, als sei der Geruch von Hühnerdreck frische Luft.

Sie rührte ihn am meisten durch ihr Schweigen. Die Küche war sauber und fremd, und der Hügel dahinter wartete darauf, von Dornen und Unrat gesäubert zu werden. Es gehörte zu der Sorte Haus, das nie fertiggestellt, das nicht von den Feldern gemocht wird. Es stand auf einem Zementsockel wie eine Weihnachtstorte, die auf das Meer hinaustreibt.

Er liebte die Präzision von Dingen, die Logik ihrer Platzierung, die Art, wie Tassen sich Mühe gaben, während sie auf dem Bord standen. Hier und dort gab es ein paar Abweichler, ein Prager Jesuskind, das vergessen hinten auf dem Herd stand, einen verschrumpelten Fußball, der hinter den Kühlschrank gequetscht war. Der Wasserkasten einer alten Toilette hing windschief an der Rückwand, obwohl das Klosettbecken entfernt worden war.

Während er auf seine Tasse Tee wartete, vergaß er, weswegen er hereingekommen war. Sie stand ganz gewöhnlich am Spülstein, gewöhnlich und traurig, während sie den Zucker und die Milch hervorholte. Als sie sich auf ihrem Stuhl im hintersten Winkel des Raumes niederließ, wirkte sie alt und genervt wegen des Geräusches, das sein Löffel in der Tasse verursachte.

Sie fragte nach seiner Mutter, stellte das Radio an und sagte, er habe gute Arbeit geleistet und den Rasen gemäht, als das Gras noch feucht war. Sie lauschten dem Ende der Nachrichten, dann nahm sie eine Dose vom Schrank herunter. »Ich nehme an, dass ich dir trauen kann«, sagte sie grimmig und öffnete sie, sodass ein Wirbel von Pfundnoten sichtbar wurde, wie etwas Nacktes und Weiches. Im Radio lief Musik.

Er verteidigte die Bilder im Zimmer, von einem Mann mit Hut, der sie lässig am Handgelenk fasst und die Hand öffnet, als verstünde er die Handfläche. Er dachte an den Geschmack von Reispapier, das auf seiner Zunge zergeht, an Sachen, die sie unter ihrem Kleid tragen könnte. Er versuchte, jenen Dingen eine Ordnung zu geben, die passieren könnten, wenn er seinen Atem anhielte. Sie schenkte ihm ein unbekümmertes Lächeln. Er verstand es nicht.

»Frauen«, sagte sein Vater, »quälen uns mit Widerrede, aber es heißt nicht, dass sie recht haben, nur weil es ihnen Spaß macht.«

An der Tür war ein sanftes Kratzen zu hören, und beide erstarrten, als seien sie ertappt worden, hielt die Frau doch das Geld in der Hand. Als sie sich öffnete, sah er ein fettes, altes Weib, das die Schwelle nicht übertreten würde. Sie war eine einzige Masse, er konnte nicht sagen, wo ein Körperteil aufhörte und der andere anfing. Sie hatte ein benutztes Papiertaschentuch in der Hand und wirkte verlegen. »Monica, ist der Molkereikarren gekommen?« »Ja«, sagte die Frau mit lauter Stimme. »Es ist ein Tanklaster, kein Karren.« »Oh, nein«, sagte die alte Frau. »Mir geht es gut, macht euch keine Sorgen um mich.« Sie schloss die Tür hinter sich, ohne sich umzudrehen.

Ihr Name war Monica. Sie lächelte ihn komplizenhaft und verschämt an. »Stocktaub«, sagte sie, und dank ihrer Stimmgewalt dehnte sich der Raum. Sie war bestürzt wegen des Geldes in ihrer Hand. Sie blickte auf seinen vor Panik auf- und abhüpfenden Adamsapfel.

»Ein Stück weiter von uns lebte eine Frau, eine von denen, die immer einen Haufen junger Burschen um sich hatte. Man wusste, dass sie etwas wollte, wenn auch vermutlich nicht von einem selbst. Sie war begierig, das ist das richtige Wort. Es war nicht nur Sex, der ihr dieses Aussehen verlieh, wusste sie doch mehr, als du jemals wissen könntest. Sie sah aus, als würde sie es dir schon sagen, wenn sie dich reif genug fände. Sie hatte einen alten Ehemann im Haus und eine Mutter, senil, taub, die herumhantierte und im Wege stand. Eines Tages starb die alte Frau.«

»Mein Vater kam vom Umzug, rieb seine Hände. Er war ein sanftmütiger Mann. ›Sic transit‹, sagte er. ›Sic, sic, sic.‹ Er entledigte sich in einer Art Ritual seines alten Mantels. Ich erinnere mich, wie er den Rosenkranz aus seiner Tasche zog und ihn neben den Mixer legte. Dort war sein Platz. Ich erinnere mich, wie ich mich seiner schämte, mit seinen Flicken am Mantel, dem Rosenkranz und dem nutzlosen Latein. Als er sich setzte, rief er: ›Allmächtiger!‹ Und ich hätte ihm gern eine reingehauen.«

»Wenn jemand gestorben war, wusch diese Frau, Maureen,

ohne viel Aufheben den Leichnam. Sie nahm irgendein Ge-
fäß, das sie im Haus hatten, und ein Tuch – es konnte auch
das Geschirrtuch sein. Ich weiß nicht, ob sie dafür bezahlt
wurde, vielleicht war es einfach ihre Aufgabe.«

»›Das Geheimnis der Toten‹, sagte Papa, ›und der Geruch
von frischer Farbe im Haus. Oh, das ist aber noch nicht alles.‹ Er erzählte mir eine dieser Landgeschichten, die ich
nicht hören möchte; Geschichten, die ihre Zeit brauchen
und die einen Geschmack hinterlassen. Geschichten, die
warten, bis der Tee gezogen hat und unterbrochen werden, wenn er die Kekse nicht finden kann. ›Kennst du sie?‹,
fragte er, und ich sagte: ›Ja.‹ ›Nichtsdestoweniger eine
hübsche Frau, mit wunderschönen Augen in ihrem Kopf,
wenn ich mich recht entsinne.‹ Er erinnerte sich natürlich
auch an die Mutter und was sie für Augen in ihrem Kopf
statt sonst wo hatte.«

»Der Schwiegersohn hat die Neuigkeit überbracht, dass die
alte Frau gestorben war, und als Maureen kam, um den
Leichnam aufzubahren, fand sie in der Küche den Mann
beim Zeitunglesen vor und die Frau, die keinen Mucks von
sich gab, nicht einmal weinte. Sie drückte ihr Beileid aus,
aber die beiden rührten sich weder, noch antworteten sie.
Ein Priester war nicht im Haus. Maureen zog also rasch
ihren Kopf ein, füllte am Spülstein eine Schüssel und lief
auf Zehenspitzen über das Linoleum, wobei sie beinahe
das Wasser verschüttet hätte. Als sie an der Tür zum Zimmer der alten Frau angekommen war, hob die Frau plötzlich den Kopf und sagte: ›Trink doch erst mal eine Tasse
Tee, Maureen, bevor du anfängst.‹«

»Die Tote lag frisch verstorben auf dem Bett, aber nichtsdestotrotz hatte die Verwesung eingesetzt. Die Laken waren ein Jahr lang nicht gewechselt worden, sodass schwer zu sagen war, von welcher Farbe sie gewesen wären. Sie hatte … die Kontrolle über ihre Körperfunktionen verloren, aber sie ließen sie einfach so liegen, und ihre Haut hatte die gleiche Färbung wie die Laken. Maureen schnitt mehrere Lagen Hemden, Unterwäsche und Schmutz von ihr, und als sie an den Füßen anlangte, war sie den Tränen nahe. Die Fußnägel waren so lange nicht geschnitten worden, dass sie in die Sohle gewachsen waren und Narben hinterlassen hatten.«

»Diese Gorman-Frauen‹, sagte mein Vater vergnügt. ›Also, was war zuerst da, das Huhn oder das Ei?‹, lachte er mich an wie ein schmutziger alter Kauz am Straßenrand.«

Nachdem er das Haus verlassen hatte, schien die Sonne so stark, dass sie jegliches Geräusch abzutöten schien. Auf der Straße traf er ihre Tochter, schnappte ihr den Fußball weg und kickte ihn langsam in den Graben.

»Als ich meine Unschuld verlor, blieb alles beim Alten, und alles war verändert. Zunächst einmal las ich keine Gedichte mehr. Es war nicht so, als erzählten sie Lügen – sie schienen lediglich eine andere Person anzusprechen.«

»Nun kann ich nicht aufhören, in der Gegend herumzuvögeln. Was soll ich sagen? Ich hasse es, aber es scheint dennoch belanglos zu sein. Ich führe ein ordentliches Leben. Meine Rechnung von der chemischen Reinigung ist riesig. Ich habe Geld.«

»Mein Vater hatte sein Leben lang nur eine Frau. Er kleidete sich wie ein Penner. Ernsthaft. Wie hätte er es besser wissen sollen? Er wusste um Würde, das Wetter und Worte. Es war alles ganz einfach. Ich hasse ihn dafür, dass er mich in diese Lage gebracht hat – ohne eine richtige Frage und mit sechs Antworten auf etwas anderes.«

Herr Schnipp-Schnapp-Schnipp

Der Filmvorführer im Kino von Franks Heimatstadt war oft betrunken. Wenn er von seiner Frau hinausgeworfen wurde, verbrachte er die Nacht im Vorführraum und aß die alten Mars-Riegel und Kartoffelchips von der Theke in der Vorhalle. Einmal übergab er sich über eine Filmrolle und verbrachte den ganzen nächsten Tag damit, den Film zu säubern und zu entwirren. Franks erste Erfahrung mit *The Dam Busters* war ein Gesprenkel kleiner Schmutzexplosionen und der Ton ein einziges Chaos.

Dennoch gingen alle ins Kino, und die Jungs in der ersten Reihe riefen den Pärchen zu, die in der hintersten Reihe knutschten. Frank entzückten die roten Plüschsessel ebenso wenig wie ihre sexuellen Möglichkeiten, wenn auch manchmal ihr Geruch ihn immer noch unerwartet traf. Er empfand nichts außer einem Grauen vor dem Bild, das erscheinen würde, vor seiner Größe auf der Leinwand, den Farben und der Art, wie es von Ort zu Ort sprang. Manchmal legte der Filmvorführer die Spulen in der falschen Reihenfolge ein, und man konnte den Anfang des Filmes sehen, wenn er schon halb durchgelaufen war. Am aufregendsten war es, wenn der betrunkene Filmvorführer einschlief und der Film, der nah an der Birne vorbeiläuft, Feuer fing. Das war der Terror, der Frank in einen Job beim Fernsehen trieb.

Die Luft im Schneideraum war bereits viermal durch das Gebäude gezogen. Sie schien sich dort niederzulassen und kalt zu werden. Frank sitzt in einem Bürosessel vor der Konsole, ein Produzent hinter ihm. Was der Produzent tut, ist seine eigene Angelegenheit. Einige von ihnen schnippen bei einem Schnitt mit dem Finger, halten den Atem an oder rufen: »Dort!« Einige von ihnen schneiden hinter seinem Rücken Grimassen, nehmen Telefonate entgegen, eilen im Raum hin und her. Einige von ihnen verschwinden. Vor ihnen stehen drei Monitore, und Frank sitzt den ganzen Tag und heftet das Bild aus einem Monitor auf das Bild eines anderen, ohne dass Nähte zu sehen sind. Er ist das Wunder des Fernsehens.

Frank arbeitet nicht auf Zelluloid, er arbeitet mit Bändern, die in dem Schlitz der Maschinen verschwinden und zustande kommen, wie sie in seinem Kopf zustande kamen. Er kann mischen oder überblenden, er kann das Bild jederzeit kopieren, sei es bei einem Lacher oder bei einem Schnitzer. Er kann Figuren sich langsamer bewegen lassen, als würden sie sich ihren Weg durch Honig bahnen, oder sie, einem Charlie Chaplin gleich, die Straße entlangscheuchen. Der Moment ist so lang, wie Frank möchte. Neunzig Sekunden eines fertigen Programms können eine Minute oder drei Jahre dauern. Er ist ein Meister der Zeit. Kein Wunder also, dass er seinen Job mag.

Um drei Uhr morgens wurde der Drang sehr stark, subversiv tätig zu werden. Er könnte das Wort »Betrug« hinter Charlie Haughey einblenden, eine Mikrosekunde lang, die das Herz der Nation treffen würde. Er könnte eine Hundepfeife auf der anderen Tonspur abfahren, sodass alle Hunde im Land zur gleichen Zeit bellen würden. Er könnte ein Interview einen Bruchteil langsamer abspielen lassen, um irgendjemanden nuscheln zu lassen wie einen Betrunkenen. Natürlich hat er diesem Drang nicht nachgegeben, weil er Verantwortung trug und Teil der Sendemaschinerie war. (Franks Schwester verprügelte ihn, als er fünf war, weil er die Wände mit ihrem Lippenstift beschmiert hatte, und der Schmerz tickte noch am Rande seines Hirnkastens, wenn er sehr müde war und es ihn in den Fingern nach Subversion juckte.)

Frank wunderte sich manchmal, wohin all das Zeug kam, das er wegwarf, Lächeln, Schimpfworte, Gesichter, die unscharf wurden. In *Raumschiff Enterprise*, dachte er, gibt es ein Paralleluniversum, das aus den ausgemusterten Aufnahmen, verpfuschten Rollen, Schnitzern und schlechter (miesester) Darstellung besteht und es nie zum Endschnitt brachte. Eine Welt, in der Captain Kirk »Scheiße« sagt und Spocks Ohren abfallen. Vielleicht ist die Geschichte dort viel besser. Er dachte an ein Universum, das aus all den verschiedenen Stillen besteht, die herausgeschnitten, gebunkert und entsorgt werden. Die Stille eines Krankenhauses bei Nacht, das Schweigen, wenn eine Frau vergisst, was sie sagen wollte, die Ruhe, wenn ein Politiker den Mund hält. Sie müssen irgendwohin. Es ist ein schreckliches Verbrechen, dachte Frank, eine Stille wegzuwerfen.

Es war die bloße Verschwendung, die ihn deprimierte, die Verschwendung einer Bewegung. Die Frau im Interview hebt ihren Arm, um sich über eine Augenbraue zu fahren, und der Cutter wirft eine Augenweide an Achselhaaren weg. Er hatte die Geste dort in seiner Hand und warf sie weg.

Wenn das Signal den ganzen Weg nach Alpha Centauri

gebeamt wird, werden die Außerirdischen nie eine behaarte Frau sehen. Sie werden jahrhundertelang auf dieses eine Signal warten, das eine, das sie erwarten und als Ruf erkennen, sich auf den Weg zu machen und die Welt zu retten. Wer weiß es besser? Wunderschön behaarte Außerirdische, die niemals etwas wegwerfen, es sei denn, es wurde vorsätzlich geschaffen. Spontane Außerirdische, die sich durch Signale verständigen und alles zufällig in den Mülltonnen der Wissenschaft entdecken – weshalb sie so fortgeschritten sind.

Frank träumte von Außerirdischen. Er träumte von besserer Bezahlung und vermutlich von Achseln. Er träumte von jemandes Gelächter, dessen er sich an diesem Tag entledigt hatte. Er träumte von dem kurzen Moment, in dem ein Mann zauderte und Frank ihn wegschnitt.

Über seine Monitore hatte Frank ein Schild gepappt: »Die Mühlen Gottes mahlen langsam, aber sie mahlen außerordentlich fein.«

Bald nachdem Frank mit dieser Arbeit begonnen hatte, fing er an, die Bilder vom Straßenrand aufzuschnappen und in seinem Kopf zu verknüpfen. Sein Wagen hält an der Ampel neben einigen Straßenbauarbeitern an. Sie reden mit glänzenden Augen über ihren Presslufthammer und werfen dabei den Kopf zurück. Das Alter der Männer ist überraschend, sie haben Bierbäuche, und in den Falten ihrer Kleidungsstücke hat sich Zementstaub abgelagert. Alles ist mit Straße überzogen; Zement haftet unter ihren Fingernägeln, und ihre Stiefel sind teerverkrustet – in drei Wochen werden sie alle ganz erstarrt sein. Frank verwandelt den Staub, die Schubkarre voll schwelendem Teer, die

Warnhütchen und die Art, wie der Presslufthammer alles zum Schweigen bringt, in einen Werbespot für Bier, in dem die Welt blau getönt ist. Er sieht, wie sich die Männer zum Rhythmus des Songs *Herz aus Stein* anschauen. Es ist ein guter Spot, aber kurz. Irgendjemand schaltet per Fernbedienung auf einen anderen Sender um, als die Ampel grün wird.

Es wurde schlimmer. Frank träumte von dem Zeitscheibchen zwischen zwei Aufnahmen. Das war so dünn, dass man gar nicht von seiner Existenz sprechen konnte. Im Traum schneidet er den Film über seinen Vater und wiederholt die ganze Prozedur. Die Geschichte seines Vaters ist eine lockere Montage, wozu auch Lehm und schwielige Hände gehören, ein Stiefel neben einem Spaten, eine Figur, die über einen Hügelrand läuft. Manchmal ist die Musik sentimental, manchmal aufregend. Am meisten benutzt er den Sound eines entfernten Radios, in dem ein Quiz läuft und dessen Ton näher kommt, wenn sein Vater den Raum betritt.

Der sonntägliche Mittagstisch ist aus flüchtigen Blicken von einem Kind zum anderen sowie den warnenden Augen seiner Mutter komponiert. Die Kamera fährt unter den Tisch, wo ein kleiner Fuß in einer langen grauen Schuljungensocke einen anderen tritt. Er sieht, wie sein Vater kaut, er sieht, wie dessen Messer und Gabel mit sanfter Gewalt das Fleisch schneiden. Es gibt keinen Ton außer dem Kratzen des Bestecks.

Frank zuckt im Schlaf. Er rennt an einem eine Meile langen Band entlang, auf dem seine Familie wie Ameisen in Bernstein festgehalten ist. Manchmal ist ihm, als fiele er ins Bild, als befände sich der Esstisch unter Wasser oder unter

Glas. Alle paar Sekunden springt er von einem Bild zum nächsten, und die Abstände werden größer.

Am Tisch hebt sein Vater die Gabel und deutet damit auf die Kamera. Frank springt zum Salzstreuer, fährt dann hinüber zum Gesicht seiner Mutter, schnellt zurück zur Hand seines Vaters. Sein Vater spricht. Frank schneidet das Wort »Schlampe« heraus und fällt, bevor er es schließen kann, kopfüber in ein dünnes, tiefes Loch, das er geschnippelt hat. »Du hast geträumt.« Moira weckt ihn mit einem Lächeln auf.

Moira macht es ihm leichter. Jedes Mal, wenn sie sich rührt, wirft sie die Bewegung weg. Sie verfügt über einen aufgegebenen Charme. Sie nimmt kaum Notiz von ihm, dort am anderen Ende des Tisches, und er fängt die zufälligen Brocken ein, wenn sie ihre Hände in den Schoß legt.

»Ich weiß nicht.« Es ist ein Seufzer. Sie weiß nicht, dass sie gesprochen hat. Ihre Hand kratzt ihren Oberschenkel, und Frank fährt zur Arbeit und denkt an Sex, der absolut zufällig ist, von der Art, wie Leute einander im Schlaf berühren.

Es wäre schön, ein Kind zu haben, und nach einer Nacht, in der man es alle zwei Stunden gefüttert hat, zur Arbeit zu fahren und zu behaupten, es läge an den Bieren. Es wäre schön, egal, wie hektisch es bei der Arbeit zuginge, egal, wie sehr die Welt in Aufnahmen zerlegt würde und der Produzent hinter ihm durch den Raum eilte, wenn es etwas von ihm gäbe, das einem eigenen langsamen Tempo folgte. Er würde eine Gartensendung machen, in der eine halbe Stunde lang das Wachsen einer Rose zu sehen wäre, oder eine einzige Einstellung von den Wellen am Strand verwenden, die so lange dauerte, wie das Band in der Kamera wäre. Keine Tricks. Er nähme die Erinnerung an seines Vaters Zigarettenrauch, der aus einer neben den Stuhl gerutschten Hand aufstieg, und er würde bei dem Rauch verweilen, bis die Zigarette heruntergebrannt wäre und zu Boden fiele. Würde sich zwingen, hinzusehen. Nichts wegschneiden.

Moira ist in diesen Tagen schwer zu finden. Sie verbringt rund ums Haus viel Zeit in verschiedenen Körperhaltungen. Der Abend ist wie eine Locked-off-Aufnahme des Wohnzimmers, wie sie vom Sessel verschwindet und am Tisch wieder auftaucht, dann wieder verschwindet und am Fenster steht, während eine Hand angewinkelt eine Zigarette hält und die andere wie der Ellbogen, um den sie gelegt ist, in Abendhandschuhe gehüllt sein sollte. Wenn sie reden, schaut sie hinunter auf den Teppich, als sähe sie dort etwas wachsen. In ihren Augen ist ein kleiner Wirbel zu sehen, eine leichte Schwankung des Stromes, der von der Stelle vagabundiert, die sie anschaut. Moira war immer ziellos, unentschlossen und bekümmert. Es war ein Blick, der Müttern eigen ist, und so konnte sein Hofieren voller Hoffnung und direkt sein, wie von einem Mann, der einen Brief zur Post gibt, der alles verändern würde.

Sonntagmorgens überrascht sich Frank selbst, indem er früh aufsteht und Hausputz hält. Er wischt den Küchenboden, fährt mit einem Tuch über die Fußleisten, reinigt die Toilette und kommuniziert trotz des Staubsaugerlärms mit Moira, indem er ihr zunickt. Montags wacht sie auf und sieht ihn unbekleidet am Fenster stehen, wo er sich den Bauch kratzt und hinausstarrt. Er geht allein in den

Supermarkt und kauft Forellen und Mandeln, die er ihr am Abend zubereitet, dazu einen Salat voll mit Gemüsesorten, von deren Existenz sie nichts wusste, bis sie einundzwanzig war. Er küsst ihren Rücken, während sie schläft, und legt seine Hand über das Y ihrer Beine, um sie zu beschützen.

Bei der Arbeit flackert in unbeobachteten Momenten Moira in seinem Augenwinkel auf. Das ereignet sich nicht nach einem festen Muster. Sie hat angefangen, Kinderbücher zu lesen. Sie hat *Dr. Doolittle* verschlungen und ist begeistert über Dab-Dab, die Ente.

»Worin liegt der Unterschied«, fragt sie ihn, »ob man etwas tut oder nicht tut? Als ich noch ein Kind war, hieß es, die Hölle würde sich auftun, träte ich auf den Wegspalt, und der Teufel würde mich küssen – das hat er aber nie getan.«

»Du klingst enttäuscht.«

Sie reibt sich mit einer Fingerspitze fest den Mundwinkel, als würde ihr Lippenstift verschmieren wollen.

»Ich möchte irgendwohin fahren.«

»Wohin du möchtest.«

»Bolivien?«

»Einverstanden.«

Aus irgendeinem Grund wird in allen Sendungen dieser Woche spanische Musik gespielt. Das macht das Schneiden sehr schnell und die Farben so prächtig wie eine Waschmittelreklame. Auf der Straße begegnet er einem kleinen Mädchen in ihrem Kommunionkleid, auf dessen weißen Rock hinten Flamencorüschen aufgesetzt sind.

»Wie wär's mit Barcelona? Wir können es uns leisten.« Aber sie lacht nur.

Es kam in all den Dingen zusammen, die sie wegwarf. Während er vor seiner Konsole saß und arbeitete, fügte sich ein Bild ins andere. Moira, die einen flüchtigen Blick auf das Telefon wirft. Moira, die sich den Schenkel reibt, als hänge eine Klette zwischen Bein und Jeans. Sie kommt zur Flurtür herein, die Schlüssel zwischen den Zähnen, die zu Boden fallen. Sie wacht am Morgen überrascht auf, und ihr Mund scheint am Kopfkissen festzuhängen.

Es ist alles im Bruchteil einer Sekunde, bevor er es wegschneidet.

Sie sitzen im Esszimmer, in einer endlosen Zweiereinstellung.

»Ich liebe dich«, sagt Moira; sie beugt sich hinüber, um ihre Hand auf seinen Arm zu legen, hält aber inne. »Ich liebe dich über alles. Über alles. Es hat sich zufällig ergeben. Ich verstehe das Warum nicht. Ich bin aus Versehen auf den Wegspalt getreten, und nichts ist passiert. Er hat sich nicht geöffnet. Ich bin nicht in die Hölle gefallen.«

Gegenschuss Frank. Der Film fängt Feuer.

»Frank, ich kann den Unterschied zwischen Dingen nicht benennen. Ich kann den Unterschied nicht benennen zwischen dem, was ich tun möchte, was ich zu tun beabsichtige, und dem, was sich einfach ereignet.«

»Wie war doch sein Name?«

Sie öffnet den Mund, um zu sprechen. Er schneidet bis zu der Hand mit der Zigarette, und bevor er es schließen kann, fällt er kopfüber in das dünne, tiefe Loch, das er geschnippelt hat.

Meerlandschaft

Er stand am Rand des Wassers wie ein junger Seminarist und weigerte sich, die Leiber zur Kenntnis zu nehmen, die überall um ihn herum verstreut lagen. Seine Augen ruhten auf der kühlen Linie des Horizonts, und in den weißen Falten seines Gesichts sammelte sich Schweiß. Das einzige Zugeständnis an die Sonne war, dass er sich den Pullover ausgezogen hatte, den er nicht aus der Hand legte, wie auch die dicken Stiefel, die hinter ihm im Sand warteten. Er schien vollkommen reglos dazustehen, dabei bewegte er die Füße in Wahrheit langsam vorwärts, Zentimeter für Zentimeter. Nach einer Weile leckte ein dünner Wasserfilm an seinen nackten Zehen, und er sprang zurück. Der Sprung war unbeholfen, und als er sich umwandte und den Strand hinaufging, hatte er den hastigen, verdrehten Schritt eines alten Landstreichers. Er gehörte der Straße, nicht dem Meer, denn seine Augen hatten jenen verwirrten kindlichen Blick, und sein Mund war hart.

Dem Meer hinter ihm entstieg eine Frau, von deren Schultern und Haaren Wasser rann.

»Daniel!« Ohne sich umzudrehen, bückte er sich, um seine Stiefel aufzuheben, und so rannte sie ihm nach, die Böschung hinauf, und ihr Körper hinterließ eine nasse Spur im Sand. Der Badeanzug, den sie trug, war azurblau, mit einem viridiangrünen Dreieck am Hals, und in dem starken Licht hatte ihr nasses strohblondes Haar einen grünlichen Schimmer.

»Daniel«, sagte sie noch einmal, als sie ihn einholte, »willst du nicht reinkommen?«

»Nein.« Er drehte sich noch immer nicht um.

»Du Sau! Du Schwein!« Sie schüttelte sich wie ein nasser Hund, und vor den Tropfen wich er zurück. Als sie sich ausgeschüttelt hatte, packte er sie an den Armen und schubste sie in den Sand, dann ging er lachend weiter. Einen Augenblick lang war sie schockiert, bevor sie sich kreischend aufrappelte und ihm nachstürzte, den Hang hinauf. Als er sich ihr entwand, klackten die Stiefel in seiner Hand gegeneinander, bei den Badetüchern angelangt, drehte er sich um und ließ sich fangen. Sie stieß ihn zu Boden und setzte sich auf seine Brust.

»Du musst dich waschen, du altes Schwein. Ich sollte dich hineinwerfen wie eine Katze, die ersäuft werden soll.«

»Ich kann nicht schwimmen.«

»Du kannst nicht schwimmen? Jeder kann schwimmen. Ich bring's dir bei.«

»Natürlich kann ich schwimmen.«

»Lügner.« Sie schwang sich von seiner Brust.

»Du bist ein Lügner«, sagte sie und hob das Badetuch auf, das so strohgelb war wie ihr Haar. »Immer lügst du mir was vor.«

Er lag auf dem Rücken, im grellen Licht der Sonne waren seine Augen bloße Schlitze. Er schien den Himmel zu betrachten. Mit dem Tuch klatschte sie gegen den Badeanzug, um die Sandkörner zu entfernen, die sich in den Falten festgesetzt hatten, aber er drehte sich noch immer nicht um. In seiner Hand knäulten sich die Schnürsenkel seiner Stiefel zusammen, und auf seinem dicken, alten Hemd zeichneten sich Schweißflecken und die Flecken ihres nassen Körpers ab.

»Dir gefällt's«, sagte er und rollte sich auf den Bauch, um ihr zuzusehen. Sie bedeckte sich mit dem Badetuch, um sich seinem Blick zu entziehen.

»Mir nicht«, und mit einem leisen Grunzen rollte er sich wieder auf den Rücken.

Er schürzte die Lippen. »Schenk uns einen Tee ein, ja?« Es war ein alter Scherz.

»Schenk ihn dir selber ein, du fauler Hund. Du bist nicht mehr zu Hause bei Muttern.«

Eine gefühlt lange Zeit saß sie da und betrachtete ihn, wie er ausgestreckt und halb durchnässt im Sand lag. Sie selbst legte sich nicht hin, sondern ignorierte das außergewöhnliche Wetter mit der Zuversicht eines Menschen, der bereits die perfekte Bräune hat. In der Sonne wirkten die Farben ihres Badeanzugs noch heller.

Nach einer Weile merkte sie, dass jemand sie anstarrte. Es war ein kleiner Junge, nackt wie eine Putte. Als sie aufsah, wandte er sich von ihr ab und legte die Hände aufs Gesicht, beobachtete sie aber weiterhin durch seine gespreizten Finger.

»Hallo.« Sie lächelte ihm zu, und beim Klang ihrer Stimme duckte er sich weg.

»Guck mal«, sagte er, plötzlich verwegen, und eine Hand noch vor dem Gesicht, pinkelte er grazil in den Sand.

»Wunderbar«, sagte sie verunsichert – sie wollte dem Kind keinen Komplex verpassen.

»Nein«, sagte er, »das ist rotzfrech«, und rannte davon.

Seine Mutter tapste schwerfällig hinter ihm her. »Komm bloß zurück, und ich hau dir die Hucke voll!«

»Das ist die richtige Frau für dich«, sagte sie zu Daniel, als die Mutter das zappelnde Kind einfing und seine Beine in eine Hose zwängte.

»Eine gute irische Ma mit rosa Haut und Trägerstreifen.«

Daniel blieb regungslos liegen.

»Mit Trägerstreifen und Dehnungsstreifen und Nachthemden von Dunnes. Ein bisschen was Fülligeres für dich nachts im Bett.« Daniel grunzte Zustimmung.

»Zieh wenigstens dein altes Hemd aus. Siehst ja aus wie 'ne Made unter einem Stein.«

»Ich sehe aus«, sagte er vorsichtig, »wie etwas, das die Flut angeschwemmt hat.«

Affären, dachte sie, sollten dem Ort vorbehalten bleiben, wo sie begonnen haben, sie lassen sich nicht gut verpflanzen. Er lag im Sand, als wäre dieser die Gosse; sie dagegen verwandelte ihren Flecken Badetuch in ein kleines Stück Riviera. Ihr Gesicht war angespannt vor Anstrengung.

»Alles, was ich will«, sagte sie schließlich mit Bedacht und gespielter Sanftheit, »ist ein intelligentes Leben. Du weißt genau, was ich meine.« Er wandte ihr das Gesicht zu, und sein Blick war ebenso ratlos wie wachsam.

»Nein, das weiß ich nicht«, sagte er, und dann, als ein kleines Zugeständnis: »Ich bin weitab von aller Intelligenz großgezogen worden.«

»Na, dann fang jetzt damit an«, sagte sie, »reib mir den Rücken ein.« Er hob den Kopf und blickte den Strand entlang.

»Tu ich nicht.«

»Schwein.«

Sie breitete das Badetuch aus, dann legte sie sich darauf, mit dem Rücken zu ihm. Nach einem kurzen Moment robbte er auf dem Bauch zu ihr hin.

»Hier«, sagte er und holte die Plastikflasche Sonnenöl aus ihrem Loch im Sand. »Was fange ich damit an?« Er träufelte sich etwas auf die Fingerspitzen und klatschte es auf ihren Rücken, dann strich er über ihre Haut, so wie ein Bauer über ein neugeborenes Lamm streicht.

»Fertig«, sagte er und hob behutsam das Haar von ihrem Nacken. Er streichelte ihre Wange, bis ihr Atem sich beruhigte. Ihre Augen waren noch immer aufs Meer gerichtet.

»Hast du die Leiche im Wasser gesehen?«

»Was für eine Leiche?« Von ihren Armen war ihre Stimme gedämpft.

»Sie war bekleidet.«

»Nein.«

»Trieb mit dem Gesicht nach unten im Wasser.«

»Nein.« Jetzt klang ihre Stimme scharf.

»War ganz aufgebläht. Nach neun Tagen, weißt du, schwemmen die Gase sie nach oben.«

»Nein, hab ich nicht gesehen.«

»Schade.« Er zog seine Hand von ihrem Gesicht und legte sich der Länge nach neben sie. Nach einer Weile schien er eingeschlafen zu sein.

Der Nachmittag verging, und noch immer bewegte sich keiner der beiden. So dicht nebeneinander hatten die zwei Körper etwas Obszönes, einer von ihnen voll bekleidet und um die nackten Glieder des anderen geschlungen. Sie sah aus wie ein tropischer Fisch in einem verschmutzten Teich, mit einem bösen, alten Hecht, der sie beschützte.

Die Leute um sie herum waren damit beschäftigt, das schöne Wetter zu bestaunen, zu spielen und zu schreien und Sonne zu tanken, diese beiden jedoch nahmen kein Sonnenbad und flirteten auch nicht. Vermutlich schliefen sie nicht einmal.

Die Hitze ließ nach, und als eine leichte Brise ihr Haar zerzauste, regte sie sich und löste sich aus der Rundung seines Körpers. Sie setzte sich auf und schaute um sich, als sei sie von dem Anblick überrascht, dann griff sie nach ihrer Handtasche und begann, darin herumzustöbern. Sie holte einen Kugelschreiber und einen Stapel Ansichtskarten hervor und blätterte sie durch, um die richtige zu finden. Sie zeigte eine Katze in einem Fenster, die die Pfote nach der Jalousie über ihr ausstreckte. An der Hauswand war ein Schild befestigt: »*Guinness is good for you.*«

> Liebe Fiona (schrieb sie), das Wetter ist herrlich. Der Klotz ist sehr klotzig, habe ihn noch nicht dazu verführen können, mit ins Wasser zu kommen. Kannst du für mich nach der Katze sehen? Hätte sie dem Pärchen unten nicht anvertrauen sollen. Wir vermissen unsere kleine Mieze und dich auch.

Sie zerriss die Karte und nahm eine andere zur Hand; diese zeigte einen Esel und ein rothaariges Mädchen mit einem Korb voller Torfstücke im Arm.

> Liebe Fiona, ist er psychotisch oder was? Die Nächte sind wie immer unglaublich, aber seine empfindliche Haut scheint das Wetter

nicht zu vertragen. Außerdem schleicht er sich
dauernd nach unten, um zweifelhafte Anrufe
zu tätigen. Ist mir egal, ob er eine andere hat …
mag sein, aber ich stelle mir ständig vor, dass
er irgendwo ein Kind versteckt hält. Wenn du
Timmy siehst, sag ihm, dass es mir gut geht,
d. h. gib ihm eins aufs Maul und sag ihm, es tut
mir leid. Alles ist …

Auf der Karte war kein Platz mehr, und sie musste da wei-
terschreiben, wo die Anschrift hingehörte. Die Brise ließ
die Härchen auf ihren Armen abstehen, und einen Moment lang hielt sie inne, um sie zu untersuchen. Dann fing
sie an, die Rückseite der Karte zu beschreiben, auf dem
Gesicht des Esels:

Ich habe hübsche Arme. Nicht dass es einen
Unterschied macht.

Und sie ließ alles stehen und liegen und rannte den Strand
hinab, ins Meer.

Sie konnte stundenlang schwimmen. Das Wasser war
trotz der Kälte wunderbar, und sie hielt geradewegs auf
den Horizont zu. Ihr war danach, hinabzutauchen, sich
aus dem Badeanzug zu schälen und immer weiter zu
schwimmen. Das alberne Bild des an den Strand gespül-
ten schlaffen Blaus und Grüns kam ihr in den Sinn. Womöglich würde Daniel des Verbrechens bezichtigt werden.

Sie schöpfte Atem, zog die Knie an die Brust und ließ
sich mit dem Gesicht nach unten auf der Wasseroberfläche
treiben. Als ihr die Luft ausging, lockerten sich ihre Mus-

keln. Das bisschen, was noch in ihren Lungen war, stieß sie in einer Explosion von Bläschen aus, dann schoss sie aus dem Wasser und atmete tief ein. Nein. Sie würde sich nicht ärgern. Ärger passte nicht zu ihr. Stattdessen würde sie den schicken Schmerz einer unabhängigen Frau mit sich herumtragen – einer Frau, die nicht jammerte, keine Forderungen stellte und von Kindern nicht dick wurde.

»Ich mag unabhängige Frauen«, hatte er einmal gesagt.

»Und ob du sie magst«, hatte sie geantwortet. »Aber beschweren dürfen die sich nicht.«

Als sie aus dem Wasser stieg, waren die Schatten härter und länger geworden. Ihre Hände waren klamm, ihre Beine steif vor Kälte. Schwerfällig kämpfte sie sich den Hang hinauf und schüttelte dabei die Finger vor sich aus. Lange bevor sie ihr gemeinsames Plätzchen erreicht hatte, sah sie, dass Daniel verschwunden war. Die Ansichtskarten, die sie geschrieben und liegen gelassen hatte, waren zerrissen wie die erste, die Fetzen verstreut und halb im Sand begraben. Dazwischen sein weggeworfenes Hemd, und auf ihrem gelben Badetuch lag leer und mit gebrochenen Beinen eine Hose. Sie zerrte an dem Tuch, um es von den Überresten zu befreien, und der Stapel Ansichtskarten flog in die Luft. Mit langsamen Bewegungen ging sie, vor Kälte fröstelnd, zu jeder der Karten und hob sie auf. Daniel hatte alle Bildseiten beschrieben.

Die erste Karte zeigte eine Charolais-Kuh auf den Cliffs of Moher. Der Himmel war von einem dunstigen Mauve, und die Kuh, die direkt am Klippenrand stand, starrte den Betrachter verführerisch an. Auf den Streifen Himmel hatte er geschrieben: »Eine Madonna aus Rathmines träumt von einem intelligenten Leben.« Die nächste war eine Hochglanzreproduktion des vor ihr liegenden Strandes, die Farben künstlich hell. Entlang der Biegung des Strandes die Worte: »Ja, die Nächte sind unglaublich, aber bis jetzt habe ich noch kein Kind.« Sie starrte lange darauf und sah sich nach Daniel um, bevor sie die nächste aufhob. Diese zeigte einen alten Knacker, der in einem Pub saß, das Licht spiegelte sich auf der polierten Oberfläche des Tresens, und in einem Sonnenstrahl leuchtete ein frisch gezapftes Pint. Aus dem Mund des alten Mannes kam eine krude gezeichnete Sprechblase mit den Worten: »Was ist der Unterschied zwischen einem Armpaar?« Schließlich war wieder ein Strand zu sehen, diesmal aber waren unverhältnismäßig große Fußspuren in den Sand gezeichnet, und im Meer war eine Gestalt, die »Hilfe!« rief. Die Bildunterschrift lautete: »O Mary, *mo chroí*, ich habe Angst, dass das Wasser mich zurückfordert.«

»Alles angeschwemmt.« Die Stimme kam von einer Stelle direkt über ihr, und sie schrak zusammen. Als sie aufblickte, stand er dort, vollkommen trocken. Er trug eine hochtaillierte marineblaue Badehose. Sein Körper war so weiß wie Wachs, Brust und Bauch mit verklebten Haaren bedeckt. Sie schämte sich, diesen Körper anzuschauen, und so schaute sie in sein Gesicht.

»Na schön«, sagte sie und wollte die Sonne ausknipsen wie eine Lampe, damit sie am Strand Sex haben konnten.

Felix

Felix, mein Geheimnis, mein Engel, mein dunkles Glück. Felix: der Reibelaut des X am Ende ein reizender Atemhauch auf der Zungenspitze. Er war das Elixier meiner mittleren Jahre, er war die edle, sich durch meinen Körper windende Helix, der Problemlöser, der Heiler, just der, der fühlt. Doch wenn er in meinen Armen lag, war er einfach nur Atem, eine Exhalation.

Hatte er einen Vorläufer? Hatte er, selbstverständlich. Es hätte überhaupt keinen Felix geben können, hätte ich nicht in einem Sommer in meinem Tir na nÓg am Meer einen bestimmten Knaben geliebt. Felix war so jung wie ich in jenem Jahr, dem Jahr, in dem ich zunächst einschlief, und als er mich wach flüsterte, wild und furchtbar wurde. (Schaut euch das Dornengewirr an.)

Glaubt mir, ich schreibe für niemanden außer für mich selbst. Meine ist nicht die Art von Tat, die laut ausposaunt wird. Dies ist folglich die letzte oder vorletzte Bewegung der Finger, die sich lebendig auf der kühlen Wüste seiner Haut verbrannten. Mit Selbstmord wegen eines klischeehaften Prosastils ist immer zu rechnen.

Ich wurde 1935 in Killogue geboren, einem Städtchen im Westen Irlands. Mein Vater war ein kleiner, introvertierter Mann unbestimmter Abstammung, der das am Marktplatz gelegene Pub führte. Meine Mutter starb an schleichender

Paralyse in meinem siebten Jahr, und in meinem Gedächtnis ist nichts von ihr geblieben außer dem Bild von einer Frau, die stets im Sonntagskleid im Wohnzimmer sitzt, ihr Hals umrahmt von einem verfärbten, alten Pailletten-Band, am Handgelenk ein bezauberndes Brasselett. Als sie in ebendiesem Zimmer aufgebahrt und der Porzellanschrank mit der Glastür gewagt an die Rückwand geschoben wurde, bemerkte ich, dass ihre »Juwelen« abgenommen worden waren. Diese sinnfällige, fromme Gestalt schien nichts mit der Frau zu tun zu haben, an die ich mich erinnerte, und mir wurde plötzlich klar, dass sie jeden Abend entkleidet gewesen sein musste wie jetzt, es sei denn, sie trug die Pailletten auch im Bett.

Mein Vater wurde nach dem Tod meiner Mutter nervöser, sein Schweigen länger, unterbrochen von einem plötzlichen Redeschwall, stets über die Ernte oder das Finanzamt, über das Geschehen »jinseits«. Er begann damit, über dem Schankraum zu nächtigen, stellte ein kleines Eisenbett in die Vorratskammer und ließ das einst von ihnen geteilte Schlafzimmer unberührt. Er wurde zum Kreuzzügler der Gombeen-Klasse und behauptete, gutes Personal ließe sich nicht finden. Er verbrachte seine Tage in einem stillen Misstrauenswahn und beobachtete jeden Burschen, der eingestellt wurde, um hinter dem Tresen zu arbeiten, bis es zur Explosion kam und der Bursche gefeuert wurde – weil er seine Freunde zum Nulltarif trinken ließ, den Stammgästen zu wenig berechnete oder einfach wegen schludrigen Arbeitens, wegen des Ableckens des Messers, mit dem die Sandwiches geschnitten wurden. Unterdessen kauerte ich draußen auf dem Bordstein zum Platz hin; von dort konnte ich über die Hügelkuppe zum Meer schauen. Der

Strand lag hinter einer Straßensenke verborgen, und es sah so aus, als erstreckte sich das Wasser bis zum Hügelkamm und bilde mit ihm eine klare blaue Linie. Ich sauste darauf zu wie ein abhebendes Flugzeug, hoffte, schnurstracks darin einzutauchen, stets enttäuscht, die Straße darunter zu entdecken, die ungeordnete Reihe von Häusern, die Ufermauer und dann den Strand voller gegen die Kälte eingemummelter Mütter, im Sand spielender Kinder sowie die jenseits heranrollenden Brecher.

Ich war nominell einer guten Frau zugewiesen, die in einem heruntergekommenen Haus zwischen Hügel und Strand wohnte; sie wusch meine Kleidung, gab mir zu essen und ließ mich gehen – vielleicht wegen irgendeiner alten Schuld meinem Vater gegenüber, vielleicht für ein geringes Salär. Soweit ich mich erinnern kann, war ich ein tapferes Kind. (Es ist nicht der Verlust der Unschuld, den ich bedaure, sondern den Verlust dieser Tapferkeit.) Ich schwamm in der tiefen Unterwasserwelt der Kindheit, meine Gliedmaßen im gebrochenen Licht des Meeres bewegend. Ich liebte den Kälteschock, das Springen von den Klippen, meinen ertaubenden Körper, während ich den Seestern aus seinem Spaltenversteck befreite oder die nervösen Münder der durchscheinenden Seeanemonen kitzelte. Ich führte lockere und gefährliche Gespräche mit den Besuchern des Städtchens, mit einer Freundlichkeit, die zur zweiten Natur der Tochter eines Pub-Betreibers gehört. Alte Männer mit Whiskeyfahne hoben mich auf den Tresen, erbaten von meinem Vater eine Tüte Kartoffelchips und nannten mich »Prinzessin«.

Es war der Sommer meines elften Jahres. Ich war ungestüm geworden – waghalsiger im Meer, frecher gegenüber den Einheimischen, doch scheuer gegenüber den Touristen, die das Städtchen mit ihrem weißen, bloßen Fleisch bevölkerten. Mein Vater stellte zwecks Hilfe hinter dem Tresen einen Jungen namens Diarmuid ein, einen entfernten Verwandten aus Galway mit (ich kann hier nicht weiter fortfahren) ... mit dem schwarzen Haar und der schönen abgerundeten Wangenpartie eines Mannes aus Connemara. Daddy überließ die Vorratskammer dem Jungen und schlief wieder in seinem alten Zimmer, schritt behutsam und mit einem Gefühl der Unvertrautheit über die Holzdielen. Seine Präsenz war leicht, doch verstörend. Er brachte das Gespenst meiner Mutter zurück.

Ich muss aufhören. »Gespenst«, »Fleisch«, »schöne, abgerundete Wangenpartie« – diese Wörter sind mir alle fremd. Ich versuche, eine Kindheit zu konstruieren, den mir gebührenden Weg zu wählen. »Felix kam, *weil*« ... weil mein Vater im Sommer meines elften Jahres einen Jungen namens Diarmuid einstellte. Irgendein anderer Junge, irgendeine andere Kindheit hätte es auch getan. Das Geheimnis muss im Stil stecken. Ich dachte, es wäre wohl das Angebrachteste, wenn ich mich irgendwie belügen würde. Übernimm das Getue eines alten Roués in einem samtenen Smoking, mit Kaschmirsocken und einem gewissen Grad an unverhüllter und taktvoller Dignität, die dem Rest der Menschheit nicht erlaubt ist. Doch schaut mich an. Ich bin eine Frau von einundfünfzig Jahren, in einem Außenbezirk von Dublin; ich sitze nicht unbedingt mit Lockenwicklern im Haar da, bin jedoch mit Sicherheit der täglichen Schmach des morgendlichen Kaffeeplauschs sowie der Gleichgültigkeit des Lebensmittelhändlers ausgesetzt.

Ich kaufe Winterkleidung im Schlussverkauf bei Clery's. Ich habe einen Ehemann. Wir fahren jedes Jahr zum gleichen Gästehaus in Miltown Malbay. In meinem Leben hat sich keine Tragödie ereignet, könnte man sagen, abgesehen von den gewöhnlichen Tragödien von Leben und Tod, die Irland anzieht, respektiert und beerdigt, ohne seine Richtung zu ändern. In meiner sauberen Doppelhaushälfte gibt es nur wenige unsaubere Sachen: das leere Schlafzimmer meiner Tochter, eine Puppe ohne Kopf, einen zerbrochenen Pfeil vom Bogen eines Jungen, der wie viel anderer Krempel hinten im Kohlenschuppen liegt. Worin liegt hier die Poesie?

Schon immer ist mir das inkongruente Bild von einer alten Frau mit einem Stift in der Hand unangenehm aufgestoßen. Ist es nicht ein wenig obszön, Frau Lessing, Ihr Leben auf eine solche Weise herumzuzeigen? Natürlich sind Ihre Nachbarn reich, sie respektieren Sie, sie sind stolz, dass Sie in ihrer Nähe wohnen. Sie schauen Sie nicht auf der Straße an und sagen: »Warum über Orgasmen schreiben, wenn man so aussieht?«

Frauen mittleren Alters schreiben kleine Mitteilungen an den Milchmann, doch keine Selbstmorderwägungen. Wenn sie sterben, so geschieht dies leise, unter Rücksichtnahme auf ihre Verwandten und Freunde. Auch das Thema Perversion gibt es. Alte Frauen sind nie pervers. Sie mögen »schrullig« oder »verschroben« sein, die Armen, das ja, oft leiden sie auch »unter Depressionen«, aber sie befingern ganz gewiss keine Knaben in öffentlichen Parks. Ihre Lust ist eine Form gekränkter Eitelkeit, wenn sie denn überhaupt existiert. Sie hat nichts zu tun mit der dramatischen Herzensqual des Poeten. Sie ist nicht Liebe. Das Einzige, worunter wir leiden, ist die Menopause. (»Ich sag dir was, liebe Iris, die Änderung im Leben ist ein Segen ... wenn er aufhört ... du weißt, mitten in der Nacht Dinge zu wollen.« Ich will Ich will Ich will.) Ich will Ich will Ich will. Ich bin keine Hysterikerin. Ich bin eine Frau von sechsundsechzig Kilogramm mit außergewöhnlich viel Köpfchen. Ich weiß nicht, welche Bedeutung das Wort »mütterlich« eigentlich je haben sollte.

Zurück also zum Smoking und dem Mann mit den gepflegten Händen, der aus Liebhaberei Baudelaire übersetzt, dem Mann mit einer Wallung heißen Gifts in den Lenden sowie einer superlüsternen Flamme, die permanent in seinem feinen Lebensnerv glüht. Der arme Kerl, möge er in Frieden ruhen, Gott segne ihn. Zurück zum Sommer, in dem ich einschlief (genau genommen war es ein Ausbruch des Pfeiffer'schen Drüsenfiebers), und zu Diarmuid, der kein Blutsauger ist, sondern ein Mann, den ich neulich auf der Straße traf, klein, fett, seine »Connemara-Knochen« überzogen von einem Geflecht heißer, purpurner Venen. Nebenbei bemerkt, auch ich habe meinen Poe und meinen Proust gelesen, meinen Keats und Thomas Mann. Wen schert's? Keines der begehrten Dinge, das real gewesen wäre. Mein Knabe *war* real – heißt das, dass ich keine Poetin bin? Oh, ich bin es aber. Ich bin eine Poetin, nicht unbedingt mit Lockenwicklern, denn ich stelle die poetische Behauptung auf, dass »*Form ... ja wesentlich bestrebt ist, das Moralische unter ihr stolzes und unumschränktes Szepter zu beugen*«. Seht ihr. Bei einer Frau, die Klamotten aus dem Schlussverkauf bei Clery's trägt, können derartige Taktiken nur kindisch sein.

Der Sommer, in dem ich elf war, war heiß, salzig und golden. Ich kam aus dem grellen Licht der Straße ins Pub, legte meine Wange auf das glattflächige, dunkle Holz des Tresens und beobachtete Diarmuid. Das Holz war getränkt vom Geruch einer jeden alten Hand, die zur Glättung beigetragen hatte, und auch Diarmuid roch nach alten Männern, seine Kleidung verräuchert und mit verschüttetem Porter durchtränkt. Doch unter seiner Kleidung verströmte er etwas Lebendiges. Mein Vater erhob keine Einwände gegen meine Nähe zu dem Jungen – er war zu sehr damit beschäftigt, ihn auf Zeichen erneuter Nachlässigkeit zu beäugen, um einen Grund zu finden, ihn in den Zug zu setzen und nach Hause zu den steinigen Feldern und der miesen Ernte des Familienhofs zu schicken. Doch Diarmuid hielt seine kleinen Hände sauber. Er sprach wie ein alter Mann mit den Gästen, weder sonderlich vertraut noch reserviert. Er wischte ständig mit weiten, sanften Kreisbewegungen den Tresen und spülte stündlich den Lappen aus. Sein kleiner Körper zeigte Durchhaltevermögen und Zuverlässigkeit, mit der singulären Gnade eines Knaben, dessen Gliedmaßen ihn noch nicht zu Schwerfälligkeit verleitet haben. Er wusste jedoch, dass er beobachtet wurde, und wenn mein Vater von ihm abließ, sah ich, empört über dessen Untugend, den Blick und das wilde Unverständnis eines Pferdes am Start. Geredet haben wir nie.

Reichlich erwachsenen, wenn auch oberflächlichen Sex hinter mir, kommt es mir so vor, als hätte ich damals nicht gewusst, was ich fühlte, oder ob ich denn überhaupt etwas fühlte. Mittlerweile weiß ich, was schmerzliches Sehnen bedeutet und wie man diesen Schmerz mittels mechanischer Maßnahmen loswird – ich spreche hier, so vermute ich, von meinem Gatten, von dem gesagt werden muss, dass ich ihn sehr lieb gewonnen habe. Und ihr werdet meinen Ton entschuldigen, wenn es um bloßen Sex geht, bleibe ich zimperlich, obwohl ich vom Euphemismus des Kaffeemorgens, der Vereinigung mit meinem Gatten, direkt zur subtilen Berührung und dem kühlen, schüchternen Blick von Felix komme, der sich in mir neu belebt und jene erste Leidenschaft über das Unerträgliche hinaus verfeinert. Vielleicht ist Leidenschaft das falsche Wort. Der Anblick von Diarmuid ließ mich meine Gliedmaßen als groß empfinden, als wäre ich krank. Mein gesamter Körper leerte sich aus meinen Augen, wenn ich ihn ansah. Objekte wurden seltsam und machten mich unbeholfen. Nachts war es, als berührten mich die Laken und nicht umgekehrt.

Als eines Nachmittags das Pub leer war, schlüpfte ich unter der Klappe hindurch, die den Raum hinter dem Tresen schützte, und presste meinen heißen, flachen Körper wortlos gegen den seinen. Es war nur eine Sache des Instinkts. Das starke Kribbeln unter meiner Haut verging. Es dauerte einige Tage, bis wir lernten, wie man küsst.

Ich holte ein paar Konserven aus dem Regal, goss eine Kanne frischer Milch in eine Flasche, in der sich einst Stout befunden hatte, und verkorkte sie fest. Ich nahm meinen blauen Baumwollkittel und das rote Sonntagskleid, wickelte das Essen darin ein und verschnürte das Bündel mit der besten Trauerkrawatte meines Vaters. In der Dunkelheit fanden wir getrennt den Weg zu dem herabgestürzten ebenen Felsen, der am Ende der Landzunge nördlich von Killogue liegt. Die Gefühle der vergangenen Woche kamen uns sehr seltsam vor, als wir dastanden und einander ansahen. Ich legte meine Strickjacke in den Schutz der

Felsplatte und legte mich drauf. Nach einem Schweigen, das sich endlos hinzog, legte sich Diarmuid neben mich.

Was wollt ihr? »Das Zepter seiner Leidenschaft?« »Mein heftig pochendes Herz?« Bei Beschreibungen des sexuellen Aktes wird mir stets unwohl. Ich werde an ein in einem Selbstkostenverlag in den Vereinigten Staaten erschienenes Buch erinnert, in dem der Held seine Hand in »die bereitwillige Spalte« steckt, nein, »gleiten lässt« und den »Punkt der Empfänglichkeit« findet. Tatsächlich trifft es diese Beschreibung wie irgendeine andere. Wir alberten herum wie Kinder. Einen technischen Vollzug gab es nicht, jedoch ein bisschen Weh. Wir hatten keine Ahnung, könnte man sagen. Das war alles.

Warum sich quälen? Wir hatten alle unsere kleinen, tastenden Initiationen auf schmutzigen Sofas oder während Spaziergängen am Kanal. Warum sich der Erinnerung aussetzen, wenn es unsere Aufgabe ist, die besseren Dinge im Leben ins Auge zu fassen und unsere Pflicht zu vergessen. (»Ein Bund Babykarotten, bitte, und ein Pfund Kartoffeln, ist es nicht ein herrlicher Tag, Gott sei Dank«, lauteten die letzten Wort dieses Atheisten, ein perverser und hoffnungsloser Koch.) Stimmungshochs sind erlaubt (Hochzeitskuchen) und auch große Emotionen – solange sie von Reife zeugen (der erste Schrei eines Babys, die Liebe in den dankbaren Augen des gelähmten Ehemanns). Doch was ist mit der Leidenschaft? Leidenschaft ist das falsche Wort. Ich rede von dem Gefühl, das einen an ganz normalen Orten wie ein Schlag in die Magengrube trifft. Wie etwa bei der Frau mit dem Kopftuch, die plötzlich auf dem Gehweg wie angewurzelt stehen bleibt, während ihr Mund versucht, ein Wort zu bilden. Doch bevor sie sich erinnert, welches es war, verschwindet das Bild, wird die Einkaufstasche von der einen in die andere Hand genommen, und sie geht weiter. Welche Art von Bildern sammeln sich im Kopf einer alten Frau?

Mein Augenblick der Leidenschaft war ein kalter. Ich erwachte kurz vor der Morgendämmerung, während sich ein weißes Licht über die Bucht ausbreitete, das Meer in ein eisiges Blau verwandelte und ein Schlottern meines Körpers auslöste, das mich nur schwerlich unversehrt ließ. Jedes Organ war von einem feuchtkalten Schmerz heimgesucht, und ich konnte jeden Muskel und Knochen spüren. Den Boden oder die Kleidung, die ich trug, spürte ich nicht. Ich trieb in meiner tauben Haut wie der Glibber in einer Auster, und aus meiner Schale schienen einige zusätzliche Gliedmaßen gewachsen zu sein. Sie gehörten Diarmuid. Er lag schlafend in meinen Armen, und ringsum herrschte eine perfekte, leere, blaue Freiheit. Die Sonne war noch nicht aufgegangen. Ich fieberte bereits.

Die Schule legte sich über mich wie eine Bettdecke, wenn man krank ist. Aufstehen um sieben, Stille bis acht. Messe, Frühstück, Unterricht. Ich wollte nichts sagen, und Raum für Freunde gab es auch nicht. Stattdessen führte ich mich vor den Nonnen auf, als wären sie die alten Männer in der Kneipe meines Vaters; ich reckte ständig die Hand in die Höhe, meine Gedichte wurden vor der versammelten Schule vorgelesen.

Mir wurde ein besonderer Zugang zu Büchern gewährt, und meine Religionsaufsätze waren gespickt mit Verweisen auf Johannes vom Kreuz, auf Juliana von Norwich und selbst auf Kierkegaard. Ihr mögt es nicht für möglich halten, doch es ist möglich, mit sechzehn so klug zu sein und es dann zu ignorieren. Ich war die Klügste von allen. Die anderen Mädchen flüsterten sich zu, in die Stadt abhauen zu wollen, während ich unter der Bettdecke las. Ich dachte über Diarmuid nach, doch nicht sehr lange, denn es brachte keine Erleichterung. Ich beschloss zunächst Nonne, dann Schriftstellerin und schließlich überhaupt nichts zu werden. Ich verlor in bester männlicher Tradition meinen Glauben, erachtete diesen Verlust aber nicht als bedeutsam. Die Nonnen umgab etwas, das individuelles Leben belanglos erscheinen ließ, wofür ich sie bewunderte. Was ich schrieb, verbrannte und vergaß ich.

Daddy starb in dem Sommer, in dem ich die Schule verließ – er hatte nur wegen der Gebühren durchgehalten –, und ich war frei, mein Universitätsstipendium abzulehnen, trotz Schwester Polyacarpes Flehen sowie dreier Novenen, gehalten jeweils von meinen Englisch-, Biologie- und Mathelehrerinnen. Ich nahm mir eine Wohnung in der Pembroke Road und eine Arbeit als Sekretärin. Eines Abends nahm ich mir auch einen Jungen aus dem Büro mit nach Hause, und als ich aufwachte, stellte ich fest, dass er sich verliebt hatte. Über diese Peinlichkeit kamen wir durch eine kleine Heirat hinweg, ich trug einen blauen Anzug und ein Pagenkäppi mit einem leichten Netzschleier. Als wir nach Frankreich fuhren, um dort unsere Flitterwochen zu verbringen, gab ich vor, kein Französisch zu sprechen. Ich vermute, dass ich deshalb unter Reiseübelkeit leide, weswegen wir unsere Ferien nun an der irischen Küste verbringen.

Mein Gatte ist ein guter Mann, und ich liebe ihn, wenn auch nicht auf gewöhnliche Weise. Damit möchte ich ausdrücken, dass er nett, aber nicht uninteressant ist – ich habe gelernt, mich auf das zu Erwartende einzulassen. Ich sollte vermutlich auch über meine Tochter schreiben, doch dieses Bekenntnishafte regt mich auf und langweilt mich. Irgendetwas hat irgendwo mein Leben geprägt. Ich denke mir Kindheiten aus, um mich erklären zu können. Ich habe mich dennoch nicht geändert. Ich brachte eine Tochter zur Welt und habe mich nicht geändert.

Eines Morgens (dies ist eine schriftstellerische Lüge wie alle anderen »Erleuchtungen«), eines Morgens, so könnte ich sagen, schaute ich in den Spiegel und stellte fest, dass ich mittleren Alters war.

Versteht ihr? Ich schaute in den Spiegel und stellte fest, dass ich mittleren Alters war. Die Erleichterung war überwältigend. Meine Anonymität war kristallisiert, mein Leben seit Diarmuid starrte mir ins Gesicht, lau und leer. Alles war von mir abgefallen – *ich konnte nun tun und lassen, was ich wollte.* Was mich interessiert, so dachte ich, ist nicht das Leben, sind nicht die es ausfüllenden Ereignisse, keine Bilder oder Momente, sondern es ist dieses entscheidende Grau. Ich sah, dass ich bereit war. Es war dieses Grau, in das Felix fallen würde, wie ein harter, kleiner Apfel auf den reifen Boden.

Felix war lediglich ein Junge, den ich liebte. Glaubt ihr mir, dass ich ihn nicht verletzte, dass ich ihn glücklich machte? Und nicht nur mit Süßigkeiten. Ich kannte seine Mutter, eine stolze, geschmacklose Frau, und teilte mir meine Schwangerschaft mit ihr, nahm ihr ihre unsinnigen Ängste wegen einer Steißgeburt und zusätzlichen Chromosomen. Im siebten Monat legte ich sogar meine Hand auf ihren prallen Bauch (welch eine Ironie!), eine Geste, die in unserer Doppelhauswelt einzig dem Ehemann gebührt. Dort befand sich das Klümpchen Felix, eingehüllt in den Schwemmstoff ihres Körpers. Ich frage mich manchmal, ob ich ihn damals mit dieser Berührung korrumpiert habe, ob meine Freude durch seine transparenten Glieder gesandt wurde und sie in das reine, strahlende Fleisch verwandelten, von dem ich besessen war, bevor ich ausgewachsen war.

In der Zwischenzeit war ich die Frau oben in der Straße, und meine Tochter war seine Freundin. Sie spielten Doktor und Krankenschwester auf der vorderen Veranda, vermute ich. Kürzlich bin ich beim Graben auf ihren Puppenfriedhof gestoßen. Ich hatte meine Freude an ihrem Heranwachsen, wenngleich ich abgeschürfte Knie und die verharmloste Grausamkeit von Kindern nicht sonderlich reizvoll finde. Felix war ruhig – schon damals konnte man seine Arroganz, seine kreatürliche Ruhe nicht von der Schüchternheit anderer kleiner Jungen unterscheiden. In der Rückbetrachtung war er vermutlich großartig, und manchmal küsste ich ihn, da Kinder geküsst werden müssen. (War ich eine schlechte Mutter? O nein.) Wenn ich all diese vergeblichen Liebkosungen bedauere, tröste ich mich mit der Tatsache, dass ich es nicht gewusst haben konnte. Betrachte ich mich, wie ich war, kann ich lediglich sehen, was diese beiden Kinder sahen, eine solide, transparente Gestalt, die nicht recht Fleisch war, sondern »Mutter« – das Geschöpf, das sie umwob wie Sicherheit.

Als sich die Dinge zwischen ihnen allmählich zu ändern begannen, habe ich auch dies nicht wahrgenommen, und hätte ich es, wäre es mir lästig vorgekommen. Meine

Tochter fing an, Türen zuzuknallen und Lippenstifte zu stehlen. Eines Nachmittags kam sie weinend nach Hause und verkroch sich in ihrem Zimmer. Ich war im Hausflur mit dem Staubsauger zugange und hoffte, dass der Lärm die Konzentration stören würde, die ihr Selbstmitleid zu verlangen schien, als es an der Tür klopfte. Es war Felix, der vor der Haustür stand, ein groß gewordener Junge mit einem gleichgültig schuldigen Blick, die übergroßen Händen in seinen Hosentaschen versenkt. Die Kleine Prinzessin öffnete ihre Zimmertür und rief durchs Treppenhaus: »Du hast alles ruiniert!«

Welch reizende Szene! Ich sah Felix an (er roch nach dem Ausweiden von Ratten und nach Baumkletterei), und er sah mich an und lachte ein unschuldiges, böses, komplizenhaftes Lachen. Die bekannte kalte Dämmerung brach über meinen Körper herein, und ich musste die Tür schließen.

Bitte glaubt mir. Ich wartete monatelang. Ich berührte ihn nicht, sondern trug stattdessen einen tiefen, heftigen Schmerz in mir. Ich wurde wieder tollpatschig, alles, wonach ich griff, fiel zu Boden, und die Küche war ein einziger Scherbenhaufen. Alles, was ich sah, weckte die Sehnsucht, und ich wollte die ganze Welt in mir haben, mit Felix als Mittelpunkt, wie ein kleiner, harter Kern. Der Verlust der Würde war wunderbar, grässlich. Ich ahmte vor dem Badezimmerspiegel meine Tochter nach und suchte häufig die Ankleidekabinen zunehmend teurerer Läden auf. Ich achtete bei meinem Aussehen wieder auf sexuelle Attraktivität, viel war es nicht, aber real. Seine scharfen Knabenaugen wurden unterdessen ausdruckslos. Vielleicht wartete auch er, wenn er mich jedoch ansah, kam es mir vor, als sähe er überhaupt nichts. Ich musste ihn nur berühren, um real zu existieren.

Eines Tages kam er zu Besuch, als sie außer Haus war. Mit dem Versprechen ihrer Rückkehr platzierte ich ihn in der Küche. Ich goss Tee auf, und das dreiste Kind schwieg und wirkte gelangweilt, während ein Knie gegen das Stuhlbein stieß und sich daran rieb. Ich stellte den Teebecher vor ihm auf den Tisch, legte den Eden-roten Apfel daneben und dann ... beugte ich mich vor und berührte ihn auf eine Weise, die ihn überraschte.

Kurz, schmutzig, seltsam. Er richtete seinen Blick auf mich, und es war, als fiele ich in einen Tunnel. Er legte seine Hand auf meinen Arm, um mich zu bremsen oder mich zu drängen weiterzumachen, und der Schmerz, den ich in mir trug wie ein totes Kind, verglühte leise.

Dies war nur das erste Mal. Es gab ein zweites, drittes, vierzehntes Mal. Ich könnte sie beschreiben – ich habe die Worte dafür –, doch eure Lüsternheit interessiert mich ebenso wenig wie eure Fassungslosigkeit.

Unsere List wurde immer ausgefeilter, wir nahmen uns hier oder dort eine Stunde, während ich meine Tochter drängte, zum Hockeytraining, zum Klavierunterricht oder gar zum Reiten zu gehen. Das Mädchen war ein Glückspilz. Unterdessen gewannen Felix und ich den bittersten Honig aus der inbrünstigsten Ekstase, die Mensch oder Tier je erlebt hat. Und während sie auf teuren, alten Klappergäulen dahinzottelte, mein Gatte sich über verlegte Rückläufer und den Duft seiner Sekretärin ärgerte, wickelte ich Felix, besinnungslos vor Lust, in die fleischige Pulpe meines Körpers, wo er heranreifte, harte, süße Galle in der Kaktuspflanze.

Dann fand sie natürlich den Brief:

> Liebe Tante Iris,
> Mama ist krank, und ich kann heute nicht
> kommen.
> In Liebe
> Felix
> PS. Larry Dunne hat heute wieder über Sex
> geredet, genug, um einen reihern zu lassen.
> Er sagte, er hätte es mit Lucy getrieben, die
> unten in der Straße wohnt, doch ich musste
> nur lachen, denn er hat offensichtlich noch
> nie Sex gehabt und spielte sich bloß auf.
> Beinahe hätte ich von dir gesprochen, konnte
> es mir aber verkneifen. Keine Sorge.

Ich hatte nie hysterische Anfälle. Wie konnte ich also solch ein hysterisches Kind großgezogen haben? Sie hörte mit dem Reitunterricht auf, mit dem Hockey, mit dem Klavier und wurde ein unkultiviertes Früchtchen. Sie rief ihn Tag und Nacht an, sie heulte in seinem Zimmer. Sie hatte uns an der Gurgel, und als sie wegging, hatte er sich in einen großen, normalen jungen Mann verwandelt. Er besuchte Discos und wollte bei der Bank anfangen. Eines Tages traf ich auf der Straße seine Mutter; sie prahlte, er habe viele Freundinnen, und beklagte, dass die Beziehungen nie lange hielten. Ich kann mir vorstellen, warum.

Damals hätte ich mich umbringen können. Ich erlaubte mir, Krebskrankheiten und Autounfälle zu fantasieren. Ich hätte sogar vor Felix aus dem Leben scheiden können, doch davor hatte ich kein Leben, es war also albern, daran zu denken, es wegzuwerfen. Felix machte alles möglich, auch das Sterben, und dafür bin ich dankbar, mehr als für alles andere. Ich lebte, und wie. Eine Weile dachte ich daran, einen Ersatz zu finden, durchkämmte Wohnsiedlungen wie eine Bienenkönigin und wartete auf einen würdigenden Blick. Bei einer Schulaufführung gab es einen Nebendarsteller, doch dieser leere Glanz in seinen Augen beruhte bloß auf Lampenfieber.

Kürzlich entdeckte ich den Puppenfriedhof; enthauptetes Plastik, zerteilt von meinem Spaten. Im künstlichen Haar klebte Lehm, und ich dachte über ihn nach – sehnte ihn herbei – den Lehm, der meine Haare verkleben würde.

Also. Adieu Adieu Adieu. Ich lasse mich gehen, ich weiß, aber was soll denn aus mir werden? Die Pflegerin meines Mannes? (Oh, der dankbare Blick in seinen paralysierten Augen.) Und dann eine aus der Armee der Witwen, mit Kopftuch und Einkaufstüte, die mitten auf der Straße stehen bleiben, den Kopf schütteln und sagen: »Irgendjemand muss über mein Grab gelaufen sein.« Felix.

Felix, der auf meinem Grabstein sitzt, einen Apfel in der Hand, als sitze er am Bettende, lachend, verwundert, erstaunt über jeden Zoll von mir. Felix an jenem besonderen Punkt der Finesse, an dem Staunen, Grausamkeit und leicht reizbare Haut das Imaginäre und das lächerliche Reale ausgleichen. Er könnte Innereien, Gras, die Streifen, die seine Finger auf meinem Schenkel machten, mit derselben Gleichmütigkeit betrachten.

Es ist einfacher zu sterben, wenn man das eigene Fleisch gesehen hat. Ich habe mein eigenes Fleisch zum ersten Mal vor ungefähr fünf Jahren gesehen. Es war zu diesem Zeitpunkt im Begriff zu verwelken. Doch das Verwelken, so habe ich seither herausgefunden, dauert viel zu lang. Ich möchte nicht langsam vergehen, ich möchte spritzen.

Auf dem Höhepunkt des Ganzen traf ich ihn im örtlichen Laden.

»Wie geht's deiner Mama, Felix? Wie groß du geworden bist.« Er wandte sich seinen Freunden zu.

»Blöde, alte Schrulle«, sagte er.

Die Versöhnung war äußerst entzückend, und seine Tränen schmeckten heiß wie Nadeln.

Textnachweise

Seite 64 f.: *Alice im Wunderland* von Lewis Carroll, zitiert nach der Übersetzung von Christian Enzensberger, Insel Verlag, Frankfurt am Main 1963

Seite 125: »Die Prinzessin auf der Erbse«, zitiert nach Hans Christian Andersen, *Märchen und Geschichten. Eine Auswahl*, Übersetzung von Eva-Maria Blühm, Verlag Philipp Reclam jun., Leipzig 1987

Anmerkungen

Die vorliegende Auswahl der Erzählungen wurde zusammen mit der Autorin getroffen. Sie sind hier chronologisch absteigend gereiht. Der Band beginnt mit den jüngsten, z. T. bisher unveröffentlichten Erzählungen.

Folgende Erzählungen liegen erstmals auf Deutsch vor:

Drei Geschichten über die Liebe (Three Stories about Love; erschien erstmals 2013 in *The Irish Times*), übersetzt von Jürgen Schneider

Stoneybatter-Liebeslied (Stoneybatter Lovesong; im Original noch unveröffentlicht), übersetzt von Hans-Christian Oeser

Das Hotel (The Hotel; erschien erstmals im November 2017 in *The New Yorker* in leicht veränderter Fassung), übersetzt von Hans-Christian Oeser

Grace in einem Baum (Grace in the Tree; erschien erstmals 2008 in *The Irish Times*), übersetzt von Hans-Christian Oeser

Wintersonnenwende (Solstice; erschien erstmals im März 2017 in *The New Yorker*), übersetzt von Jürgen Schneider

Meerlandschaft (Seascape, erschien erstmals in *First Fictions: Introduction 10,* London, Faber and Faber, 1989, nachfolgend in *Yeasterday's Weather*, New York, Grove, 2008), übersetzt von Hans-Christian Oeser

Felix (Felix, erschien erstmals in *First Fictions: Introduction 10*, London, Faber and Faber, 1989, nachfolgend in *Yesterday's Weather*, New York, Grove, 2008), übersetzt von Jürgen Schneider

Folgende Erzählungen sind erstmals auf Deutsch erschienen in *Alles, was du wünschst*, München, Deutsche Verlags-Anstalt, 2009. Aus dem Englischen von Hans-Christian Oeser und Jürgen Schneider. Originalausgabe: *Taking Pictures*, London, Jonathan Cape, 2008.

Blasse Hände, die ich liebte, neben Shalamar (Pale Hands I loved, Beside the Shalimar; erschien erstmals in *The Paris Review*)

Kopfkissen (Pillow; erschien erstmals in *Picador New Writing: 11*, London, Picador, 2002, herausgegeben von Colm Tóibín und Andrew O'Hagan)

In der Bettenabteilung (In the Bed Department; erschien erstmals in *The New Yorker*)

Kleine Schwester (Little Sister; erschien erstmals in *Granta*)

Ein Wochenende schlechter Sex (The Bad Sex Weekend; erschien erstmals in *The Dublin Weekend*)

Honig (Honey; erschien erstmals in *The Irish Times*; die Erzählung wurde im Jahr des hundertsten Bloomsday-Jahrestages für den Davy Byrnes Irish Writing Award geschrieben und mit diesem Preis ausgezeichnet)

Schnappschüsse (Taking Pictures; erschien erstmals in *The New Yorker*)

Das Wetter von gestern (Yesterday's Weather; erschien erstmals in *Irish Stories 06*)

Alles, was du wünschst (What you want; erschien erstmals im März 2008, *Prospect*, Radio 3)

Auf die Liebe (Here's to Love; erschien erstmals im Dezember 2007 in *The Guardian's Christmas Edition*)

Wohnwagen (Caravan; erschien erstmals im Oktober 2007 in *The Guardian*)

Bis zum Tod der jungen Frau (Until the Girl Died; erschien erstmals auf RTE Radio; wurde für die Stimme der Schauspielerin Eleanor Methven geschrieben)

Folgende Erzählungen sind erstmals auf Deutsch erschienen in *Die tragbare Jungfrau*. Frankfurt am Main, Fischer Taschenbuch Verlag, 1999. Aus dem Englischen übersetzt von Jürgen Schneider. Originalausgabe: *The Portable Virgin*, London Martin Secker & Warburg, 1991. Die Übersetzung wurde für diese Ausgabe überarbeitet und der neuen deutschen Rechtschreibung angepasst.

(Sie besitzt) Alles ((She Owns) Every Thing)

Gleichgültigkeit (Indifference)

Rache (Revenge)

Das Haus der Liebesgeschichte mit einem Architekten (The House of the Architect's Love Story)

Möge das Glück eine Dame sein (Luck be a Lady; erschien erstmals im Juli 1990 in der »Summer Fiction« der *Irish Times*)

Die tragbare Jungfrau (The Portable Virgin; erschien erstmals in *Revenge*, London, Virago, 1991, herausgegeben von Kate Saunders)

Männer und Engel (Men and Angels)

Historische Briefe (Historical Letters)

Was sind Zikaden? (What are Cicadas?)

Herr Schnipp-Schnapp-Schnipp (Mr Snip Snip Snip)

»Herzzerreißend.
Anne Enright ist eine Meisterin.«
Sunday Times

Ein letztes Mal lädt Rosaleen ihre Familie zu einem
Weihnachtsfest in Ardeevin ein. Sie möchte das Haus
an der karstigen Westküste Irlands, in dem ihre vier Kinder
groß geworden sind und das voller Erinnerungen
an Glücksmomente und Verletzungen steckt, verkaufen.
Die Geschwister reisen mit diffuser Hoffnung auf
Versöhnung an – und doch endet auch dieses
Weihnachten, wie noch jedes geendet hat.

Ein aufwühlender Familienroman von Booker-
Preisträgerin Anne Enright – unvergesslich.

»Ein zarter, harter, humorvoller Roman über die Hölle der Großfamilie. Gewaltig gut.«
NDR

Als Kinder vertrauten sie einander stets alle Geheimnisse an – und nun ist ihr wunderbarer Bruder Liam tot. Mit Steinen in den Hosentaschen hat er sich ins Meer gestürzt. War er, das schwarze Schaf der Familie, wieder einmal nur betrunken? Während Veronica im Dubliner Elternhaus die Beerdigung vorbereitet, überwältigen sie die Erinnerungen: an ihre Mutter, an ihre Großmutter und an all die anderen Mitglieder der weitverzweigten, blauäugigen, trinkfesten Familie Hegarty. Und schließlich an jenen Tag, an dem Liam, gerade mal neun Jahre alt, im Haus der Großmutter etwas angetan wurde, vor dem sie ihn hätte bewahren müssen.

PENGUIN VERLAG